PIERRE OLHAGARAY

OTAGES

Du Noir au Sud
est une collection des Éditions Cairn
dirigée par G.D. Noguès

Du Noir au Sud est une collection de polars qui nous transporte dans le Sud, ses villes, ses villages, à la découverte des habitants, de leurs traditions, leurs secrets.
Son ambition : dessiner, au fil des ouvrages, un portrait d'ensemble de la région, noirci à coups de plumes tantôt historiques, ou humanistes, parfois teintées d'humour, mais où crimes et intrigues ont toujours le rôle principal.

Illustration de la couverture : © Djebel
Photos : iStock-166679564.

Les éditions Cairn bénéficient du soutien de la DRAC
et de la Région Nouvelle-Aquitaine

ISBN : 978-2-35068-708-7/ISSN : 2275-2331

Pierre Olhagaray

Otages

cairn

« Atteindre les sommets peut provoquer la mort. »

Les mémoires du désespoir,
Georges Dublanc-Mécourt, (1852-1923)

À Nathalie

1

Port de New York

23 mars 1954, 3 h du matin

Pour John, l'année 1953 a été une année catastrophique et il se trouve aujourd'hui, un an après, au volant de sa Studebaker commander V8, en train de rouler précautionneusement le long des quais interminables du port de New York. La nuit est sans lune, sans ombre, mais il tombe une pluie fine et froide que les essuie-glaces parviennent à peine à chasser du pare-brise fendu en travers. John conduit le buste penché en avant, les paupières plissées pour essayer de mieux voir les flaques et les trous dans le bitume incertain. Même les veilleuses ne sont pas allumées, il n'y voit pas grand-chose. Interdiction d'actionner les phares ou les codes, il faut rester discret.

1953, année noire pour les émigrés basques d'Amérique, et rose pour Franco en Espagne et ce « brave » Eisenhower, président des États-Unis, un général lui aussi. Ils ont dû bien s'entendre tous les deux en septembre, pour signer les « accords de Madrid », et tout à coup, la dictature est devenue fréquentable, avec des bases militaires américaines sur place. Et puis il y a l'argent qui a coulé à flots sur le régime fasciste, même le pape Pie XII a signé un joli « concordat » avec l'Espagne. Le pouvoir est ainsi partagé entre le dictateur militaire pour l'ordre et l'Église pour les consciences. Tout le monde est content et supporte au cœur de l'Europe un régime inflexible, surtout contre les Basques et contre notre organisation secrète émigrée aux États-Unis.

Pour les Basques, c'est une catastrophe. Les Américains nous toléraient comme pouvant faire partie d'un gouvernement alternatif possible, comme un recours dans le cas d'un éventuel changement de régime. Ils ont été subventionnés pendant la guerre, depuis 1936 et jusqu'à l'année dernière. Maintenant, les autorités fédérales leur ont fait comprendre que c'était fini, plus question d'avoir la moindre activité aux États-Unis, alors on déménage notre cœur.

John progresse lentement, le V8 est silencieux, aidé de la boîte de vitesses automatique, les roues projettent une eau huileuse sur le goudron et guident la voiture au milieu des grues, des hangars, des ballots et des chariots immobiles. Tout est désert et calme, l'activité redémarre dans deux heures. Il fait froid et humide.

Soudain, ils sont là au bord du quai, deux camions bâchés et quatre voitures noires, rondes et hautes sur pattes, moteurs éteints, silencieux et sombres. La Studebaker se range près des autres. John descend, il a pris soin de débrancher l'éclairage automatique de l'intérieur. Pas de lumière. Ils sont sept à se serrer la main, *Agur*.

Bien arrimé, face à eux, se trouve un chalutier de type « *bath* », environ trente mètres de long, il vient d'arriver de Newport plus au nord. Il faut qu'il reparte tout de suite, un bateau de pêche au milieu des cargos, ce serait bizarre. Les cinq hommes se mettent immédiatement à l'ouvrage en silence. Cinq cantines militaires bleu marine sont sorties des coffres des cinq voitures et glissées à bord. La petite grue de pont sert à transborder quatre caisses prises directement sur les plateformes des camions débâchés. Ce sont de grandes boîtes en bois de deux mètres sur un, elles sont très lourdes et disparaissent dans la cale. Les trois marins pressés et muets ont déjà largué les amarres. Le gros moteur ronronne plus fort, le bateau décolle du quai et s'éloigne en glissant sur l'eau sombre qui clapote doucement contre le béton usé du rebord. Les cinq hommes se saluent rapidement et repartent en silence dans le noir. Pourtant, ils se connaissent bien, ils sont tous cousins, ils habitent Brooklyn ou le Queens, ils sont naturalisés américain et ont fondé des familles, il leur est impossible de retourner à Bilbao et à Bayonne où ils sont nés. Ce serait l'arrestation, la prison et le garrot. C'est la première fois que tout est réuni depuis bien longtemps, les quatre caisses et les cinq cantines, toute leur richesse, toute leur mémoire est là au fond de la cale de ce bateau. Le cœur de John est lourd comme la cargaison, c'est un peu de lui-même qui est parti, un peu de son père, un peu de sa terre, un peu de sa lutte, un peu de son rêve. Autrefois, il s'appelait Jon, il se battait en Espagne pour sa cause, pour son peuple.

Le bateau s'est projeté immédiatement plein est. Il s'agit de franchir la limite des eaux territoriales à douze miles de la côte. Une heure plus tard, c'est fait. Cap sur les Bahamas au sud. Deux jours et demi plus tard, le chalutier se trouve à l'est de San Salvador Island. Quelque temps après avoir mis en panne, il est rejoint par un petit cargo vieillot et fumant, battant pavillon portugais. Le transfert des cinq cantines et des quatre caisses se fait facilement de bord à bord, car l'océan est calme, le chalutier repart vers le nord et ses zones de pêche, tandis que le cargo file à l'est, droit sur les Açores qu'il atteint dix jours plus tard. Changement de direction, plein nord, il navigue au sein des eaux internationales durant trois jours pour se retrouver dans le golfe de Gascogne au large de Saint-Jean-de-Luz. Le cargo fait du sur-place en pleine nuit, le moteur tourne au ralenti, il lui permet tout juste de tourner en rond, doucement, en attendant le contact. Le guetteur voit au loin deux lumières rouge et verte qui se balancent et s'approchent. C'est un bateau de pêche professionnel d'une quinzaine de mètres. Le transbordement est long et difficile à cause de la houle et de l'obscurité, il se réalise à l'aide de cordages et de poulies, les deux bateaux avançant côte à côte à vitesse réduite et en se maintenant à moins de cinq mètres l'un de l'autre. Un dernier salut et chacun reprend sa route, le cargo fumant, vers le sud, à la chasse d'autres cargaisons bizarres et le lignard vers son port, au cœur de Saint-Jean-de-Luz. Il est d'ici, immatriculé BA 110151, et personne ne s'étonne de le voir revenir après deux jours de pêche. Les caisses et les cantines sont débarquées au milieu des poissons, des filets et des matériels divers qui encombrent le quai au pied de la maison de l'Infante, puis immédiatement chargées dans un camion anonyme qui file directement vers l'intérieur du Pays basque. Aitor Larreta a vingt-cinq ans, pour le militant, solidement accroché au volant, le devoir est clair : tout mettre en lieu sûr. Désormais, c'est de lui seul que dépend le « trésor des Basques ».

À six mille kilomètres de là, à New York, John a été averti, il est soulagé, tout s'est bien passé, la mission est un succès. Le devoir accompli, le Basco-Américain rejoint ses amis pour les rassurer. Toute la mémoire de la lutte des Basques depuis 1936, toutes les archives sont de retour au pays… l'or et les diamants aussi.

John est redevenu Jon, un court instant, et il sourit.

2

Rendez-vous pourri

Mercredi 21 août 2019, fin d'après-midi

Ils ont quitté l'effervescence de Biarritz dans une voiture de location. Andrew Morgan, le garde du corps et Lisbeth Woodword, la brillante conseillère pour la sécurité extérieure du président des États-Unis d'Amérique avancent vers leurs destins. Lisbeth est tendue et inquiète, le G7 s'annonce mal. Quelle idée d'avoir organisé le sommet des sept chefs d'État parmi les plus puissants du monde en pleine période de vacances, dans un lieu bourré de touristes, au cœur de l'été. L'endroit est fantastique, mais difficile à sécuriser, et puis son patron est de mauvaise humeur, il a l'impression que, à part le Canada, tout le monde lui en veut, y compris le Japon. Il n'aime pas les Européens et leur supposée arrogance de vieilles nations sur le déclin qui donnent des leçons et ne font pas grand-chose. Et puis, il y a ce contact étrange, venu d'ailleurs, ce rendez-vous mystérieux qu'elle ne peut pas refuser et qui la renvoie loin en arrière, vers un passé qu'elle a occulté, qui ne la concerne plus, qui ne l'a jamais vraiment concernée, mais qu'elle ne peut pas ignorer. Sa famille basque d'ici l'appelle. Alors, elle y va.

Au mépris de toutes les règles de sécurité, Andrew, sur les ordres de sa patronne, a loué en toute discrétion une voiture puissante, mais pas trop voyante, une BMW X3 sombre. Il est dix-neuf heures, le temps est magnifique, ciel bleu très légèrement brumeux, vingt-cinq degrés, et ils ont rendez-vous à vingt heures dans les landes d'Hasparren entre deux fermes : *Saldiondokoborda* et *Ensemiazaharra*, au milieu de nulle part dans la campagne basque. Il sait que Lisbeth est inquiète, il l'accompagne depuis un an tous les jours dans tous ses déplacements, publics, privés, confidentiels, discrets et parfois mystérieux comme aujourd'hui. Il n'est pas à l'aise. Pas de reconnaissance, pas de couverture, un terrain inconnu dans un pays dont il ne parle pas la langue. Surtout, ne rien dire à personne, ce qui est contraire à tous les principes de son métier. Car il veille sur la sécurité de la conseillère spéciale du président des États-Unis, une des personnes les plus puissantes au monde. Elle lui a demandé la plus totale discrétion, et il s'y est conformé, mais il se sent coupable, il sait qu'il aurait dû refuser, il n'aime pas ça.

Abîmés dans leurs pensées et leurs doutes, ils quittent Biarritz et l'hôtel du Palais où ils sont logés pour prendre la direction de Bayonne. L'itinéraire se résume à huit kilomètres de routes urbaines bordées de magasins de toutes tailles et de toutes natures qui forment le poumon commercial de la région, appelé « le BAB ». Le GPS leur fait éviter le centre-ville, ils passent à côté du stade Jean-Dauger qui abrite l'Aviron Bayonnais, un des plus anciens et des plus performants clubs de rugby de France, une passion dans la région. Ils traversent Saint-Pierre-d'Irube et empruntent la D22 appelée route des cimes ou route impériale. Le paysage change rapidement du tout au tout, c'est la campagne avec un panorama magnifique sur les Pyrénées qui s'offrent au loin. Le contraste est frappant entre la côte, ses plages caressées par l'océan Atlantique, avec ses stations balnéaires luxueuses et brillantes, et cette campagne vallonnée au pied des montagnes. Tout est impeccable, c'est le calme et la sérénité de cette superbe nature entretenue avec amour. Après avoir parcouru environ quinze kilomètres, avant d'arriver à Hasparren, ils obliquent sur la gauche et empruntent une petite route qui devient rapidement une piste. L'endroit quasi désert est constitué d'immenses prairies à l'herbe rase, caractéristique des pacages de moutons, parsemées de fougères sauvages, de bouquets d'arbres et de quelques fermes isolées. C'est l'été, l'air est très chaud, tout semble engourdi, ils roulent doucement en soulevant un nuage de poussière.

Le téléphone sonne dans la voiture. Andrew prend l'appel en mains libres.

— Oui ?

— Nous vous voyons, nous sommes là, à cent mètres et je m'avance seul.

— D'accord, je vous vois.

— Vous pouvez vous arrêter, nous sommes deux et je viens. Mon ami Antoine ne fait que m'accompagner, il reste là où il est, près des motos, d'accord ?

— D'accord.

La conversation s'est déroulée en anglais et Lisbeth prend la parole en français, c'est une ancienne élève de la *French School of Boston*, elle parle sans accent.

— Bonjour Jon, je suis Lisbeth, j'arrive. Et elle raccroche.

Au fur et à mesure qu'ils approchent du lieu de rendez-vous, le rythme de son cœur s'accélère un peu, elle ne sait pas ce qui l'attend avec cette mystérieuse rencontre et ce lointain cousin. Elle est loin, très loin des États-Unis et de son environnement habituel, dans un Pays basque qui pour elle est comme une légende, un lieu abstrait, d'où sa famille vient en partie.

La BMW s'est immobilisée doucement sur un petit plateau bordé d'arbres sous lesquels stationnent deux motos tout-terrain. À l'ombre des chênes, les jeunes gens patientent. Lisbeth sort de la voiture non sans avoir demandé à Andrew d'attendre à l'intérieur mais de rester sur ses gardes. D'un pas ferme et décidé, c'est une sportive, Lisbeth se dirige vers le jeune homme qui avance à sa rencontre.

La cinquantaine, brune, coiffée « à la garçonne » élancée et grande, elle est vêtue simplement : polo de coton blanc, jeans et baskets, elle dégage une impression d'assurance forte, que confirme son sourire presque carnassier. Jon lui sourit aussi quand ils se rejoignent, il est habillé comme elle. À vingt ans, c'est un jeune homme de haute taille aux traits accusés qui traduisent ses origines, il est brun, les cheveux courts, mince et athlétique. Il sait que cette rencontre est capitale, sa responsabilité est très importante. Ce qu'il ignore, c'est la réaction qu'aura Lisbeth quand il lui dévoilera ce qu'il porte en lui et le but de sa mission. Dévoiler cette histoire ancienne qui ressurgit comme ça, au cours de circonstances étranges, dans cet endroit désert, au sein de ce vieux pays de leurs origines. Ils sont face à face.

— Bonjour Lisbeth, on s'embrasse entre cousins, c'est l'habitude ici.

— D'accord, alors, on s'embrasse, cousin.

Ils échangent un double baiser affectueux. Lisbeth recule d'un pas et claque ses mains d'un air joyeux.

— Par quoi on commence ?

— Par le début. C'est une histoire vraie qui nous concerne tous les deux et bien d'autres personnes ici, mais aussi de l'autre côté de l'Atlantique. Jean-Baptiste et Jon, les deux frères, arrivent aux États-Unis en 1940 et…

Andrew les observe, ils sont en train de bavarder, il a fait demi-tour et est prêt à repartir. Il a repéré que les deux jeunes gens sont effectivement venus à moto tout terrain, elles sont sous les arbres, à l'ombre, calées par leurs béquilles. Le deuxième garçon est assis sur la selle de l'une d'elles, à trente mètres de cet étrange couple qui bavarde. Ils sont sur une espèce de petit espace pelé, il n'y a personne d'autre et on ne voit rien qui bouge, pas une maison, pas un animal, l'immobilité est quasi parfaite, seul un bruit de voiture se manifeste de temps en temps au loin. Andrew est très concentré, il déteste ce qu'il ne maîtrise pas, et là, il y a trop d'inconnues concernant le lieu, l'absence de précaution et de préparation, de ce rendez-vous bizarre. Tout à coup, le son d'un moteur s'amplifie venant vers eux. On ne voit rien, car la piste est en contrebas. Andrew ouvre la portière et pose sa main droite sur la crosse de son revolver, un colt Python 6.357 magnum, il est attentif et prêt à tout. Il regarde le couple qui continue à discuter avec animation, quand la voiture surgit. C'est un 4x4 Nissan Patrol bleu foncé qui décolle légèrement en arrivant sur le plateau à cause de sa vitesse, le conducteur aperçoit la voiture d'Andrew face à lui et freine en catastrophe pour finir par s'arrêter dans un nuage de poussière à un mètre en face de la BMW. Tout le monde reste figé durant trois secondes, et soudain tout dérape et se précipite. Les arrivants ouvrent le feu sur Andrew, il réplique en visant les trois hommes qui giclent de leur véhicule, il tire, l'un d'entre eux s'écroule en ripostant, touchant le garde du corps américain en pleine poitrine, les deux autres se précipitent sur Lisbeth et Jon qui sont pétrifiés. L'Américaine est ceinturée et soulevée de terre, tandis que le jeune homme tombe au sol, touché au bras par une balle tirée presque à bout portant. Andrew, dans un brouillard rouge, voit sa patronne précipitée dans la voiture, il tend le bras pour faire feu dans les pneus, mais retient son geste de peur de la toucher, sa main tremble trop, l'arme lui semble très lourde, son corps ne lui obéit plus. La voiture des assaillants fait demi-tour et file à toute allure. Le regard halluciné du garde du corps se porte sur l'homme qu'il a atteint en premier, celui-ci ne bouge pas, allongé, face contre terre, la bouche grande ouverte les dents plantées dans une crotte de brebis, il l'a tué. Andrew meurt immédiatement après cette vision. Il avait trente ans et devait se marier deux mois plus tard, Lisbeth avait accepté d'être son témoin. Tout s'est passé en quarante-deux secondes. Antoine, qui s'était accroupi près de sa moto et n'avait pas bougé, se précipite vers son ami qui s'est redressé tant bien que mal. Jon tremble de tous ses membres en se tenant le bras gauche, du sang coule entre ses doigts, mais la blessure semble superficielle, le calme revient vite. Le jeune homme fait preuve d'un sang froid étonnant, il a de qui tenir et la vie ne lui a pas fait de cadeau. Il observe la scène et tend le bras vers la voiture immobile.

— Regarde, il y en a deux par terre, ils ne bougent pas.

— Reste là, je vais voir !

Antoine s'approche prudemment des deux hommes allongés au sol dans des positions grotesques et dramatiques à la fois. Antoine est de la campagne, rien ne l'impressionne, c'est un chasseur, ami d'enfance de Jon. Il comprend vite, en les observant, qu'ils ne respirent plus. Comme deux frères ennemis, la bouche ouverte et les yeux fixes, un masque de mort fige leur visage. C'est fini pour eux. Quant à la voiture des agresseurs, elle a disparu. Antoine revient rapidement vers Jon qui est maintenant debout et semble avoir un peu récupéré. Malgré la tension, il a l'esprit clair, il faut agir et s'adapter tout de suite.

— On file vite fait. Nous ne devons pas être découverts, tout doit rester secret, je l'ai promis, je l'ai juré.

Tous deux se précipitent vers les motos, démarrent immédiatement et partent à travers les prairies sans prendre les pistes.

*

Dans la voiture qui fuit dans un tourbillon de poussière, Lisbeth est bâillonnée, recroquevillée de force entre le siège passager avant et la banquette arrière. Elle est sidérée, elle la spécialiste des situations difficiles, dures, la femme sans pitié, la voilà tout à coup la victime douloureuse, seule, hébétée. Elle ne sait pas ce que c'est que de vivre quelque chose d'aussi terrifiant, elle gère des drames depuis trente ans, mais ce sont ceux des autres, sur des plateaux télé, dans des salons mondains ou dans des réunions à la Maison Blanche. Pas comme cela, pas avec elle dans l'histoire, jamais !

Au volant, le chauffeur s'efforce de rester calme, après l'adrénaline du combat, il faut récupérer de la lucidité. Respirer, conduire doucement, respecter le plan. Il ne peut s'empêcher de réagir en s'adressant à son comparse.

— Quel bordel, il va falloir faire très attention !

— Oui, mais pourquoi Miguel a tiré ?

— Je ne sais pas, l'autre le visait avec son arme, il a dû agir immédiatement, après c'était foutu, de toute façon on a fait le bon choix, il faut s'adapter, ça va être chaud !

Lisbeth entend les deux hommes discuter, ils sont calmes. Elle réalise que son enlèvement n'était pas programmé à ce moment précis, que ce qui lui arrive est le résultat d'un instant de surprise vite maîtrisé. Elle était suivie et ils voulaient de toute façon la capturer, elle et personne d'autre, mais qui sont-ils ? Que veulent-ils ?

Ils sont d'un sang-froid impressionnant, ce sont certainement des professionnels. Mais pourquoi parlent-ils en espagnol ?

3

Anonyme

Mercredi 21 août 2019, soir

Cette nuit, comme il le fait de temps en temps, Xavier Andurandéguy restera chez Pantxika, dans son grand appartement, entre la place Louis XIV et la baie de Saint-Jean-de-Luz. Un endroit chaleureux et rassurant, encombré par des sculptures inachevées et des meubles chinés en cours de restauration.

C'est une règle non écrite entre eux deux, ils partagent leurs soirées et leurs nuits chez l'un puis chez l'autre, jamais plus d'une fois de suite, histoire de ne pas s'installer, histoire aussi de ne pas s'engager, du moins pour lui. Parfois, il peut se passer du temps où chacun reste chez soi : cela peut durer plusieurs jours, voire une semaine. Puis, ça repart au hasard de leurs humeurs et de leurs déplacements. Xavier, lui, ça l'arrange, il aimerait bien se fixer, se stabiliser, vivre le grand amour à plein temps, mais il hésite comme d'habitude. Est-elle vraiment la femme de sa vie ? Est-ce qu'il est vraiment amoureux ?

Parce qu'il y a aussi Caroline, la cousine de Mauléon si sage et si jolie, veuve avec deux enfants, ou bien Itziar, belle et intelligente. Et enfin, il y a aussi Domeka, son fantasme absolu, exilée et cachée à New York[1]. Il ne sait pas, il hésite. Serait-il un velléitaire permanent dans le domaine amoureux ? Cela fait vingt ans qu'il se pose la question, et le résultat n'est pas vraiment satisfaisant. Un célibataire pas vraiment heureux.

Pantxika aussi ça l'arrange, car le bonhomme est spécial. Elle est amoureuse, ça, c'est sûr et certain, mais aussi prudente. Ils ont presque le même âge, ce n'est pas le moment de se tromper. Depuis un an, elle est heureuse avec ce commissaire de police qui a tout pour lui : quarante-trois ans, beaucoup de charme, sportif, intelligent et en plus héritier fortuné.

Peu loquace sur son passé, Xavier lui a laissé entendre qu'un jour, le moment venu, il pourrait lui en dire plus et qu'elle comprendrait. Mais quand ? Ça, lui-même ne le sait probablement pas.

Ce qu'elle a appris, toutefois, c'est que Xavier a été marié très jeune, puis a divorcé un an plus tard, l'année où son père, un important dirigeant de l'organisation indépendantiste basque ETA, a été tué dans l'explosion d'une cache d'arme au sommet du col d'Orgambidé. La

1 Lire : *L'œuf de la haine et de la vengeance* et *Amères pilules*, du même auteur, dans la même collection.

vie de ce fils de bonne famille a basculé à ce moment-là. Puis Xavier a poursuivi des études incroyables : Normale Sup' lettres, Sciences Po et l'ENA pour finir par entrer dans la police et revenir dans son cher Pays basque pour ne plus en bouger. On ne sait pas vraiment pourquoi il a renoncé à une carrière brillante. Alors, Pantxika le laisse venir, ne le brusque pas, elle n'est pas pressée. Et puis au fond, elle aime bien cette incertitude, ce petit déséquilibre permanent, ce goût d'inachevé dans leur relation, il a un côté « pas sûr de lui » qui contrebalance ce qu'il est dans la vie professionnelle : rigoureux, strict, un peu rétro, résultat de son éducation à l'ancienne.

Pour l'instant, ils sont là tous les deux, il est huit heures et demie, Pantxika finit de se changer. Ils ont prévu de dîner chez des amis à Urrugne, dans une vieille maison pleine de charme près de l'église.

Xavier regarde ses mails d'un air un peu ennuyé. Son portable se met à entonner un tango, *La Cumparsita*, il décroche.

— Commissaire Andurandéguy ? Ici le commissariat de Bayonne. Marcel, chef de poste de la brigade de nuit.

— Oui, bonsoir Marcel, de quoi s'agit-il ?

— Le standard m'a passé un correspondant anonyme qui cherche à vous joindre, il ne veut parler qu'à vous, il dit que c'est très grave et refuse de dire qui il est.

— C'est fréquent ce genre d'appel, non ? Des tas de gens téléphonent pour dénoncer leur voisin qui fait du bruit ou leur conjoint qui ne veut pas regarder l'émission de téléréalité avec eux, ou qui ont perdu leur chat, et ils veulent parler au chef bien sûr.

— Oui, mais je ne sais pas pourquoi. Ça a l'air sérieux.

Marcel ! Un prénom bien archaïque pour un jeune homme. Mais c'est Marcel parce que dans sa famille tous les aînés s'appellent ainsi. La tradition. Marcel, c'est avant tout un policier qui a du nez. Discret et qui ne parle pas pour ne rien dire. Xavier l'a vu plusieurs fois à l'œuvre, il a toujours une opinion solide et argumentée. Et même quand il s'agit d'une intuition, le commissaire sait qu'il peut lui faire confiance.

— Passe-le-moi et avant, essaie de le localiser, gagne du temps.

— D'accord, chef !

Pantxika sort de sa chambre, elle est vraiment belle. Brune aux yeux verts, chevelure noire et frisée, plutôt grande, elle a le charme assumé des femmes matures qui ont la séduction naturelle.

— Bon Xavier, je suis prête, on y va ?

— Oui, heu, non, attends un peu, s'il te plaît, j'ai un appel pro, et surtout tu ne dis rien.

Pantxika a l'habitude, et sait parfaitement que dans son métier tout peut basculer en une seconde, qu'il oubliera tout pour immédiatement se projeter sur une mission, un événement, une catastrophe, et qu'à partir de là, plus rien d'autre n'existera, que tous ses sens et son attention vont se concentrer dessus. Elle le sait et l'accepte. Mieux, elle le comprend parfaitement.

Silencieux, Xavier patiente, l'appareil collé à l'oreille, pendant qu'au commissariat Marcel tente de localiser l'origine de l'appel.

— Monsieur le commissaire ?

— Oui, Marcel.

— Je vous le passe, j'ai fait le nécessaire pour la recherche. Autrement, il ne lâche rien, sa voix est masquée, étouffée, il est calme et tient à ce que ce soit vous, comme s'il vous connaissait.

— D'accord, passe-le-moi.

— C'est parti !

Xavier pose sur la petite table du salon le verre qu'il tenait dans la main et s'enfonce dans le cuir élimé du canapé.

— Ici le commissaire Andurandéguy, je vous écoute.

— Bonsoir, je serai bref. Je vous signale une fusillade qui a fait deux morts.

Xavier, interloqué par l'information que vient de lui transmettre son interlocuteur, se redresse brusquement. Tous ses sens sont en alerte, le ton, la détermination de son correspondant lui font tout de suite comprendre que c'est du sérieux. Il le sent !

— Quand et où ?

— Il y a une demi-heure dans les landes d'Hasparren, trois kilomètres après Pilota Plaza en partant vers le sud, sur la piste tout de suite à gauche. Les deux corps sont là à côté d'une BMW X3 grise. Une femme a été enlevée dans un 4x4 Nissan Patrol immatriculé en France, je n'ai pas le numéro. Les ravisseurs qui se sont enfuis avec la femme parlaient castillan.

— Vous les avez vus ? Qui êtes-vous ?

— Peu importe qui je suis, mais retrouvez-la !

— Qui ?

— Lisbeth Woodword, la conseillère spéciale du président des États-Unis, c'est elle qui a été enlevée. Bonne chance.

— Attendez, on se connaît, hein ?

Il s'écoule une fraction de seconde qui ressemble à une éternité.

— Non.

4

Les landes d'Hasparren

Mercredi soir.

Xavier reste songeur, l'œil dans le vague, puis redresse lentement la tête, semble revenir sur terre et s'adresse à la jeune femme.

— Je crois que notre soirée est sérieusement compromise, je suis obligé d'y aller, ça m'a l'air sérieux. C'est peut-être un mauvais plaisantin, mais je ne crois pas. Il va falloir que tu m'excuses auprès de nos amis. Je rappelle Marcel !

Pantxika décode dans le regard contrit de Xavier que la soirée amicale qu'ils avaient prévue tombe à l'eau.

— Allo, Marcel, tu as raison, ça doit être vrai et grave, passe-moi le lieutenant Ly, il est de permanence.

L'esprit ailleurs, Xavier patiente et fixe Pantxika du regard sans la voir, elle s'est appuyée contre le mur du séjour, bras croisés. La main posée sur le combiné, il semble se réveiller, et l'interpelle :

— Lisbeth Woodword, ça te dit quelque chose ?

— Et comment, admet-elle en se rapprochant de Xavier, c'est une Américaine, conseillère spéciale du président des États-Unis, une ancienne journaliste star spécialisée en politique internationale, une « Faucon » de la Maison-Blanche. Elle est redoutable et redoutée.

— Tu en sais des choses !

— Eh oui, ce n'est pas parce qu'on est une artiste sculptrice vivant dans un charmant port du Pays basque qu'on ne se tient pas au courant de ce qui se passe dans le monde, môssieur, conclut-elle avec un sourire ironique et coquin.

Ils sont interrompus par la mise en relation de Xavier avec le lieutenant Ly. Il connaît trop bien son adjoint pour s'embarrasser de détails et de formules de politesse et va directement aux faits.

— François ? Écoute bien. Un appel anonyme m'informe à l'instant d'un double meurtre et d'un enlèvement, rendez-vous sur place avec le service technique et deux ambulances. D'autre part, lance l'ordre à l'ensemble des patrouilles de contrôler tous les Nissan Patrol immatriculés en France, attention, les occupants peuvent être très dangereux et armés, ils parlent espagnol. Pour le lieu, vois avec Marcel, il fait aussi une recherche pour localiser l'appel. Pour l'instant, on ne dit rien à personne, on attend d'être sur place.

Durant cet échange, Xavier a déplié ses cent quatre-vingt-cinq centimètres hors du canapé avec la souplesse du surfeur qu'il est, il a claqué un rapide baiser sur le front de la jeune femme et s'est précipité dehors vers sa voiture. Gyrophare, sirène deux-tons, et en route à fond vers un endroit qui lui est bien connu. Sa maison familiale est située tout près du lieu du rendez-vous, à quelques kilomètres d'Elizaberry. Il y va très souvent, un peu moins depuis que Pantxika est entrée dans sa vie, il y a un an. C'est son cocon, là où il a été élevé, où il a grandi. C'est aussi là qu'il a souffert après l'assassinat de son père, là qu'il s'est réfugié pour régler ses affaires secrètes et s'occuper du reste de sa famille : sa mère et sa petite sœur, Annabelle. Alors, les landes d'Hasparren, il les connaît par cœur pour les avoir sillonnées à pied, souvent à vélo, à moto et même parfois à cheval. Quel drôle d'endroit pour un règlement de compte !

Son esprit vagabonde en parcourant cette route, il en a pour vingt minutes. L'appel du lieutenant François Ly le ramène à la réalité.

— Je n'ai pu trouver qu'une ambulance. Les autres moyens sont mobilisés par le G7, et il est impossible de les en retirer, ils sont tous sur les dents, j'ai embarqué Marcel avec moi. J'ai aussi des lampes torches et des projecteurs de terrain, la nuit tombe vite peu après vingt-et-une heures.

— Tu as bien fait, François, il ne va falloir compter que sur nous, toutes les forces sont mobilisées pour protéger nos chers dirigeants à Biarritz ou pour surveiller et contrecarrer les anti-G7 du côté d'Hendaye. Sans compter la course après les blacks blocs. Charmante soirée.

En fait, Xavier ne se plaint pas. Il ne s'occupe pas de la sécurité du G7 ni du maintien de l'ordre, mais de tout le reste, du cambriolage au crime de sang en passant par les vols, les suicides et toutes les scories de la misère humaine au quotidien.

François Ly, nommé à Bayonne il y a un an à peine, a été plongé dans une sombre affaire conclue par un énorme accident de voiture et deux balles dans la peau[2]. Après neuf mois d'interruption d'activité, il a repris le travail avec enthousiasme auprès de son commissaire. Si l'accueil au Pays basque a été rude, très rude, François a bien récupéré, à part une petite raideur à l'épaule et quelques migraines persistantes. Heureusement, à vingt-huit ans, le Franco-Vietnamien célibataire est un athlète, et il a recommencé les cours de surf avec sa monitrice préférée, la très belle Itziar. Elle était avec lui dans la voiture, mais n'a pas été blessée.

Xavier conduit vite et les idées lui viennent rapidement. Il faut contacter le capitaine Serge Moulinard, son adjoint, qui est affecté au G7 à l'hôtel du Palais de Biarritz. C'est là que se dérouleront les réunions, et où logent les personnalités avec leurs équipes. Le capitaine Serge Moulinard, au physique quelconque, au goût vestimentaire très flou, au comportement inimitable, mélange de brusquerie fruste et d'intelligence maligne : un phénomène. Il est sur place, au cœur du G7, pour toutes ces caractéristiques et parce qu'il est polyglotte. Le français par son père Calaisien, l'espagnol par sa mère émigrée, le polonais par son oncle émigré lui aussi,

2 Lire : *Amères pilules*, du même auteur, dans la même collection.

l'anglais par ses études à Oxford, le russe par curiosité et surtout le chti, car élevé dans les corons du Nord. Marié à une ravissante baronne picarde, une enseignante avec laquelle il est le père de trois enfants. C'est enfin un amoureux de football au pays du rugby. Ce qui lui vaut, les lendemains de victoire de l'Aviron Bayonnais quelques piques de la part de Xavier. Un respect mutuel, suite à la résolution d'affaires dangereuses et complexes, s'est créé entre les deux hommes.

— Allo Serge, je peux te parler, c'est ultra-confidentiel ?

— Un moment s'il vous plaît, je vous rappelle.

Du Serge tout craché, il a très bien compris que le terme ultra-confidentiel suppose que personne ne doit intercepter la conversation. Et comme Biarritz est truffé d'écoutes de tous poils avec des services secrets omniprésents, il se met à l'abri. Deux minutes après, il rappelle.

— Ici Serge, c'est quoi patron ?

Xavier lui fait le récit de la situation et aborde le sujet délicat.

— Je suis en route. C'est surtout à propos de Lisbeth Woodword, pour l'instant je n'ai rien de plus que les allégations d'un informateur anonyme. Mais par précaution, il faut que tu te renseignes, discrètement si possible. Où est-elle ? Que fait-elle ? Et surtout, a-t-elle disparu ? Parce que si elle a été enlevée, ça va être un tsunami.

— J'imagine ! Je l'ai vue trois fois depuis hier. Style autoritaire pète-sec, genre je sais tout et j'ai raison, bref une peste. Quand elle se déplace, c'est un spectacle, tailleur noir ajusté, les talons claquent, le menton est haut, le verbe est brutal. Elle distribue ses ordres à une armée d'assistants et de conseillers qui courent derrière elle en prenant des notes. Elle a tous les pouvoirs côté US, ils en ont tous la trouille. Je dois rester discret, je suppose ?

— Oui, rien n'est sûr pour l'instant, mais c'est bizarre comme situation, en plus elle aurait été enlevée par des hommes qui s'exprimaient en espagnol.

— Bon, je vais fouiner et me renseigner, ce que je sais, c'est qu'elle est logée ici, à l'hôtel du Palais.

— D'accord, on se rappelle très vite.

Après avoir raccroché, Xavier repense à la brève conversation qu'il a eue avec son informateur anonyme. Il lui a indiqué le lieu, très peu connu, comme si c'était une évidence « Landes d'Hasparren » « trois kilomètres après Pilota Plaza » « une piste à gauche ». Il parlait avec lui comme on le fait avec quelqu'un qui partage la même connaissance des lieux. Il a précisé que les ravisseurs parlaient castillan et non espagnol. C'est une façon de s'exprimer typique des Basques et des Espagnols. Et puis il y a eu cette dernière micro-hésitation avant de répondre « non ! » quand il lui a demandé s'ils se connaissaient. Xavier peut en conclure, presque à coup sûr, que c'est quelqu'un d'ici, venant en particulier d'une zone autour d'Elizaberry et d'Hasparren, qu'il est Basque et qu'il le connaît, d'où son insistance à lui parler personnellement. Par contre, impossible de donner un âge et s'il s'agit d'un homme ou d'une femme.

Entre chien et loup, les montagnes se découpent dans un ciel pur et mordoré. Le calme règne quand Xavier arrive. L'ambulance est là, à côté d'une voiture de service, l'ambulancier est resté dans son véhicule. L'ambiance est bizarre dans ce lieu désert en fin de journée avec une lumière que l'on sent décroître rapidement. Marcel, le policier en tenue, est avec le lieutenant Ly, à distance d'une BMW X3 grise, ils viennent à la rencontre de Xavier. Les hommes se saluent brièvement.

— Vous êtes là depuis longtemps ?

— Dix minutes, chef.

— Quelles sont tes observations, François ?

— Nous sommes restés éloignés de la voiture afin de ne rien polluer, c'est assez poussiéreux et il peut y avoir des traces. Je suis allé simplement voir si nos deux victimes étaient encore en vie.

— Et alors ?

— Morts tous les deux, et visiblement par balle. L'un est sur le dos en costume sombre, chemise blanche et cravate noire imprégnées de sang, il semblait descendre de la BMW, un revolver de gros calibre à la main. C'est un jeune, avec un dispositif de communication logé dans l'oreille gauche.

— Et l'autre ?

— À plat ventre, en jeans baskets et chemisette à carreaux rouges et blancs percée devant et derrière avec beaucoup de sang qui s'est écoulé sous lui, on peut envisager que lui aussi a reçu une balle et de face. Peut-être se sont-ils tués mutuellement ?

— Quelle distance les sépare ?

— Entre quatre et cinq mètres. Le deuxième est plus âgé, autour de cinquante ans, de type sud-américain alors que le premier a plutôt une apparence nordique.

— Et la voiture ?

— Compte tenu des autocollants, c'est une voiture de location EUROPCAR, à première vue, il n'y a rien dedans.

Marcel a installé deux très puissants projecteurs amovibles, car la luminosité crée une ambiance crépusculaire, incertaine et étrange qui rend ce lieu vaguement inquiétant. Effectivement, la voiture est totalement vide. Au sol, on voit bien qu'un autre véhicule a fait demi-tour face à la BMW. Xavier ouvre le veston de l'homme en costume, la trentaine, de taille moyenne, plutôt râblé, cheveux blonds taillés en brosse. Le commissaire remarque tout de suite l'écusson doré passé à la ceinture sur le côté droit avec marqué police bien en évidence. Dans la poche intérieure du veston, il trouve un portefeuille en cuir d'autruche bleu foncé avec une carte professionnelle de la police américaine au nom de Andrew Morgan, un permis de conduire délivré par l'État de New York, une carte de crédit American Express et cinq cents euros en coupures de cinquante et de cent. Il tient un revolver dans la main droite, l'index sur le pontet en position de sécurité. Son système de communication est coupé.

— Voyons l'autre, dit François en se penchant sur le deuxième corps.

Un porte-carte en plastique noir est glissé dans la poche arrière du pantalon qui contient un permis de conduire et une carte d'identité au nom de Miguel Podesa de nationalité vénézuélienne, ainsi que quatre-vingts euros et c'est tout. Un pistolet massif, modèle Glock, est posé à côté de sa main droite.

— Monsieur le commissaire, mon lieutenant ! Venez voir !

Les deux s'approchent et regardent vers le sol qu'éclaire Marcel avec sa lampe, à quelques pas de là. Il est accroupi et désigne du doigt un endroit précis.

— Regardez cette tache, on dirait du sang, elle est petite, quelques centimètres carrés. Vous voyez, autour, il y a comme des gouttes, c'est encore frais. Peut-être que quelqu'un a été blessé ici ? Je prends des photos et je prélève tout ça pour analyse, d'accord mon lieutenant ?

— Oui, tu as raison, cela peut aussi être un animal, mais l'analyse le dira, et puis il faut comparer avec les deux autres. Et toi, qu'en penses-tu Marcel ?

— Un Vénézuélien mort, un policier américain mort, peut-être était-il garde du corps ? Un possible blessé mystérieux sur fond de G7, c'est ce qui s'appelle gagner au loto de la police ! N'est-ce pas, chef ?

Xavier approuve d'un air dubitatif.

— Mouais, voilà qui est bien résumé, et tu peux ajouter le possible enlèvement d'une star de la politique américaine pour faire bon poids, enfin, peut-être ! Ah, excusez-moi, Serge m'appelle.

Il sort son téléphone rapidement et fait quelques pas la tête légèrement penchée en avant.

— Alors ?

— Rien ne bouge dans l'hôtel, j'ai fouiné, tout est calme, elle n'est pas dans sa chambre, elle n'est pas en réunion, sa voiture est bien dans le parking, son garde du corps aussi est invisible. Ah au fait, j'ai son nom.

— Il ne s'appellerait pas Andrew Morgan par hasard ?

— Exactement chef, je sens les emmerdements maximum qui se rapprochent. Je fais quoi ?

— Pour l'instant, rien d'officiel, tu n'es pas censé savoir quoi que ce soit. Je vais appeler Roger Ducourneau. Reste à l'affût.

Roger Ducourneau est le commissaire principal de Bayonne, autrement dit le patron de la police au Pays basque, il va bientôt prendre sa retraite, c'est un Landais grand et mince toujours très élégant, doté d'une grande habileté à gérer les situations difficiles. D'ailleurs, il s'entraîne toute l'année, puisqu'il le dit lui-même, il a épousé une Basque, alors !

Xavier fait un compte rendu complet et détaillé de la situation à son supérieur et s'inquiète de la marche à suivre.

— Quelle stratégie devons-nous adopter ? Surtout vis-à-vis des autorités américaines, vénézuéliennes et de la presse. Et enfin, on garde l'affaire ici ou on la transmet plus haut ?

Xavier connaît bien Roger Ducourneau, il sait que ce n'est pas le genre d'homme à lâcher et encore moins à se défausser, aussi n'est-il pas étonné de sa réponse.

— La distribution des rôles est claire, il s'agit d'un double meurtre accompagné d'un probable enlèvement, François et vous, êtes en charge de cette affaire, je vous adjoins Serge Moulinard qui reste au G7 à Biarritz. Je vais entrer en contact immédiatement avec le procureur de permanence qui saisira un juge, puis nous assurerons la liaison avec les autorités US sur place et avec les Vénézuéliens. Ça vous va ?

Il sait parfaitement que ça va très bien à son adjoint préféré qui retrouve l'équipe qu'il aime : le BCV, le Basque, le Chti et le Viet. Ils ont fait des étincelles lors d'une affaire récente[3] et particulièrement complexe.

— Pour moi, c'est parfait, mais il nous faut des moyens supplémentaires sur place.

— Je vous fais parvenir le nécessaire, quant aux rapports avec la presse, on garde le secret le plus longtemps possible, mais je ne me fais pas d'illusion, ça va fuiter rapidement. C'est tout de même énorme cette histoire en plein G7, on va passer pour un pays de sauvages. Déjà qu'on n'a pas la réputation d'être de petits angelots doux et dociles, alors là, ça va être chaud. Bon, réunion demain matin à onze heures, ça nous laisse le temps de débroussailler.

— D'accord, à demain.

Roger Ducourneau a raison, ça va être très tendu. Il va falloir agir vite et avec précautions parce que quand ça va éclater cela risque d'être énorme, rumine Xavier qui est revenu près des deux policiers, il est temps de passer à l'action.

---

3 Lire : *Amères pilules*, du même auteur, dans la même collection.

— Marcel, tu t'occupes de la scène de crime avec les techniciens, analyse des prélèvements, recueil des ADN dans la voiture pour savoir si Lisbeth Woodword était présente, et regarde les traces de pneus. Les renforts arrivent.

— François, tu fais le point permanent des contrôles de véhicules et tu enquêtes sur ce Vénézuélien mystère ainsi que sur les armes. On débriefe tout demain matin onze heures, à Bayonne.

À vingt kilomètres de là, Serge Moulinard est sur la grande plage de Biarritz, il admire l'hôtel du Palais. Et dire que c'était la villa privée de la dernière impératrice de France, Eugénie de Montijo, l'épouse de Napoléon III, il doit y avoir cent soixante-cinq ans.

Le bâtiment semblable à un énorme gâteau à la fraise nappé de meringue est coiffé de tuiles grises. L'ensemble est magnifique, tout illuminé, au bord de l'océan qui scintille et lui confectionne ainsi un écrin digne de sa splendeur.

De la plage, on ne peut pas intercepter les communications de son téléphone crypté.

— Allo patron ?

— Alors, ça bouge ? Il est neuf heures et demie. Roger Ducourneau a dû les tenir au courant.

— Oui, ça bouge bizarre côté américain, ce n'est pas très visible, mais on sent une légère tension. Les gens parlent et marchent plus vite, il y a des allers et retours vers la chambre de Lisbeth et vers celle du garde du corps qui la partage avec un autre policier de la délégation. Ils sont allés plusieurs fois ouvrir sa voiture qui est toujours sur le parking. Les gens de la réception ont été interrogés sur les déplacements du couple. Manifestement ils les cherchent.

— Ça va remuer très vite, ils vont être avertis officiellement d'un moment à l'autre, retourne sur place pour observer, tu seras notre homme de l'intérieur.

— D'accord. Ah, j'ai appris que le mari de Lisbeth Woodword arrive demain par avion privé, c'est un banquier ou quelque chose comme ça, son voyage était prévu.

— Continue de fouiner, tu es officiellement rattaché à cette affaire avec François et moi, mais je préfère que tu restes sur place, essaie de voir s'il y a des Vénézuéliens dans les parages.

— Des Vénézuéliens ! Il n'y en a pas ici. Certains pays envoient des observateurs, comme la Russie, la Turquie et la Chine, ils ne sont pas à l'hôtel, mais aux environs de Biarritz et dans un rayon de cent kilomètres.

Les deux policiers sont un peu perdus. Des Vénézuéliens ! Qu'est-ce qu'ils viennent faire dans cette galère ! BCV à toi de jouer !

5

CLAC ! CLAC !

LISBETH

MERCREDI SOIR.

J'ai mal, ils m'ont lié les poignets et les chevilles avec de larges bandes d'adhésif, j'en ai aussi sur la bouche et sur les yeux, je suffoque presque. Je suis brinquebalée dans tous les sens et me cogne sans arrêt à cause des chocs que subit la voiture sur la piste.

Ils sont deux, celui qui conduit et l'autre qui est derrière, les deux pieds appuyés sur moi pour me maintenir plaquée au plancher. J'ai très peur, je me suis pissée dessus, je suis à la limite de la panique. Ils m'ont fouillée, mais je n'avais presque rien sur moi à part un téléphone qu'ils ont tout de suite pris et sans doute désactivé. Ils parlent espagnol, langue que je pratique très bien, ma nounou à Boston était mexicaine et mon père parlait cette langue avec moi. Un vestige de sa jeunesse au Pays basque sans doute. Dès le départ, j'ai compris à leur attitude qu'ils étaient très organisés et calmes, ce sont des professionnels. Durant les cinq premières minutes, je sens bien que la route est cahoteuse, ils ne disent rien, à part leur brève interrogation sur la réaction de « Miguel » qui a tiré et qui est manifestement resté sur place. Mais qu'est devenu Andrew, mon garde du corps ?

Tout à coup, les chaos cessent, nous roulons maintenant sur une route normale, c'est presque un soulagement. Le chauffeur en profite pour accélérer. Ils sont silencieux, aux aguets, tendus, je le perçois à leur souffle rapide et saccadé. Une voix forte me fait sursauter.

— Allo Juan, tu m'entends ?

— Oui, je t'entends bien.

Sans doute une liaison avec un talkie-walkie, ils parlent fort.

— Plan de remplacement, rendez-vous à l'endroit prévu dans une demi-heure.

— Miguel y est resté, on a la femme, prépare l'accueil.

— Bien reçu, c'est parti.

Je comprends que ces échanges sont réalisés hors circuit téléphonique cellulaire donc très difficiles à tracer, j'ai tout entendu. Ils semblent sereins, les chaussures de mon garde appuient sur mon corps pour me bloquer complètement, j'ai mal, je suis complètement tordue dans ce tout petit espace. Qu'est-ce qui m'a pris d'aller à ce rendez-vous sans précautions, sans avertir personne ? La curiosité, l'envie de découvrir un mystère ? D'où je viens ? Qu'est-ce qui s'est passé ? Bien sûr, il y a eu ce premier contact avec Aitor, mon cousin direct, je ne pouvais pas lui refuser un rendez-vous, même secret. Et puis il y a la rencontre avec Jon, ce jeune homme, le petit-fils d'Aitor, il avait l'air tellement heureux de me voir, avec son large sourire, avec la *bise entre cousins*. Puis, sont venus les premiers mots sur la vie de notre famille, sur notre Histoire récente. Je me rappelle notre conversation, et ce qui s'est passé après. Il me regardait droit dans les yeux, souriant, confiant, l'air heureux.

— Cousine, écoute bien. En 1936, tout a commencé durant la guerre civile espagnole, les choses n'étaient pas aussi simples qu'on pourrait le croire en lisant les livres d'histoire sur cette période. Il y avait les franquistes, les royalistes, les républicains de toutes les couleurs, les carlistes, les socialistes, les communistes, les anarchistes, les indépendantistes, et tous se massacraient sans pitié. Il faut se rappeler que l'ETA n'existait pas encore, il y avait le *Groupe A*, une brigade antifranquiste, pro-basque, constituée d'intellectuels, de théoriciens, d'idéologues, et de combattants avec le projet d'éliminer Franco, de rétablir la République et d'instaurer un Pays basque autonome sur un modèle libéral et démocra… Mais ! Que se passe-t-il ?

Jon s'est brusquement arrêté de me parler, ses yeux grand ouverts regardent derrière moi, au-dessus de mon épaule gauche, il est soudainement figé, bouche ouverte. Je n'ai pas le temps de me retourner.

Et là, tout bascule. J'entends la voiture, les coups de feu, puis Jon qui s'écroule devant moi alors que quelqu'un me ceinture, me coupe le souffle et me soulève du sol. Je suis tétanisée, je vois en un éclair Andrew accroché à la portière de la voiture qui pointe son arme sur moi, la bouche grande ouverte, les yeux exorbités et fixes, puis tout disparaît, soudain. Je suis poussée et tassée à l'arrière d'une voiture qui démarre en trombe.

Cela fait un moment que nous roulons, peut-être une demi-heure ou plus, la notion de temps s'abolit peu à peu. Je devrais être actuellement en route pour une réunion capitale, avec les Français et les Anglais, afin de discuter de nos actions au Moyen-Orient. Et non ! Je suis là, coincée, à la merci de je ne sais qui et pour je ne sais quelle raison.

C'est impossible, je suis dans un cauchemar, je vais me réveiller !

Le 4x4 s'immobilise, les chaussures n'appuient plus sur moi, je suis saisie sans ménagement et jetée dans un endroit exigu, recouvert de moquette qui gratte ma joue droite, peut-être un coffre de voiture ? Je sens que plusieurs personnes s'affairent autour de moi en silence, des portières claquent. Une voix puissante surgit.

— Vous êtes au point ?

— Oui, tout est prêt.

— On la tue, là, tout de suite ?

— Non, on va à la planque et on attend les ordres.

Je me mets à trembler de tout mon corps. Qu'est-ce qu'ils ont dit ? « On la tue, là, tout de suite ? » C'est bien ça ? Je me rends soudain compte que ma vie ne tient plus à rien, s'ils le décident, je suis assassinée en quelques secondes et tout sera fini. Tout ce que j'ai construit, bâti avec acharnement pour parvenir au sommet, toute une vie de combats face à ces hommes, milliardaires, politiques, journalistes, tout ce que j'ai fait et encaissé pour les dominer. Ma vie personnelle réduite à presque zéro. Je suis devenue un roc, une guerrière cathodique, et me voilà soudain rien du tout, à la merci d'inconnus et pour une raison que j'ignore. Je réalise que s'ils me tuent, je ne saurai pas pourquoi, je n'aurai rien à dire, je n'aurai même pas à me défendre, à argumenter, à convaincre. Tout ce que je sais faire ne me sert plus à rien. Peut-être qu'on ne me retrouvera jamais, que je serai définitivement effacée, oubliée, disparue. Je suis totalement dépendante et je ne supporte pas cette situation, mais je suis aussi parfaitement impuissante. Je réalise soudain que je ne suis pas préparée à cela, à la réalité de la violence physique et psychologique poussée à ce point. Je suis une théoricienne qui pense, condamne, juge et fait agir les autres. Je ne connais pas la réalité des choses, les souffrances réelles des hordes de gens pour qui mes décisions peuvent signifier un arrêt de mort. Je réalise que j'ai peur de la mort, je n'y avais jamais pensé, je ne me sentais pas concernée, pas moi, pas maintenant, pas si tôt ! C'est impossible. Au bout de longues minutes, la voiture s'immobilise, je suis extraite du coffre à dos d'homme, j'entends un bruit de serrure, quelques pas, une porte qui s'ouvre et je suis déposée sur ce qui est peut-être un matelas. Je suis toujours bâillonnée et menottée à quelque chose de métallique.

— Elle pue, elle s'est pissée dessus.

La porte se referme avec un bruit de verrou auquel on a donné deux tours de clé. Clac ! Clac !

6

La « faucon »

Mercredi soir.

Impersonnelle, mais à la modernité fonctionnelle, la grande salle de réunion se situe au premier étage du commissariat bayonnais. Le commissaire principal Roger Ducourneau s'est, comme à son habitude, placé en bout de table, à sa droite Xavier Andurandéguy et son adjoint François Ly. Marcel Ducassou, policier en uniforme et Marceline Rouquette, jeune médecin légiste, ont été conviés. La réunion prévue pour le lendemain a été avancée et, compte tenu des circonstances dramatiques, un représentant des services de police américain est en route pour y participer.

L'éclairage au néon diffuse une lumière blanche et crue, l'atmosphère est tendue car chacun est conscient que cette affaire sort de l'ordinaire, que la personnalité des victimes annonce une enquête compliquée et délicate.

Au centre de la table, trône une sorte d'araignée noire à trois pattes avec haut-parleur intégré qui facilite la conversation téléphonique avec Serge Moulinard resté à Biarritz.

Le commissaire principal Ducourneau organise la discussion.

— Bonsoir à tous, je préfère vous avertir tout de suite que pour ce qui est du secret, c'est probablement foutu, la nouvelle est partie comme un TGV un jour sans grève. Les Américains sont paniqués, tous leurs programmes sont chamboulés, mais pour l'instant la presse n'est pas au parfum. Mais dites-moi Xavier, elle est si importante que ça, cette… Lisbeth ?

— Oui Roger. Le sommet sert à discuter des problèmes internationaux et elle est la conseillère spéciale du président pour la sécurité extérieure, elle est plus puissante que le ministre des Affaires étrangères américain. C'est elle qui négocie tout en amont. Il faut que toutes les discussions soient bouclées pour samedi matin. Dimanche et lundi, selon les sujets, les chefs d'État n'ont plus qu'à trancher, tout est pré-négocié et c'est son boulot. En réalité, elle fait ce qu'elle veut parce que son patron, le président US, lui, les détails ça le gonfle, il préfère jouer au golf, ou engueuler les Nord-Coréens, les Iraniens, et accessoirement, les Européens par Twitter interposé.

— Quels sont les dossiers chauds traités en ce moment ?

— Le Brexit, les taxes import/export avec la Chine et l'Europe, la Corée du Nord et aussi, un assez mystérieux et ultra-confidentiel dossier sur l'Iran impliquant les États-Unis, la France et les Britanniques. Voilà pour le principal.

— Et le Venezuela ?

— Ici, tout le monde s'en fout.

— Ah bon, mais encore ?

— Ça arrange les Américains que le Venezuela de Maduro le marxiste s'écroule quasiment tout seul. Un concurrent exportateur de pétrole en moins, et cadeau, ça affaiblit Cuba qu'il fournit à bas prix. Les autres pays proches ne le soutiennent pas, ou du bout des doigts, donc aucun intérêt. Par contre, j'ai discuté avec l'agent de liaison du FBI pour la sécurité, c'est lui qui vient nous voir. Ils sont sidérés que la conseillère ait pu s'absenter avec son garde du corps sans rien dire et sans aucune protection supplémentaire, ils ne comprennent pas. Voilà, vous savez tout. Ah oui, j'y pense, il faut aussi savoir que les services de sécurité et de renseignements US nous considèrent un peu comme de gentils charlots et quand je dis « gentil » je suis poli.

La porte s'entrouvre et laisse apparaître la tête du policier de garde qui annonce directement :

— Un certain Philippe Marlow demande après vous, il est Américain et a l'air pressé.

— Amenez-le !

Le planton disparaît et le silence s'installe.

Peu après, le policier US entre dans la salle. Un mètre soixante-cinq, bedaine en avant, boule à zéro, l'air triste, il émane de ce quadragénaire métis une solidité brutale tempérée par des yeux noirs, brillants et transpirant l'intelligence. Costume classique gris anthracite, cravate noire nouée sur une chemise sombre, écusson doré accroché à la ceinture, l'homme attaque tout de go d'une voix forte dans un français sans accent.

— Bonjour, je m'appelle Philippe Marlow, agent spécial au FBI, chef de la sécurité pour toute la délégation américaine du G7. Le français est ma langue maternelle, ma mère était de Pointe-à-Pitre et j'aime le camembert avec du Bourgogne, mon père vient du Texas et m'a élevé au cheeseburger. Comme cela, on gagne du temps.

Marlow étreint vigoureusement la main de chaque participant et s'assied à côté de Xavier qui fait les présentations.

— Le capitaine Moulinard est resté à Biarritz et complète notre équipe, c'est notre correspondant et votre interlocuteur sur place. Je vous raconte la situation en détail.

Devant un auditoire attentionné, Xavier expose, avec force détails, les éléments déjà en sa possession puis se tourne vers la légiste.

— Marceline, faites-nous part de vos premières constatations.

Marceline Rouquette est une délicate jeune femme blonde aux yeux bleus qui a pris ses fonctions un an auparavant en remplacement d'un vieux toubib râleur et paresseux. Un changement qui a satisfait tout le monde, en particulier Marcel qui semble très troublé par elle, mais ne sait comment lui déclarer son presque sentiment amoureux. Il sait qu'elle est célibataire, comme lui ; cette enquête peut lui ouvrir la voie.

— J'ai examiné les corps sur place et à la morgue, mais c'est du brut de décoffrage, sous réserve des autopsies qui seront pratiquées demain. Il existe des quasi-certitudes. (Elle ouvre un dossier en carton rouge dans lequel sont rangées ses notes.) D'abord, le garde du corps, une balle l'a touché de face dans la poitrine juste à côté du cœur. Sa mort n'a probablement pas été immédiate, peut-être une minute après l'impact. On l'a retrouvé à terre côté conducteur allongé sur le dos. Une balle manquait dans le barillet du revolver qu'il tenait dans sa main droite, avec l'index le long du pontet en position de sécurité.

— Et l'autre ? interroge Marlow.

— Quasiment le même schéma, sauf que l'homme était côté passager et a de ce fait agi plus facilement, étant droitier, il a pu ainsi sortir immédiatement le bras par la portière et tirer. Il est aussi mort d'une balle en pleine poitrine, et s'est affalé sur le côté pour finir sur le ventre.

— Comme Andrew alors ?

— Pas tout à fait. La balle qu'a reçue Andrew était un peu à gauche du cœur, c'est pourquoi il a pu avoir entre trente secondes et une minute de lucidité, peut-être que cela lui a suffi pour faire feu et se mettre en position d'attente afin de pouvoir tirer à nouveau avant de mourir. Vous le savez, les victimes de chocs violents subissent une massive production d'adrénaline qui les fait survivre dans un état second durant un très bref moment.

— Le tueur aurait tiré en premier ?

— C'est probable, car la balle tirée par Andrew est allée droit dans son cœur et avec le calibre utilisé l'organe explose complètement, tout s'arrête dans la seconde, il lui a été impossible de faire quoi que ce soit. Que dire de plus, que les deux hommes semblaient en bonne santé, sportifs. Voilà, c'est tout Xavier, tu as des questions ?

— Tout s'est donc passé très vite ?

— Oui, je dirais quelques secondes, entre trois et six.

— Bien, merci Marceline, à toi Marcel.

Le jeune policier se trémousse un peu sur son fauteuil, il vient de réaliser qu'elle s'appelle Marceline et lui Marcel, si ce n'est pas un signe ça ? De plus, ce n'est pas tous les jours que, à son niveau, il est amené à intervenir en réunion avec tous ces grands chefs, un officier de sécurité américain et la très jolie médecin qui, maintenant, le regarde avec attention.

— Ce sont les premières constatations, le lieu est sécurisé et gardé, nous y retournerons demain très tôt pour passer la zone au peigne fin. Il ne pleut pas et le vent n'est pas prévu, c'est une chance.

— Tant mieux, mais tu as pu noter pas mal de choses ? intervient Xavier.

— Oui. D'abord la douille de la balle tirée par le pistolet du Vénézuélien était à deux mètres à droite de son corps, ce qui correspond au système d'éjection automatique de l'arme. Ensuite, on observe que la BMW a fait demi-tour lentement, les empreintes de pneus sont nettes et marquées, le chauffeur a pris son temps. L'autre voiture est arrivée vite et est repartie en dérapant, les traces de roues sont floues. Les deux véhicules étaient arrêtés face à face à deux mètres l'un de l'autre

— Est-ce qu'il y a d'autres traces ?

— Oui, c'est un endroit où passent tracteurs, voitures et motos, donc il y en a partout, mais celles-ci sont claires et correspondent au positionnement de la BMW.

— Autre chose bien sûr. Le sang !

— En cherchant avec la lampe torche, j'ai trouvé à dix mètres des cadavres une tache de sang large comme ma main sur une pierre plate, entourée de gouttes et le tout semblait assez frais. J'ai prélevé le total, poussière comprise, c'est parti au labo. Autour de la tache, il y avait des traces de semelles de baskets, du 44, et à un mètre, toujours des empreintes de chaussures de sport, mais du 39. On peut dire qu'un homme et une femme, ou un enfant, se sont tenus face à face autour de la trace de sang. Les empreintes du 44 montrent un déplacement rapide vers les arbres, celles du 39 disparaissent, comme si la personne s'était évaporée. C'est tout.

— Merci Marcel. Bravo, voilà de beau travail. À toi François.

— Nous connaissons l'identité d'Andrew Morgan grâce au contenu de son portefeuille, permis de conduire et carte professionnelle. D'ailleurs, agent Marlow, vous pourrez aller l'identifier après cette réunion.

Marlow reste de marbre, comme depuis le début de la réunion. Son visage est fermé et inexpressif, il regarde droit devant lui dans le vide du mur qui lui fait face.

— Pour l'autre, précise François Ly, il s'agirait d'un certain Miguel Podesa d'après sa carte d'identité vénézuélienne. J'ai lancé une requête auprès des autorités pour vérifier ça. L'âge, cinquante ans, et le type physique correspondent bien.

— Et la voiture ? La BMW ?

— Elle est vide, clés sur le contact, c'est une voiture de location EUROPCAR toute propre, on recherche quelque chose qui montrerait que Lisbeth était dedans, car rien ne le prouve à part les confidences de votre informateur anonyme.

— Exact, confirme Xavier, mon mystérieux correspondant m'a aussi indiqué que le 4x4 utilisé est un Nissan Patrol immatriculé en France. Les barrages, contrôles et recherches n'ont rien donné. Nous avons vérifié cinq voitures identiques dans un rayon de cent cinquante kilomètres, leurs propriétaires sont hors de cause. On continue de chercher dans tout le Sud-Ouest. Il est possible qu'ils soient passés entre les mailles du filet ou qu'ils aient changé de véhicule, ils sont peut-être loin ou planqués tout proches. Nos amis de la police du Pays basque sud sont aussi alertés, tous les passages de frontière sont filtrés. Tu peux continuer François.

— Je me suis aussi concentré sur la recherche du 4x4. C'est un modèle assez courant ici, car c'est un tout-terrain robuste utilisé par beaucoup d'habitants de la campagne, je penche plutôt pour un échange rapide de voiture. Nous privilégions la recherche de proximité. En ce qui concerne la carte d'identité vénézuélienne, on ne me signale pas d'entrée sur le territoire d'un Miguel Podesa. Bien sûr, la recherche est partie au niveau européen, la photo du cadavre a été transmise à Interpol et j'ai relancé directement les autorités espagnoles.

— Pour l'instant, reprend Xavier après un court temps de silence, cette histoire semble n'avoir aucune cohérence, vous allez nous parler de Lisbeth et de son garde du corps, dit-il en se tournant vers Philippe Marlow, toujours aussi impassible. Mais pour le reste, je ne vois pas le lien entre mon interlocuteur anonyme qui disparaît et une conseillère du président des États-Unis qui s'échappe incognito. Ajoutez à cela, un mystérieux Vénézuélien et une tuerie dans un endroit désert, au cours de ce qui ressemble à un rendez-vous secret, et là, le brouillard est total. Agent Marlow, essayez de nous éclairer un peu si vous le pouvez.

L'Américain reste silencieux en fixant ses deux mains jointes devant lui, puis il redresse sa grosse tête, pousse un soupir et parcourt la petite assemblée d'un lent mouvement circulaire de ses yeux noirs et perçants.

— Je vais tenter. Il ne s'agit pas d'un simple fait divers un peu original. Cette affaire est dramatique, car il y a deux morts et un probable enlèvement. Mais il se trouve surtout que les victimes sont des personnalités hors du commun, en incluant le « Vénézuélien » dont je vous parlerai tout à l'heure. (Il marque un temps d'arrêt, soupire profondément.) Andrew Morgan était un élément d'élite, je le connaissais bien, c'était un de mes élèves à l'école de police. Trente ans, passé par le corps de marines, il s'est battu en Irak. C'était un professionnel sérieux et fiable, je ne comprends pas qu'il n'ait averti personne, car pour nous, leur disparition se situe à dix-neuf heures trente à la sortie de l'hôtel du Palais.

À cet instant, un jeune policier entre dans la salle sans frapper.

— Commissaire, excusez-moi de vous interrompre, mais j'ai des nouvelles de la voiture de location.

— On t'écoute, dis-nous ce que tu as trouvé.

Le jeune homme se met au bout de la table et pose un dossier dessus, il reste debout et fait son rapport.

— J'ai contacté le loueur, EUROPCAR, allées Paulmy à Bayonne. La voiture a été commandée par Internet deux heures avant qu'elle ne soit prise sur place. J'ai eu l'employé au téléphone, il se souvient très bien d'un jeune Américain qui a retenu et payé avec une carte American Express personnelle, le permis était au même nom que la carte : Andrew Morgan. Il était dix-neuf heures, il voulait une voiture puissante, mais discrète. Il restait une BMW X3 automatique.

— Il se souvient de son client, le loueur ?

— Oui, il l'a trouvé pressé et tendu, pas souriant, mais très poli, il était arrivé en taxi, il lui a semblé assez soucieux.

— Merci Antoine, on continue, poursuivez agent Marlow, poursuivez !

— OK, j'y vais. Ces meurtres et cet enlèvement sont pour nous totalement incompréhensibles, il n'y a pas de revendications pour l'instant, de plus, ce n'est pas la manière de faire des terroristes qui préfèrent des actions spectaculaires, genre attentats à l'explosif avec beaucoup de victimes, ce qui n'est pas le cas. Nous ne sommes plus dans l'immédiat après-guerre quand les nations se menaient une bagarre secrète où tous les coups bas étaient permis, en particulier les enlèvements et les assassinats ciblés. Et pourtant, Lisbeth Woodword a bien été enlevée. Il faut que tout le monde sache qu'elle est un personnage extrêmement puissant, plus puissant que le secrétaire d'État[4]. Elle est au courant de toutes les affaires les plus confidentielles et sensibles de la planète, ce qu'elle sait est plus dangereux qu'une bombe atomique. De plus, elle n'a suivi aucun entraînement de résistance à un interrogatoire professionnel et encore moins à une séance de torture même « légère ». Vous voyez ce que je veux dire, monsieur le commissaire Andurandéguy ?

— Je vois très bien. Il me semblerait plus simple d'abandonner les « agent spécial Marlow » et « monsieur le commissaire », pour la jouer à l'américaine, nos prénoms suffiront, non ?

— D'accord.

— Bon ! Est-ce que cela change quelque chose à la tenue du G7 ? Pourrait-il être annulé par exemple ?

— Non, en aucun cas. Parce qu'on ne cède pas à un éventuel chantage, au terrorisme ni à la pression, par principe. Le monde civilisé doit montrer un visage fort et rassurant, montrer que les séquestrations ne mènent à

4 Ministre des Affaires étrangères des États-Unis.

rien, et puis aussi, parce que tout est préparé en amont.

— Mis à part des groupes terroristes classiques type Al-Qaïda, quels sont les pays qui sont en conflit grave avec les États-Unis et qui seraient capables de se livrer à de tels comportements ? Je parle bien de pays.

— Oui, j'ai bien compris. Il y a essentiellement la Corée du Nord, le Venezuela et l'Iran. On peut écarter le Venezuela, car désorganisé et ruiné. Avec les deux autres, tout est possible.

— Et la Russie, la Chine ?

— Non, certainement pas. Le président leur fait une guerre totale, mais sur le terrain du commerce. La guerre militaire, ce n'est pas son truc, il retire nos troupes de presque partout dans le monde.

— Et la carte d'identité de Miguel Podesa? Un Vénézuélien, vous en pensez quoi ?

— Si vous me donnez les éléments, je lance tout de suite une recherche, nous avons certains moyens d'investigation sur place, dit-il d'un air entendu.

— Je n'en doute pas, François va vous communiquer directement les documents et les photos, autant gagner du temps. D'accord Roger ?

Le commissaire principal Ducourneau approuve d'un bref hochement de tête.

— Il faut savoir deux choses, poursuit Marlow. D'abord, tous les services US vont vous tomber dessus, vont enquêter et agir, même s'ils n'en ont pas le droit. Ensuite, quand la nouvelle sortira, et il y a deux mille cinq cents journalistes sur place, ce sera du caviar pour eux, ils seront partout, mais ils ne bougeront pas si ce n'est pas confirmé. Donc, il faut éviter de communiquer avec eux. Comment fait-on ?

— C'est assez simple, répond Ducourneau, j'ai eu le ministre de l'Intérieur au téléphone, il était avec la Garde des Sceaux. Nous aurons un responsable et un interlocuteur, c'est Xavier Andurandéguy le responsable et j'en suis le superviseur et garant. Une juge d'instruction est nommée, il s'agit de madame Julie Leclercq, et croyez-moi, c'est du solide, n'est-ce pas Xavier ?

— Oh que oui ! Du très solide, dit-il avec un sourire en coin.

Roger Ducourneau se penche en avant et regarde l'américain dans les yeux.

— J'ai bien noté, réplique-t-il en pesant ses mots, que des éléments de chez vous seront tentés d'intervenir ici. Le moindre faux pas de vos services et c'est le retour direct aux États-Unis, confiance et transparence sont les maîtres mots. Pour la communication, je m'en charge avec le procureur, nous ferons des points d'information si cela est nécessaire et en concertation avec vous personnellement. Aussi, je vous demande de collaborer, vous, ainsi que les autres autorités américaines, et de ne pas avoir de rapports avec la presse sur le sol français. Tant que cette affaire ne sort pas, nous n'avons aucune raison de donner des informations.

— En ce qui me concerne, c'est-à-dire le FBI, c'est d'accord et j'espère la même chose de nos services secrets. Le message sera passé dès ce soir.

— Dans ce cas, votre correspondant permanent sur place à Biarritz est le capitaine Moulinard, vous pouvez avoir toute confiance en lui. Mais pouvez-vous nous en dire plus sur Lisbeth, à part que c'est *Superwoman* ?

— Oui Roger. Elle a cinquante ans, mariée depuis cinq ans à un financier new-yorkais, pas d'enfant. Originaire d'une famille très connue de Boston, ses parents sont milliardaires. Son père, décédé il y a trente ans, a été sénateur, il a un fils qui est candidat à sa succession. C'est une des stars montantes des Républicains. Quant à Lisbeth, études de journalisme, elle s'est spécialisée dans les *shows* télé politiques avec succès, elle a sa propre émission. Elle étrille les divers dirigeants et responsables de son pays depuis vingt ans sur *Fox-News.* Classée très à droite, c'est ce qu'on appelle un Faucon. À la surprise générale, elle a rejoint très récemment le président actuel dont elle partage les idées. Lui, il a tout compris, il élimine une adversaire potentielle et gagne une collaboratrice efficace et ambitieuse. Pour couronner le tout, elle a un caractère de cochon et un ego surdimensionné. Autant dire que des ennemis, elle en a. Son mari est dans un avion privé, il a décollé des Hamptons près de New York, il n'est au courant de rien. Vous le verrez demain matin, on va l'informer dès qu'il arrive.

Tout est dit et il n'en sort pas grand-chose, pas une piste concrète. Rendez-vous est pris pour le lendemain, chacun repart de son côté pour une longue nuit de travail.

Xavier est resté dans la salle avec François Ly, ils sont face à face. Au bout d'un temps de silence, le Basque se secoue et regarde son collaborateur puis le plafond, les deux mains croisées derrière la nuque.

— Tu vois François, je trouve qu'il y a beaucoup de choses troublantes et incohérentes dans cette histoire ! C'est souvent le cas au début d'une affaire, mais là, c'est la totale. Pourquoi Lisbeth s'absente-t-elle incognito ? Mais avec son garde du corps dont elle est très proche, du moins pour ce que l'on en sait. Pourquoi accepte-t-elle un rendez-vous avec un individu inconnu, qui est peut-être d'ici et dans un lieu isolé ? Je pense que c'était une rencontre personnelle étrangère au G7. Il faut enquêter sur cette femme et retrouver le témoin anonyme, je sens que la clé est là.

7

« Groupe A »

MERCREDI SOIR.

Les landes d'Hasparren défilent à grande vitesse. Jon et Antoine n'ont croisé personne. L'air frais qui fouette son visage fait oublier à Jon la douleur qui vrille son bras. Un choc rude. Brutal. Tellement inattendu. Dans sa tête les pensées se bousculent. *C'est à n'y rien comprendre*, songe-t-il. *Je dois prévenir Aititxi*[5].

Sur la droite, un court chemin empierré mène les deux motards devant une belle ferme nichée au milieu d'un bois de chênes. Transis de froid, ils garent leurs engins sous un hangar entre un 4x4 gris et une Twingo verte.

La lourde porte de la maison s'ouvre sur un vieillard massif et de haute taille. Des yeux bleu glacier fixent les deux jeunes gens avec inquiétude.

---

5 Grand-père en basque.

— Qu'est-ce qui vous est arrivé ? Tu es blessé Jon ? Et toi Antoine ?

— Antoine n'a rien, je suis touché, mais ça ne doit pas être grave.

— Entrez vite, on va voir ça !

Les deux garçons pénètrent dans la maison totalement silencieuse. Jon s'assied sur une chaise et s'accoude à même l'épaisse table de salle à manger en chêne sombre. Tout semble ancien ici et dans un état impeccable, comme figé dans le temps, du vaisselier à la pendule en passant par les armoires, les bahuts et le sol en larges pierres irrégulières. On se croirait dans une ferme des années trente. Pas de télévision, mais une chaîne stéréo haut de gamme et un ordinateur portable éteint.

Aussi calme qu'on puisse l'être dans une telle situation, le vieil homme, vêtu d'un pantalon de toile sombre, d'une chemise blanche à col boutonné et de chaussures de marche légères se déplace avec souplesse vers le buffet situé près de la cheminée et se saisit d'une mallette en métal chromé. D'un geste délié, il l'ouvre, révélant divers produits de premiers secours ainsi que des outils de chirurgie simples.

— Enlève ta chemise que je regarde.

Jon ôte en grimaçant le vêtement dont la manche gauche est presque totalement imprégnée de sang. Son bras est ankylosé et la tension musculaire est encore forte. La blessure est rapidement nettoyée à hauteur de l'épaule avec du coton et de l'alcool, Jon grogne un peu. Ça pique.

— Ce n'est pas grave, c'est une balle ? Interroge le grand-père.

— Oui.

— Tu peux bouger le poignet ? Les doigts ? Le coude ? À l'endroit ? À l'envers ?

Jon se prête à l'exercice en serrant les dents, mais tout semble fonctionner.

— Je vais te faire quelques points, la balle a fait une grosse éraflure sur le deltoïde, seuls le muscle et la peau sont touchés, c'est superficiel. Tu ne seras pas gêné bien longtemps.

Désinfection soigneuse, petite anesthésie locale, points de suture, les gestes du grand-père s'enchaînent avec précision. À quatre-vingt-dix ans, il n'a rien perdu de son savoir-faire, rien oublié de ses études de médecine commencées il y a sept décennies. Médecine militaire à Santé navale de Bordeaux, les guerres ensuite, l'Indochine, l'Algérie, l'Afrique puis les services secrets. Attentif, Antoine l'observe tandis que Jon serre les dents mais ne bronche pas.

— Tiens, tu prendras ça.

Le vieil homme lui tend deux blisters contenant des gélules.

— C'est un antibiotique, tu en prends en prévention pendant une semaine. Maintenant, dites-moi tout !

Les deux jeunes hommes, à tour de rôle, racontent avec précision les détails de l'altercation qui a conduit à la blessure de Jon.

Aititxi connaît les situations dramatiques, elles ont été son pain quotidien durant des dizaines d'années dans les services spéciaux. Le vieux baroudeur hoche la tête plusieurs fois, lève les yeux au ciel et livre sa pensée.

— En fait, tout le monde a été surpris par cette irruption, peut-être aussi les assaillants eux-mêmes. Ce qui est bizarre, c'est que vous ayez été épargnés, dit-il tranquillement, vous ne faisiez pas partie de leur plan, ne sachant pas qui vous étiez, pas de morts inutiles. La meilleure preuve est que, tu as reçu une balle dans l'épaule tirée juste pour te rendre inoffensif, mais pas une seconde balle pour te tuer, ce que tout bon professionnel doit faire dans ces circonstances. On achève toujours un blessé potentiellement dangereux qui peut devenir un témoin. Antoine est totalement ignoré. Ils agissent très vite et n'hésitent pas à abandonner sur place l'un des leurs lorsqu'il a été éliminé, ce sont des professionnels. D'autre part, vous les avez entendus brièvement communiquer en castillan avec un accent un peu traînant, n'est-ce pas ?

Jon et Antoine écoutent cette froide analyse et réalisent être passés très près de la mort, prenant aussi brusquement conscience qu'ils ont mis les pieds où il ne fallait pas.

— Mais pourquoi tout cela, Aititxi ?

Le grand-père l'écoute à peine, concentré sur la situation qu'il analyse à toute vitesse.

— J'y vois deux possibilités, ou bien l'enlèvement de la « femme de pouvoir américaine » est opéré dans le but de faire chanter quelqu'un du G7 et les États-

Unis en particulier, ou bien cela a un lien direct avec nous et notre action, nous devons agir. Voilà ce qu'il faut faire : toi Jon, tu files te cacher à Tardets-Sorholus au château, chez Charles Wong, tu le connais bien, c'est un ami de confiance et une véritable tombe. Tu ne te montres pas. Je vais l'avertir. De toute façon, tu es en vacances, personne ne remarquera ton absence à part peut-être quelques jeunes filles.

La remarque ironique tombe un peu à plat, l'atmosphère est tendue.

— Toi Antoine, le commando ne te connaît pas, tu prends contact directement avec Pierre Mindéguy et tu lui dis de venir me rejoindre immédiatement. Pierre sait quoi faire. Ah oui, j'y pense, Jon, prends des affaires pour une semaine, vas-y avec la Twingo, n'utilise ni ton téléphone portable, ni ton ordinateur. Tu verras, Charles Wong a beaucoup de ressources pour communiquer hors des circuits surveillés, trente-cinq ans dans le contre-espionnage ça laisse des traces. Les gens sont tellement obsédés par la géolocalisation qu'ils en oublient les lignes fixes, surtout celle du bistrot ou de la boulangerie de Tardets-Sorholus. Et puis tu vas appeler de façon anonyme le commissaire Xavier Andurandéguy, tu lui signaleras l'endroit de l'enlèvement de Lisbeth ainsi que la présence des deux morts. C'est tout ce que tu lui dis, sois bref et parle en maquillant ta voix au travers d'un tampon épais.

Aitor Larreta, le vieux médecin, a donné à son petit-fils, Jon, un téléphone prépayé pour passer l'appel au policier. Les directives sont transmises avec précision et froideur, pas le temps de s'apitoyer ou de se plaindre, ce n'est pas le style de la maison.

Les deux garçons ont filé rapidement, sans réfléchir, avec ordre de ne plus communiquer avec personne, amis ou famille. Antoine est très discret et sa nombreuse parentèle ignore tout de ses activités parallèles. Gardant en mémoire ce grand-oncle, mort aux États-Unis, il était l'un des activistes du *Groupe A*.

À compter de la mort de ses parents, il y a quinze ans, Jon, enfant unique, vit auprès de ce grand-père qui l'a élevé. Depuis ce jour où un fêtard ivre a percuté la voiture du gendre et de la fille chérie et adorée d'Aitor.

L'ancien médecin veuf depuis longtemps a serré les dents, ravalé sa douleur immense, et s'est consacré à son petit-fils, à sa manière. À la dure parfois.

Aujourd'hui, à vingt ans, Jon est étudiant en médecine à Bordeaux, c'est un jeune homme solide et droit.

Aitor Larreta s'assied pour réfléchir. Il porte bien son nom, Aitor. Dans la mythologie basque, c'est la figure du père de tous, idéaliste, altruiste, sage. Le vieil homme s'interroge, est-ce bien aussi son cas ? Et le doute s'installe.

Est-ce que j'ai eu tort de contacter Lisbeth ? songe-t-il.

Quand il l'a appelée au téléphone, à Washington, prétextant qu'il souhaitait la voir pour lui parler de sa famille et de l'existence du *Groupe A*, la cousine germaine a réagi favorablement. N'est-elle pas avec lui et Jon les héritiers très spéciaux d'un encombrant secret ? Sans oublier Stephen, le frère de Lisbeth, politicien de Boston, probable futur sénateur, potentiel successeur de l'actuel président. Cet homme, pour ce qu'il en sait de source fiable, ne lui inspire pas confiance : arriviste pressé, uniquement intéressé par le pouvoir et l'argent, un politicien professionnel en quelque sorte. Lisbeth, à l'inverse, semble fiable nonobstant les opinions extrêmes qui en font une proche et fidèle adepte du président.

À quatre-vingt-dix ans, Aitor, malgré la solidité qu'il affiche, sait qu'il n'est pas éternel, que le moment est venu de tourner la page et, pour Lisbeth, de profiter de sa venue au G7 pour rencontrer discrètement son petit-cousin Jon.

Le temps a fait son œuvre et la cause du *Groupe A* est devenue obsolète. *Mais pour le reste*, songe Aitor, *je ne peux pas laisser Jon tout seul avec ça, c'est trop gros, trop lourd, trop dangereux.*

Le vieil homme s'était imaginé que Lisbeth et son petit-fils seraient mieux armés pour faire face, pour imaginer un avenir. Et soudain, tout s'écroule avec ces meurtres incompréhensibles et l'enlèvement de Lisbeth. La police sera vite sur les dents, surtout après que Jon aura informé Xavier Andurandéguy. Il faut la sauver, la trouver, lui parler et la protéger, c'est la priorité.

Une heure s'est à peine écoulée lorsqu'une voiture se gare devant la maison. Un coup d'œil par la fenêtre et Aitor repose le Manurhin Walter PP 7,65 Browning inutilisé depuis les années soixante-dix, mais soigneusement entretenu et chargé de balles neuves. Antoine a fait vite pour l'avertir, Pierre Mindéguy est déjà là.

— Entre Pierre, merci d'être venu tout de suite.

Autour de la quarantaine, physique de marathonien, mince et de taille moyenne, l'homme franchit le seuil de la maison en affichant un air inquiet.

— Qu'est ce qui se passe ? J'imagine que c'est important.

— Oui, c'est grave et important, mais aussi très dangereux, laisse-moi te raconter et puis on agira.

Nul besoin de rentrer trop dans les détails. Pierre Mindéguy a tout compris. Les deux hommes se connaissent par cœur. Pierre a succédé à Aitor dans le cabinet médical créé à Hasparren après sa carrière militaire trente ans auparavant, ils sont liés aussi par le *Groupe A*. Le grand-oncle de Pierre, comme celui d'Antoine, est aussi parti aux États-Unis après la guerre, les deux familles sont solidaires, unies par leur passé dramatique. Pierre et Aitor sont liés aussi par le secret qu'ils partagent.

— L'objectif est de la retrouver, et pour cela, il faut activer *Amaraun*[6].

— Oui, et tout de suite. La région est quadrillée par les forces de l'ordre, le commando n'a pas pu aller bien loin avec la voiture que Jon a identifiée. Soit la police les a déjà interpellés, soit ils ont changé de véhicule et se cachent près d'ici. D'après ce qu'on sait, ce sont des

6 La toile d'araignée en basque.

Sud-Américains, autour de la cinquantaine, déterminés, très dangereux et professionnels. Notre réseau sera opérationnel en moins de deux heures. Dès qu'on les localise, on décide en fonction des circonstances : avec ou sans la police, en douceur ou en force.

— C'est bien compris, je vais activer la toile tout de suite. !

Pierre Mindéguy a quitté la maison familiale d'Aitor et a tout de suite réveillé *Amaraun*. Le dispositif secret est constitué de centaines de sympathisants mobilisables à tout moment pour ouvrir les yeux et les oreilles, puis remonter des informations. Ce réseau a la garantie morale de toujours agir en faveur de la cause basque. L'organisation est bien huilée, la communication se fait par messages oraux et codés, chaque participant alerte ses connaissances et des membres de la famille qui ne poseront pas de questions, alors, des milliers d'yeux et d'oreilles sont soudains aux aguets. Le message circule immédiatement : « Rechercher femme blanche, brune, mince, la cinquantaine, Américaine, parlant anglais, français et castillan, physique sportif, taille moyenne. Peut-être dans un Nissan Patrol bleu foncé, elle est accompagnée par deux hommes parlant aussi castillan, cinquante ans, teint foncé, armés et très dangereux. Vus pour la dernière fois dans les landes d'Hasparren. Ne pas intervenir ».

De Bidart à Utzigaina, la chasse est ouverte. Des centaines de regards attentifs guettent, observent. Des centaines d'oreilles se tendent. *Amaraun* tisse sa toile.

8

Le flou

Jeudi matin

Pas un nuage, un léger vent d'ouest donne à l'air un petit goût salé très agréable. Ambiance habituelle pour un Biarritz estival. Et cependant, presque personne dans les rues, pas un surfeur, pas un maillot de bain, pas un vendeur de beignets abricot, pas un enfant. Les rares passants sont soit des policiers en uniforme soit des civils en costume. Tout ça au nom de la sécurité de sept chefs d'État.

Serge Moulinard et Xavier Andurandéguy ont franchi deux contrôles tatillons avant de pouvoir entrer, d'un pas pressé, dans le parc qui entoure l'hôtel du Palais. Au cœur du G7. Philippe Marlow les attend en vue de la réunion de concertation qui doit débuter à neuf heures précises au commissariat de Biarritz.

Les politiques ne sont pas encore arrivés. Les conférences ne débutent que demain soir et dès le matin, la ville sera entièrement bouclée. Treize mille deux cents hommes contrôlent la région.

À trente kilomètres d'ici, à Hendaye, se déroule le contre-G7 avec tous les risques de débordements programmés par les extrémistes et les black blocs. Tout le monde a peur des agressions provoquées par les activistes, qu'ils soient d'extrême gauche ou d'extrême droite, il en va de la réputation du pays d'accueil, la France.

Dès son arrivée, Philippe Marlow, mal à l'aise, les informe que la réunion doit se tenir à l'hôtel Radisson. C'est là que sont installés les services secrets US, investissant tout le bâtiment de cent cinquante chambres pour dix jours et allant jusqu'à percer certains murs afin de faire passer des câbles spécifiques adaptés à leurs systèmes de communication. Xavier a anticipé, il est hors de question d'aller là-bas comme un petit chien chez son maître ! La réponse claque sèchement.

— Nous avons rendez-vous dans une demi-heure au commissariat de Biarritz, derrière la mairie, ce n'est pas négociable. Les locaux sont vides, car le centre de commandement du G7 se trouve dans une école réquisitionnée. Madame la juge, Julie Leclercq, sera exceptionnellement présente, vous pouvez venir à trois au maximum. Toutes nos réunions se tiendront là, car c'est plus pratique, mais le PC opérationnel pour cette affaire est à Bayonne.

— Ah bon, dit Philippe Marlow avec un petit sourire désolé en coin.

— C'est à prendre ou à laisser, il n'y a pas d'alternative. Ou alors on annule et on se voit cet après-midi à Bayonne. D'où une perte de temps que vous devrez assumer, à vous de voir, c'est maintenant que ça se décide.

L'Américain s'éloigne de quelques mètres, le téléphone collé à l'oreille et se met à parler en regardant le Français, puis revient vers lui en proposant de prendre l'appareil pour discuter avec son interlocuteur, ce que Xavier refuse de faire d'un large signe négatif avec la main et en lui tournant ostensiblement le dos. Le policier américain discute brièvement, puis s'interrompt, tape sur l'épaule du commissaire, qui se retourne, et lui dit.

— Il est d'accord, mais on démarre mal.

— Je ne le connais pas votre « il », balance Xavier peu impressionné en le pointant du doigt. D'ailleurs, c'est vous qui démarrez mal, c'est votre organisation qui n'a pas fonctionné. Coopération, cela vous dit quelque chose ?

— À moi, oui !

— Les autres, c'est qui ?

— La CIA.

— Et ce n'est pas le grand amour entre vous, non ?

— C'est exactement ça ! On y va !

Philippe Marlow est morose, la pression qu'il subit est terrible, car le président et son entourage sont parfois imprévisibles et traitent ses services de sécurité comme des larbins incapables. De plus, la CIA se mêle de tout sans aucune coordination et c'est sur lui que ça retombe en cas de difficulté. Cette affaire est une bombe potentielle, le risque est de sauter avec elle. Les Français lui inspirent confiance, ce sont des gens déterminés et compétents, mais l'assassinat d'Andrew est un coup très dur. Non seulement c'est sous sa responsabilité, mais en plus l'officier appréciait beaucoup le jeune garde du corps. Quel gâchis !

Les trois hommes cheminent en direction du commissariat qui jouxte l'Hôtel de ville. Le bâtiment, de style Art déco de 1929, abritait autrefois un grand magasin, *Au bon Marché*. L'édifice, dont le seul avantage est d'être en plein centre de la cité balnéaire, présente un aspect vieillot et peu fonctionnel.

François Ly les a rejoints et la juge Julie Leclercq, toujours en pleine forme, les attend dans une petite salle quelconque et triste au premier étage.

— Quel plaisir de retrouver la fine équipe d'il y a un an, lance-t-elle en affichant un large sourire. Comment allez-vous, lieutenant Ly ? Bien remis à ce que je vois ?

— Oui, merci madame la juge, heureusement que le tireur d'élite n'était pas vraiment d'élite.

— Tant mieux, tant mieux, et toi *Sergio le commando*, on se retrouve fin septembre à Pau ? dit-elle en s'adressant à Serge Moulinard.

— J'y serai madame la juge, j'y serai.

— Et voilà le commissaire Andurandéguy, toujours aussi beau ténébreux ?

— Ténébreux, pourquoi pas. Beau, vous y allez un peu fort !

Xavier ne se formalise pas du style de la juge, il la connaît bien et l'apprécie beaucoup, imprévisible, pas conventionnelle, mais surtout efficace, solidaire, authentique et pugnace avec ses enquêteurs.

Julie Leclercq est un phénomène de la nature. Solide Picarde, autour de quatre-vingt-cinq kilos parfaitement répartis sur un mètre quatre-vingt, tout en muscle, la juge est officier de réserve dans l'infanterie de marine parachutiste. C'est dans ce cadre qu'elle retrouve Serge Moulinard qui suit les mêmes « stages commandos » à Pau. Cinq enfants et un mari artiste peintre très connu pour ses œuvres de *street-art* et accessoirement comme ancien deuxième ligne All Blacks. Et pour certains, madame la juge est *Juju*.

À peine ont-ils fait la présentation de Philippe Marlow que deux Américains des services secrets entrent dans la pièce. Costumes noirs, cravates et mocassins noirs, chemises blanches, cheveux en brosse taillés à un centimètre et demi sur le crâne et un millimètre sur les côtés, regard bleu clair, grands et athlétiques, on dirait père et fils, de vraies caricatures. Ils nous saluent en anglais quand *Juju* se lève et prend la parole en français.

— Bon, on va essayer d'être efficace. Qui parle français ici ?

Les deux Américains en noir ne bougent pas, les autres lèvent la main.

— Qui parle espagnol ?

Même résultat, sauf Marlow.

— Qui parle anglais ?

Tout le monde lève le bras.

— Si je comprends bien, presque tout le monde est trilingue ou au moins bilingue sauf vous deux.

Devant les têtes sidérées des hommes de la CIA, Serge, qui est doté d'une ironie très personnelle, s'empresse de préciser avec sérieux.

— Si cela peut être utile, je parle aussi polonais et russe, François, le vietnamien, notre commissaire, le basque et Philippe sans doute créole.

Les agents des services secrets sont au fond du trou, on leur avait dit que les Français étaient des gens spéciaux, mais là, c'est du très spécial, il va falloir s'accrocher pour suivre. L'humour au second ou troisième degré n'est pas leur spécialité, surtout quand il s'exerce à leurs dépens.

— Bon, alors, on parle anglais. Je suis la juge Julie Leclercq responsable de cette affaire, tout transite par le commissaire Xavier Andurandéguy. Ne cherchez pas à me contacter en direct ou à passer au-dessus de lui, compris ?

Les trois Américains acquiescent. Vaincus d'avance.

— Je me suis exceptionnellement déplacée à Biarritz pour faciliter les choses compte tenu du cirque sécuritaire et paranoïaque qui règne ici. J'ai deux questions préliminaires. Comment avez-vous fait pour que ce supposé enlèvement soit devenu possible ? À ce niveau-là, c'est incroyable, et aussi pourquoi voudrait-on enlever ou faire disparaître Lisbeth Woodword deux jours avant le G7 ? Je vous écoute.

Un silence épais précède un grand soupir du plus âgé des deux agents de la CIA.

— Je m'appelle Bruce Jeep, s'aventure-t-il, je suis le chef des services secrets américain pour le G7 et voici mon adjoint, Jack O'Brian. Les circonstances de cette disparition sont incompréhensibles pour plusieurs raisons. D'abord, Lisbeth Woodword et Andrew Morgan ont tout fait pour en quelque sorte se « déconnecter » de tous les systèmes de surveillance.

— Qu'entendez-vous par tous les systèmes ?

— Monsieur le commissaire. Je peux vous appeler Xavier, à l'américaine ?

— Oui entre policiers, les prénoms, mais madame la juge reste madame la juge. Poursuivez.

L'Américain rengaine son presque sourire de conciliation.

— Leur voiture de fonction est équipée d'une puce électronique, elle est traçable en permanence ; or, Andrew a loué une voiture et est allé la chercher en taxi, donc pas de suivi possible. Ensuite, nous avons retrouvé les deux téléphones de service à l'hôtel. Localisables bien sûr, mais celui que vous avez récupéré sur le garde du corps était un appareil banal qui était coupé. Le téléphone privé de Lisbeth ne répond pas.

— Si vous permettez, précise François Ly, nous avons eu les références de ce téléphone ce matin par le mari de madame Woodword. D'après nos investigations, le dernier signal provient de l'endroit où elle a disparu, sans doute à l'heure de la fusillade ou quelques minutes après, puis le signal a coupé. Cette ligne doit être « spéciale », car à part sa géolocalisation, il nous est impossible d'accéder au contenu et de connaître les appels passés ou reçus. Tout est masqué, impénétrable, c'est un dispositif spécifique qui doit garantir une certaine discrétion.

— Exactement, confirme Bruce Jeep. D'autre part, n'ayant parlé de leur expédition à personne, cela montre leur accord pour que cette escapade reste hors des radars. La voiture de location a été retenue deux heures avant qu'elle ne soit prise sur place, l'opération était donc très préparée par nos deux compatriotes. Quant au pourquoi…

Xavier, les deux mains posées à plat sur l'antique table en bois, interrompt la phrase.

— Excusez-moi, Bruce, mais j'aimerais rester un instant sur ce premier point.

— D'accord.

— J'imagine que l'attitude d'Andrew est contraire à toutes les consignes et à la formation d'un garde du corps de ce niveau-là.

— Totalement.

— Alors, les questions qui fâchent. D'abord, aurait-il pu trahir et entraîner sa patronne dans un mauvais coup ?

— Philippe vous a parlé d'Andrew, indique l'agent de la CIA, cela nous semble hautement improbable, d'autant qu'il y est resté et a tué un ravisseur.

— Autre possibilité, ils étaient amants, suggère Xavier avec un malin plaisir, une virée personnelle qui a mal tourné ?

— Nous surveillons ce genre de chose de très près et dans ce cas nous n'avons rien, ce qui ne veut pas dire que c'est impossible. Par contre, nous savions qu'il existait entre eux une véritable complicité et une amitié qui allait au-delà du simple rapport professionnel.

— Comment savez-vous cela ?

— La base du métier, surveillance, recoupements. De plus Andrew ne s'en cachait pas, il nous disait tout.

— Jusqu'à hier soir.

— Exact, il devait se marier prochainement, miss Woodword avait accepté d'être son témoin.

Xavier se gratte la tête à deux mains, avec énergie, comme pour éclaircir ses idées.

— Tout laisse à penser qu'il a agi de la sorte à la demande de Lisbeth, pour lui rendre service, par amitié en quelque sorte ?

— Oui, c'est possible.

— Mais il y a une autre possibilité.

— Laquelle ?

— La contrainte. Qu'ils soient de mèche paraît à peu près évident, mais peut-être y ont-ils été obligés. Un chantage, une trahison, une dette, et c'est elle qui commandait, c'est sur elle que pesait une éventuelle contrainte.

— Ou pas !

— Sois plus clair, François ?

— On regarde cela comme une contrainte négative, mais ce peut être une contrainte positive.

— Par exemple ?

— Une rencontre pour résoudre un problème, pour recueillir un renseignement important, pour négocier quelque chose, que sais-je ! Le côté secret, confidentiel.

Une tractation discrète en dehors des circuits classiques. Qu'en pensez-vous patron ?

— Tu as peut-être raison, ce qui nous amène à la deuxième question de madame la juge. Pourquoi ?

Philippe Marlow intervient. Sa voix est douce et calme, il est décidé à faire avancer les choses, à jouer le jeu à fond.

— Nous avons un choix très large. Je serai honnête avec vous et j'espère que ce que je vais dire restera entre nous et c'est valable pour vous aussi, dit-il en regardant ses deux compatriotes. Lisbeth Woodword regorge d'ennemis plus ou moins puissants et plus ou moins intimes. Durant vingt ans, elle a mis sur le gril tout le personnel politique des États-Unis sur la chaîne Fox News. Républicains, démocrates, syndicalistes, pasteurs, pauvres, riches, célébrités, tout le monde y passait. Si vous ne vouliez pas aller à son *talk-show*, vous étiez aussitôt accusé de couardise ou de dissimulation, alors tous y allaient pour se faire découper en petits morceaux, tous. C'est une intervieweuse absolument redoutable et sans pitié. Toute sa vie a été consacrée à son métier sans un écart. Elle s'est mariée pour la première fois il y a cinq ans avec un riche financier de New York. Rien à dire. Tous ceux qui ont essayé de la faire tomber s'y sont cassé les dents. Et puis, cerise sur le gâteau, comme vous dites en France, elle intègre l'équipe du président et pas n'importe où. Au poste de conseiller spécial pour les affaires extérieures. Et là, compte tenu du caractère agressif du président qu'elle soutient à mort, elle se fait des ennemis à l'international.

C'est elle qui négocie après les très nombreux *tweets* bizarroïdes présidentiels. Vous voyez le genre Xavier !

— Oui, je vois. En ce moment, quels sont les points chauds ?

— Ah, ça ne manque pas. Le Venezuela, l'Iran, la Corée du Nord, l'Afghanistan pour ne citer que ceux qui seraient capables d'envisager des actes de cette nature, quant à passer à l'acte, c'est une autre affaire.

— Et vous côté CIA, pas d'alerte ?

— Des alertes, on en a tout le temps, atteste Jack O'Brian l'air accablé et fatigué, d'une voix bizarrement très aiguë. On dirait que la terre entière veut *se faire* des Américains, donc les menaces sont permanentes. Par contre, quant au passage à l'acte que Philippe évoque, c'est rarissime depuis la fin de la guerre froide, les enlèvements, les assassinats de politiques, ça ne se fait plus sauf en Russie et dans des dictatures. C'est pour cela que nous sommes très embêtés, ça ne ressemble pas à du terrorisme non plus. Quant au volet vénézuélien, nous venons juste d'apprendre que le titulaire de la carte d'identité au nom de Miguel Podesa a quitté son pays avec sa famille, il est actuellement dans un camp de réfugiés en Colombie.

— Vous avez l'idée d'une filière ?

— Oui François, il y en a plusieurs, mais nous privilégions la filière Cubaine.

— Cubaine ! Mais quel intérêt auraient les Cubains là-dedans ?

— Aucun, il s'agit de la mafia cubaine émigrée en Floride, ils sont capables de constituer des équipes de tueurs, de trafiquants ou autres, sous de fausses identités et en particulier vénézuéliennes, pays dans lequel ils sont comme chez eux, et où il est facile d'acheter des papiers officiels. L'internationale marxiste en action, ironise-t-il.

— Il pourrait s'agir *d'enleveurs à gages* en quelque sorte, remarque la juge Leclercq.

— C'est une possibilité ; dans ce cas, la source, le donneur d'ordre est souvent Américain, mais pas toujours. Ces mafias exécutent des missions pour le compte de celui qui paye, qui que ce soit.

Un silence de plomb s'installe dans la pièce vétuste. Les regards se croisent, interrogatifs, circonspects, avisés, réservés. La situation apparaît complexe, floue. Les deux points énoncés par la juge n'ont pas trouvé de véritable réponse. Qu'en est-il de ce témoin qui a alerté Xavier ? Connaît-il l'Américaine ? Quel est son rôle ? Qui est-ce ? Comment le retrouver ?

9

L'ARRIÈRE-PETIT-NEVEU

XAVIER

JEUDI MATIN.

François Ly est parti précipitamment à Bayonne pour coordonner les investigations. Je retourne à l'hôtel du Palais avec Serge Moulinard et Philippe Marlow. Les deux agents des services secrets américains rejoignent leur « bunker » hérissé d'antennes et de paraboles au-dessus de la Côte des Basques. Nous sommes attendus par Adam Rostand, le mari de Lisbeth, dans la suite junior qu'elle occupe au troisième étage avec vue sur l'océan et son récif, « la roche ronde ». Après avoir parcouru des couloirs feutrés, peuplés de gardes du corps qui s'embêtent ferme tout en étant aux aguets, nous stoppons devant la porte numérotée 45. L'Américain toque trois coups brefs après avoir discuté avec le malabar qui en interdit l'accès. Le battant s'ouvre aussitôt sur un homme d'une cinquantaine d'années, de taille moyenne, plutôt rond sans être gros, très brun, les cheveux frisés ramenés en arrière à force de gel, son visage fait penser à une pleine lune blême dotée d'une paire d'yeux marron en amande, d'un nez épaté et d'une bouche petite et fine. Il a l'air complètement affolé dans son costume sombre et froissé.

— Vous êtes la police française ? Il faut la retrouver ! Qu'est-ce qui s'est passé ? Où est-elle ? Est-ce qu'ils lui ont fait mal ? Dites-moi tout !

Il s'exprime en français avec un fort accent américain. Nous sommes entrés dans un petit salon contigu à la chambre à coucher, le tout est somptueusement meublé dans un savant mélange de moderne et de style Napoléon III, les portes-fenêtres sont ouvertes et on entend le tempo du ressac qui joue sur le sable sa musique sans fin. L'homme s'écroule dans un fauteuil et se prend la tête à deux mains, puis nous regarde.

— Dites-moi que ce n'est pas vrai ?

Je décide d'intervenir.

— Monsieur Rostand, calmez-vous, regardez-moi.

Son regard affolé tourne sporadiquement autour de la pièce, pour enfin se fixer sur le mien. Je m'assieds en face de lui et me penche dans une attitude bienveillante.

— Vous parlez parfaitement notre langue, mais si vous préférez, nous pouvons utiliser l'anglais.

— Ah oui ! Heu, non ! J'ai fait une partie de mes études au lycée français de Los Angeles, c'est une tradition chez nous, Edmond Rostand était mon arrière-grand-oncle, je suis dans la finance et pas du tout dramaturge, il y a toujours eu les deux dans la famille.

Tout cela est un peu confus, mais je vais pouvoir commencer à communiquer avec lui. J'adopte un ton de voix doux et bas, un peu comme avec un enfant que l'on cherche à raisonner.

— Je suis le commissaire de police Xavier Andurandéguy, et à ce titre, responsable de l'enquête portant sur le meurtre par balle du garde du corps de Lisbeth Woodword. Voici mon adjoint, le capitaine Moulinard, et le commandant Philippe Marlow du FBI. Savez-vous si votre épouse devait voir quelqu'un ici, ou avoir des contacts à titre personnel avant ou pendant le G7 ?

— Heuuu, non, je ne sais pas les détails de sa vie professionnelle.

— Je ne vous parle pas de sa vie professionnelle, mais personnelle, réfléchissez ?

Il se tord les mains et me regarde fixement.

— Contacts personnels ?

— Oui !

— Non… enfin non, je ne vois pas. C'est invraisemblable, que lui est-il arrivé ?

— C'est ce que nous essayons de savoir. Vous l'avez eue quand au téléphone pour la dernière fois ?

— Hier soir, vers vingt-deux heures.

— Heure de New York ?

— Oui.

— Donc dix-sept heures ici, et que vous a-t-elle dit ?

— Rien de particulier, que le sommet s'annonçait bien. Mais vous savez, elle ne me raconte pas sa vie professionnelle, elle est très discrète.

— Je ne vais pas vous demander si vous lui connaissez des ennemis, mais si elle vous a parlé de quelque chose d'inhabituel, une inquiétude, un souci, une interrogation ?

— Non !

— Ne répondez pas trop vite, concentrez-vous, essayez de nous aider.

— Mais que lui est-il arrivé ?

— Pensez à ma question !

— Je ne vois pas, je ne comprends pas. Mais vous, que savez-vous ?

Je lui fais rapidement un résumé de la situation pour essayer de le calmer, il a des difficultés à se concentrer et pose sans arrêt des questions.

— Mais alors, il y a un témoin, celui qui vous a téléphoné, où est-il ? Qui est-ce ?

— Celui ou celle, c'est peut-être une femme ! Nous ne savons pas qui c'est, il s'agit d'une recherche prioritaire. Comptez-vous communiquer avec la presse ? Je vous demande cela, car l'information n'est pas publique, et personne ne connaît ce genre de précision à part la police, les responsables de la sécurité américaine et vous. Vous risquez d'être sollicité si l'affaire s'ébruite.

— Non, non, ce n'est pas mon genre, je ne communique jamais avec la presse, même pas la presse économique. Dans mon métier, la discrétion est importante et nous n'avons pas besoin de publicité.

— Vous avez regardé les affaires de votre femme ici ?

— Oui, mais la police est déjà passée, je suppose, pour récupérer les éventuels documents confidentiels, non ?

— Oui, et c'est moi qui l'ai fait, intervient Philippe Marlow. J'ai veillé à tout laisser en place excepté son téléphone professionnel et certains documents sensibles. Mais vous, avez-vous remarqué quelque chose ?

— Non, rien de spécial, il n'y a rien de spécial. Il regarde autour de lui nerveusement. Je perçois l'extrême panique qui l'envahit.

Serge Moulinard, qui est resté silencieux, debout, appuyé nonchalamment contre l'encadrement d'une porte-fenêtre, s'avance afin de se placer dans le champ de vision du banquier.

— Monsieur Rostand, parlez-nous de votre couple ?

— Mon couple ? Quoi ? Qu'est-ce que vous dites ?

Il découvre Serge qui le domine, debout.

— Parlez-nous de votre couple. Tout simplement.

Il semble décontenancé, mais se reprend tout de suite.

— Notre couple. Ah oui, les besoins de l'enquête, c'est ça ?

— Tout à fait, je vous écoute.

Serge s'exprime aussi avec douceur pour ne pas le braquer malgré son style très direct.

— Nous nous sommes mariés il y a cinq ans, elle était célibataire et moi, j'étais divorcé avec trois enfants, nous avons décidé de ne pas en avoir pour favoriser nos carrières et profiter de la vie à deux, sans doute avons-nous eu tort. Mais c'est une autre histoire et, de toute façon, vu nos âges, il était presque trop tard. Nous vivons entre New York et Washington, nous nous entendons très bien avec un très grand respect mutuel. Nous ne mélangeons pas nos intérêts.

— Cela ressemble plus à une association de moyens qu'à un mariage d'amour. Je me trompe ?

Je réalise que l'Américain n'est pas surpris par cette question incongrue, il semble à l'aise sur ce terrain.

— En partie seulement, mais pourquoi faut-il toujours de l'amour dans un couple pour être heureux ? Une relation solide, amicale et affectueuse n'empêche pas un certain sentiment amoureux, même s'il n'est pas aussi profond que celui de Cyrano de Bergerac pour Roxane.

— Vous avez raison, ça peut marcher, mais vous, qu'est-ce que vous faites ?

— Comment ça, ce que je fais ?

— Oui, comme métier, on me dit que vous êtes banquier.

— Oh non ! Pas du tout, j'ai une société de gestion et d'investissements, et ça n'a que très peu à voir avec une banque.

— C'est quoi, la différence ?

— Dans une banque, vous créez des comptes, vous fournissez des moyens de paiement, chéquiers, cartes, vous proposez des crédits, vous gérez les comptabilités personnelles, vous proposez des découverts, des placements, il faut une accréditation, des fonds propres élevés, des autorisations, vous subissez des contrôles.

Je vois bien que Serge en a assez de cette liste donnée sur un ton un peu professoral qui a l'avantage de rassurer Adam Rostand. C'est son domaine.

— Et vous, alors ?

— Nous sommes un établissement privé, des institutions ou des personnes fortunées nous confient leur argent et nous le gérons pour eux afin de dégager des plus-values. C'est tout.

— Ça s'appelle de la gestion de fonds !

— En gros, c'est ça.

— Et c'est quoi votre boîte ?

— Nous sommes deux associés ; FISCHER & MAC LEOD est le nom de la société, mais nous nous appelons Adam Rostand et Vito Lucchese.

— Pourquoi n'avoir pas mis vos vrais noms ?

Il sourit d'un air un peu condescendant, en regardant Serge comme s'il s'adressait à un ignorant total.

— C'est très simple, Rostand évoque le romantisme Français et Lucchese la mafia, rien qui ne rassure les investisseurs, alors que Fisher c'est juif et Mac Leod écossais ou irlandais, idéal pour plaire à Wall Street. C'était le nom de la petite société de gestion que j'ai rachetée il y a dix ans, nous n'avons pas changé le nom, c'est courant.

— Vous êtes indépendants ?

— Oui, nous sommes une petite structure discrète, peu de clients et des services haut de gamme… disons… personnalisés.

— Vous aviez prévu de venir ici ?

— Oui, je dois accompagner les premières dames dimanche à Arnaga, la villa d'Edmond Rostand à Cambo et même y déclamer quelques vers de mon arrière-grand-oncle. Compte tenu de ma parenté avec l'auteur et de ma nationalité américaine, c'est un lien sympathique. Mais qu'est-ce que vous faites pour la retrouver ? C'est effrayant ça, son garde du corps, c'est affreux.

— Vous connaissiez, Andrew Morgan ?

— Bien entendu, c'était un garçon très bien, très dévoué à Lisbeth, très professionnel, il était devenu un presque proche.

Le presque banquier se lève et marche nerveusement en faisant de grands gestes désordonnés, ce sera difficile de l'interroger plus avant. Sa voix monte tout à coup dans les aigus.

— Je suis extrêmement inquiet, s'ils ont tué Andrew, ils sont capables de tout. Il faut absolument la retrouver.

Il est temps de partir, je fais un signe discret à Philippe Marlow qui fouille dans sa poche et s'approche d'Adam Rostand.

— Voici ma carte, vous pouvez me joindre quand vous voulez. Je vous tiendrai au courant.

Nous restons sur cet échange assez surprenant, mais très éclairant sur l'environnement personnel de l'Américaine. Philippe Marlow nous a quittés, je fais le point dans le hall avec Serge qui me regarde d'un drôle d'air et m'apostrophe.

— Dites chef !

— Oui Serge, dis-moi ce qui ne va pas ?

— Ça pue !

Je suis toujours très attentif aux réactions du Chti qui se confie sans barrière et fait souvent preuve d'intuition et de clairvoyance. Je le relance.

— Oui, c'est bizarre.

— Ça pue quoi ? Il regarde le plafond tarabiscoté de la réception, l'œil dans le vague.

— Demande à nos amis Américains un maximum de renseignements sur FISCHER & MAC LEOD et d'où il sort notre Adam Rostand. Il faut fouiller le côté *business*, voir s'il y a des enjeux importants ou risqués, comment se porte sa société et quels sont ses clients.

— D'accord, et aussi d'où vient Vito Lucchese son associé. Ça pue fort !

10

La claque

Lisbeth

Jeudi matin.

Un fin trait de lumière passe au travers des volets disjoints d'une fenêtre étroite placée en hauteur. J'ai dû dormir par à-coups depuis hier soir, je suis recrue de fatigue. J'ai réussi à faire glisser légèrement mon bandeau et j'y vois un peu par mon œil droit. Je suis immobilisée sur un petit lit en métal peint en blanc, allongée à même un matelas gris et usé. La pièce est vide et sombre, probablement un sous-sol. Mes bourreaux sont venus deux fois pour vérifier ma présence. Je ne peux rien faire, tout mon corps est douleur. Je suis ankylosée, prostrée, mes pieds et mes mains sont gonflés à cause des entraves qui coupent la circulation.

Le bruit d'une clef qui tourne dans la serrure m'arrache à mes pensées. La porte s'ouvre, on me libère les chevilles puis les poignets, je suis soulevée et assise sans ménagement, mon bras gauche est aussitôt immobilisé par une menotte métallique reliée à un montant du lit. On m'enlève le bandeau et je les vois enfin, deux hommes qui portent des cagoules noires et ne disent rien. Le lit est traîné vers un petit lavabo fixé au mur, l'un des sbires me tend une serviette de toilette ainsi qu'une brosse à dents, puis je me retrouve seule. Je m'arrache le bâillon et me mets à hurler « Au secours, au secours, à l'aide », c'est sorti comme ça, spontanément, un cri animal, un hurlement de panique libératoire, qui vient de loin. Presque aussitôt la porte s'ouvre brutalement, un des hommes me prend par les épaules, me place face à lui calmement et me met une formidable claque qui m'envoie par terre, me donnant l'impression que mon oreille a éclaté et que le côté droit de ma tête est en flammes. J'essaie de me relever, mon agresseur me soulève sans précautions et m'assied sur le lit. Son regard sombre parfaitement inexpressif me fixe droit dans les yeux. La voix est froide, mécanique.

— Ne recommence pas ! Sinon, je t'arrache la gueule espèce de salope ! Lave-toi, fais ta toilette et on te donne un repas si tu es sage. Ici tu n'es rien, après, on s'occupera de toi, sérieusement, à notre façon.

La porte se referme sèchement. Il m'a parlé en anglais teinté d'un léger accent américain et avec un calme absolu. J'ai l'impression que mon visage a doublé de volume et je perçois un sifflement strident au travers de mon oreille, je suis hébétée, de la bave coule sur mon menton, mes mains tremblent sans que je ne puisse rien y faire. Je me vois, anéantie, hors de contrôle et je déteste ça. J'arrive à agripper le lavabo et à tourner l'unique robinet, l'eau coule et je m'en asperge tout en étant secouée de spasmes et de pleurs incontrôlés, cela me fait du bien. J'essaie de me frotter le corps avec un bout de serviette que j'ai mouillé et me sèche avec l'autre partie puis, me frotte les dents. Il n'y a pas de miroir, je dois être affreuse, mon t-shirt est maculé de crasse et de bave, je me dégoûte. Mais qu'est-ce que j'ai fait ? Que veulent ces monstres ? Qu'est-ce qui va m'arriver ?

La porte s'ouvre à nouveau, mais celui qui m'a frappé n'est pas là, c'était un grand mince alors que ces deux-là sont plus petits et très costauds. Je suis saisie brusquement, libérée des menottes, traînée dans un couloir aveugle et jetée dans des toilettes sales, ils m'ont entravé les chevilles et laissé les mains libres.

— Tu as cinq minutes, on laisse la porte ouverte et on te surveille, dit l'un d'eux qui se plante dans l'encadrement de la porte, face à moi et attend, les yeux fixés sur mon visage, froid et immobile. Un rouleau de papier toilette traîne par terre, vaguement humide. J'ai compris, j'oublie toute pudeur et me soulage sans retenue, tête baissée, le regard rivé sur le sol dégueulasse en ciment gris. Mon gardien s'est exprimé en anglais avec un accent hispanique prononcé. J'ai à peine relevé ma culotte et mon jean, que je suis saisie par les aisselles et traînée vers la pièce d'où je viens, re-menottée au lit par le poignet gauche et assise sur le matelas. Hagarde, j'attends.

— Mange !

Un plateau est posé sur l'unique tabouret en métal blanc devant le lavabo. Un sandwich jambon/fromage, une pomme et un gobelet en plastique. Je me précipite sur ce maigre repas qui me paraît royal, j'ai à peine le temps de finir, que les trois hommes reviennent. Je suis empoignée et assise sur une chaise ordinaire en bois, entravée par les chevilles et les poignets. Immobilisée, face à eux, le siège est appuyé contre le mur, je ne peux rien faire. Les deux costauds se tiennent en arrière sans bouger, jambes écartées, bras croisés. Le troisième, le mince, s'assied devant moi sur le tabouret. Vêtu d'un jean et d'un polo noir sans aucun signe particulier, sa main gauche joue doucement avec un petit couteau à lame courbe et au manche en corne. Sa main droite tire délicatement le t-shirt hors de mon jean, l'arme glisse entre le tissu et ma peau, puis, l'acier remonte lentement en coupant l'étoffe maintenue tendue. Je ne bouge pas, hypnotisée par le mince bruit du coton qui se fend. Le métal progresse lentement jusqu'à frôler mon ventre puis ma gorge lorsque le vêtement s'affaisse doucement découvrant mon soutien-gorge. Les yeux de mon geôlier ne sourient pas, n'expriment rien, son regard se baisse. Le tranchant se glisse entre mes seins et d'un geste brusque il coupe le lien libérant ma poitrine tendue par la terreur. Je me secoue, paniquée.

— Arrête de bouger.

Le ton est sec. Terrorisée par cet homme, je lui obéis, tétanisée. La pointe de la lame est posée sous le mamelon de mon sein droit et appuie à peine. Je ne respire plus.

— Où sont les archives du *Groupe A ?*

Nous y voilà !

11

LA FERME FORTIFIÉE

MERCREDI PLEINE NUIT

Jon a quitté son grand-père précipitamment pour aller se réfugier à Tardets-Sorholus. Antoine a pris sa moto pour prévenir le docteur Pierre Mindéguy avant de rentrer chez lui à Mendionde, à quelque distance d'Hasparren, détenteur d'un secret historique et politique, dont personne n'est au courant. Son grand-oncle, comme Aitor, était un compagnon d'exil des réfugiés dans cette époque trouble de l'après-guerre civile en Espagne. Son ancêtre n'est pas revenu et on n'en parle jamais dans sa famille, par pudeur et aussi pour oublier cet épisode douloureux pour tous.

Jon, quant à lui, a laissé sa Yamaha sur place, cachée dans le garage, et a pris la deuxième voiture qui lui sert au quotidien. Achetée à une cousine, la vieille Twingo vert pâle est constellée d'autocollants pacifistes et écologistes de toutes les couleurs, le jeune homme ne les a pas enlevés, car la peinture est délavée autour et le contraste serait encore plus moche. Environ soixante-dix kilomètres à parcourir en une heure sont nécessaires pour rejoindre Tardets-Sorholus où habite l'ami de son grand-père, là où se trouve sa planque. Jon a le temps de ressasser les événements de la soirée sans vraiment comprendre grand-chose à ce qui lui est arrivé. Tout est allé trop vite, c'était tellement brutal, tout se bouscule dans sa tête. Le temps passe vite, le tout petit village s'étale le long d'une rivière, la Twingo se dirige vers une colline où campe fièrement une ferme fortifiée près du quartier de Monségu. C'est une demeure rustique en pierre grise, au toit en ardoises, très ancienne, les murs sont épais, les fenêtres étroites on l'appelle ici, « le château », c'est une appellation plutôt prétentieuse pour ce qui n'est qu'une grosse ferme embourgeoisée. À soixante-quinze ans, Charles Wong est le maître des lieux. Son père Chinois, avait fui le régime naissant de Mao pendant la guerre sino-japonaise et s'était retrouvé, après un incroyable périple, réfugié politique, exilé en résidence surveillée à Tardets. L'institutrice du village, pure Basque, devint sa professeure de français. Leur rencontre improbable a donné un mariage heureux et un fils, Charles Wong, un bien curieux mélange : des cheveux noirs et raides qui coiffent des yeux bleus en amande, un nez en bec d'aigle, un teint de peau asiatique et un corps de berger souletin trapu.

Il y a une quinzaine d'années, la retraite arrivée, le couple est revenu s'installer au fin fond de cette province basque, au pied des montagnes et si loin de la côte. Seul le décès de cette épouse tant aimée, il y a cinq ans, a mis fin à un bonheur fusionnel. Solitaire aujourd'hui, Charles Wong mène une existence retirée, partagée entre ses livres et ses souvenirs.

Aitor, avec lequel il a participé à tant de missions en eaux troubles pour le compte des services secrets. Aitor, son ami de longue date, son frère d'armes, l'a informé de la venue de Jon.

La Twingo s'immobilise dans la grande cour pavée et Charles Wong s'empresse de fermer la lourde porte à doubles battants qui défend la forteresse.

Le jeune homme et lui se connaissent bien ; Jon vient souvent avec son grand-père, ils partent en montagne, à la chasse, à la pêche ou bien faire des virées à moto, et aussi pour courir les fêtes de villages dont celles, très fameuses, de Mauléon.

— Bonsoir Jon, viens, je t'ai fait un dîner et ta chambre est prête, tu vas pouvoir te reposer, Aitor m'a tout raconté.

— Merci Charles, je crois que j'ai bien besoin de me remettre d'aplomb.

— Tu as un téléphone, une tablette, un ordinateur ?

— Oui, un prépayé et mon Smartphone.

— Coupe-les, et ne les laisse même pas en veille, j'ai ce qu'il faut ici pour communiquer discrètement.

Jon n'a pas réalisé que son téléphone personnel est resté allumé et s'est très brièvement animé sous l'effet d'un appel extérieur qui n'a pas laissé de trace.

La demeure de Charles est confortable et chaleureuse, on s'y sent à l'aise tout de suite. Le vieil homme conduit Jon vers la terrasse dallée qui jouxte la cuisine rustique et s'ouvre sur les collines environnantes. Sous une tonnelle protectrice, coiffée par les branches des platanes, la longue table en chêne est déjà disposée pour accueillir le repas. Simple et d'inspiration locale, il s'avère savoureux : *pimientos del padrón* sautés au gros sel, magret de canard salade verte et un peu de fromage de brebis arrosé d'un onctueux *Harri Gorri* rouge de chez Brana.

Jon se sent mieux, en sécurité, soudain la fatigue lui tombe dessus, le besoin de sommeil arrive. Il est temps d'aller se coucher pour récupérer des forces et de la lucidité.

La fin de journée a été mouvementée, après le coup de fil matinal de son grand-père fixant un rendez-vous impromptu avec la cousine américaine, le trop bref instant de conversation avec elle, la fusillade qui éclate, la brutalité, le tir sur lui, la douleur, le retour à la maison, l'appel anonyme passé à Xavier Andurandéguy, les décisions d'Aitor, la fuite et puis le calme ici, malgré tout inquiétant.

12

Tu es amoureux !

Jeudi soir.

Fenêtre ouverte sur la ville tranquille en cette chaude soirée d'été, bravant l'interdiction, Robert Ducourneau tire avec délectation sur une cigarette.

— Messieurs, pour l'instant, les médias sont heureusement silencieux, lance-t-il à Xavier et à François qui viennent de pénétrer dans son bureau. Nous n'avons aucune piste sérieuse, n'est-ce pas ?

Le regard du patron s'attarde un instant sur la tenue de son plus proche collaborateur. Comme lui, il met un point d'honneur à arborer pendant le service une tenue vestimentaire impeccable. N'en déplaise à ceux qui trouvent le costume cravate un peu *has been*.

— Même pas de piste du tout, complète Xavier. Pour l'instant, les recherches sont intenses afin de localiser les ravisseurs et savoir s'ils sont restés dans le coin, ce que nous croyons, mais sans certitude.

Robert écoute avec attention Xavier tout en écrasant sa cigarette dans un cendrier posé sur son bureau. Sa grande carcasse s'est un peu voûtée.

— Nous attendons, poursuit Xavier, les résultats des enquêtes sur le mari, sur le garde du corps et sur Lisbeth Woodword, ses contacts, ses déplacements, ses actions actuelles, etc.

L'*Agur Jaunak*[7] retentit et François Ly s'empresse de dégainer son téléphone face au regard atterré de son chef.

— Je m'adapte à l'environnement, résume-t-il en souriant, puis regarde l'écran. Ah, les résultats de l'analyse de sang sont arrivés.

Les sourcils froncés attestant de son inquiétude, il se met à tapoter sur son Smartphone.

— Ah !... Bon..., le résumé. C'est un homme probablement jeune avec un rhésus A-, en bonne santé, pas de germe, de virus, de cholestérol, d'alcool, de drogue dure ou prétendue douce. Voilà ! Étant donné que, vous, les Basques, êtes particulièrement caractérisés par le rhésus négatif à forte proportion de A, on pourrait en conclure que nous avons affaire à un homme jeune, sain, Basque et sobre, avec une marge de soixante-quinze pour cent d'erreur. C'est beaucoup d'incertitudes, mais c'est une première approche officieuse.

---

7 *Agur Jaunak* est une chanson basque qui est chantée lors de cérémonies particulières visant à accueillir une personne chère ou en honneur d'une personnalité.

— Oui, c'est ténu, s'interroge Xavier, mais c'est peut-être de mon correspondant mystère dont il s'agit, cela correspondrait bien. Et l'ADN ?

— L'analyse est en cours, ajoute François, pour l'instant, je n'ai que des bribes de résultats, il n'y a pas de correspondance avec des criminels, des terroristes, des malades mentaux, des drogués, ni avec les fichés S. Je vais confronter ces critères à d'autres fichiers. J'ai fait une demande spéciale aux services secrets, je les ai également transmis aux Américains par l'intermédiaire de Philippe Marlow.

— Et du côté du mari ?

— On démarre juste, pour l'instant ça colle avec ce qu'il dit, mais il nous faut un peu de temps pour creuser l'environnement professionnel. Qu'est-ce que vous en pensez, vous, des Ricains, chef? demande le Franco-Vietnamien.

Robert Ducourneau se tasse dans son fauteuil, porte sa large main à son menton.

— Je pense qu'on ne peut pas leur faire confiance, peut-être à Philippe Marlow, mais les deux autres là, Bruce et Jack, ils la jouent personnel, je suis certain qu'ils savent quelque chose, ce n'est pas possible qu'ils les aient perdus de vue et qu'ils n'aient rien sur elle. Pour moi, il y a un loup.

— Je suis d'accord, acquiesce le jeune lieutenant, ils ne disent pas grand-chose des dossiers sur lesquels elle travaillait exactement. Pourquoi est-elle arrivée en avance ? Sur quoi portaient ces réunions si importantes ? Avec qui elle parlait ?

— Tu me donnes une idée, remarque Xavier. J'ai conservé de bonnes relations avec des camarades de l'ENA au sein de la diplomatie, je vais passer quelques coups de fil. Et toi François, questionne Marlow, pousse-le à fond.

— D'accord, chef ! Ou plutôt, OK *boss* ! J'y vais.

Isolé dans son bureau, le commissaire Andurandéguy s'adonne à la difficile besogne consistant à contacter ses anciens condisciples en poste autour de la planète. Une bonne dizaine qu'il connaît bien et dont il a conservé les coordonnées. Les décalages horaires lui compliquent la tâche. Entre ceux qui sont injoignables dans l'immédiat, et ceux qui ne sont au courant de rien ou qui lui précisent que ces sujets sont ultra confidentiels, l'approche est hasardeuse.

Seul Mathieu Beaurpere, spécialisé dans le renseignement au Quai d'Orsay[8], semble en mesure de lui apporter des réponses. Les deux hommes ont beaucoup travaillé ensemble et aussi fait la fête, couru après les mêmes filles, bu dans les mêmes verres. Ils se font surtout mutuellement confiance, étant restés très proches. Mathieu est un célibataire endurci qui manie l'ironie et le sous-entendu avec gourmandise, mieux ne vaut pas être susceptible face à lui.

— Salut le Basque, toujours commissaire de police à Bayonne ?

Sa voix est enjouée, on « l'entend » sourire et ça fait du bien.

8 Ministère des Affaires étrangères.

— Oui, et toi, toujours soi-disant diplomate, peut-être espion ? Peut-être pas ?

— Toujours, toujours ! Qu'est-ce que tu attends pour me rejoindre, je te réserve une place de choix et tu serais accueilli à bras ouverts. Alors, toujours scotché à ton Pays chéri ?

— Exactement ! Pour ce qui est de te rejoindre, figure-toi que j'y pense.

— Quoi ! Enfin ! Tu t'occuperais un peu de toi, tu arrêterais de ruminer dans ton petit paradis ? Tu quitterais ta planche de surf ? Qu'est-ce qui t'arrive ? Attends, je sais, tu es amoureux ! Et ce n'est pas une question, je le sais, je le sais, je le sais, jubile-t-il.

— Quoi, qu'est-ce que tu sais ? Tu es voyant ?

— Ha ! ha ! Ta petite sœur Annabelle, de temps en temps elle me dit tout. Il s'agirait d'une belle sculptrice aux yeux verts, brune au caractère bien trempé, elle te donne des envies d'ailleurs ? Alors, je brûle ?

— Heu, oui, enfin non. Je ne t'appelle pas pour ça, coupe-t-il gêné. J'ai besoin d'un renseignement. Ce que je vais te dire est ultra-confidentiel et ce que je vais te demander, tu ne dois pas me le dire, alors on y va, d'accord ?

— D'accord, essaie toujours.

Xavier lui résume la situation sans que Mathieu l'interrompe.

— Tu as bien compris le problème ?

— J'ai très bien compris et je crois deviner ta question.

— Ah oui, vas-y ! Tu as toujours été doué pour les cachotteries.

— C'est vrai. Tu aimerais savoir si Lisbeth Woodword était sur un gros coup, et lequel ?

— Exactement.

— Je ne peux rien te dire, c'est top secret. Mais j'ai une mémoire d'éléphant, et je peux évoquer avec toi un souvenir de nos jeunes années. Un sujet sur lequel nous avons travaillé tous les deux d'arrache-pied et qui nous a valu une excellente note en deuxième année de Sciences Po. Le sujet était, je crois me souvenir, hum, voyons ! Ah oui, « la possibilité d'une intervention militaire préventive contre l'Iran et ses centres de recherches sur l'atome, montée par les États-Unis, l'Angleterre et la France ». Puisque je suis en veine de confidences, te signale aussi que le petit frère de Lisbeth est une des étoiles montantes du parti républicain et qu'il pourrait être candidat à la présidence dans quelques années après avoir été élu sénateur. Enfin, certains laissent entendre que l'origine de la fortune de son père serait assez floue, des mauvaises langues sans doute !

— Et alors ?

— Alors rien, je ne fais qu'évoquer de vieux souvenirs et partager quelques ragots avec un camarade et ami, ex-étudiant. Mais sache que l'histoire a tendance parfois à se répéter et que c'est peut-être le cas. Sur ce, je te laisse réfléchir, je ne vais pas faire tout le travail. Quand tu auras terminé cette affaire, appelle-moi qu'on s'occupe de ton avenir, sauf si tu te plantes. Ah oui ! Et aussi, tu l'embrasses de ma part.

— Qui ?

— Eh bien Pantxika, bien entendu. Au revoir l'ami.

Xavier reste un moment immobile et pensif. Que faire ? En parler avec sa sœur adorée Annabelle ? Sa petite sœur toujours surprotégée et qui lit en lui de façon particulièrement exacte. Peut-être est-il temps de rompre les amarres. Après s'être occupé d'elle suite à l'assassinat de leur père, l'avoir couvée, assuré son éducation, suivi ses études, le grand frère veille toujours dessus, même si Annabelle est largement indépendante et autonome. En effet, après des études de commerce, elle a fait une belle carrière et dirige les ventes d'un fabricant international de machines pour le BTP. Pas très féminin comme contexte, mais la jeune femme est une battante qui dirige ses équipes au pas de charge, pas grand-chose n'existe qui lui fasse peur, sauf peut-être son grand frère et ses secrets, c'est son père de substitution. Mais, songe Xavier, sa mère est toujours là, veuve et restée seule. Elle lui a fait comprendre à plusieurs reprises qu'elle est parfaitement autonome et que lui aussi pouvait aller vivre sa vie. Sauf à continuer à s'occuper d'elle comme un vieux garçon aigri en puissance. Que faire ? Pas facile pour l'indécis chronique qu'il est devenu. Passer à autre chose ? Ne pas oublier, mais ouvrir un nouveau chapitre vingt ans après l'assassinat de son père, le temps presse.

Mathieu Beaurpere a fait allusion à un dossier précis qui est un bon souvenir de ses études. Tous ses travaux dirigés, thèses, devoirs et sujets d'examens sont chez lui, enfin, chez sa mère, dans son ancienne chambre, là où sont stockés les documents relatifs à son passé. Et puis, dans cette histoire, surgit le frère de Lisbeth, le politique. Décidément, l'ex-animatrice télé est un personnage multiple, au cœur des pouvoirs médiatiques et d'influence. Xavier se lève et s'étire, le sport lui manque, une petite session sur les vagues de Lafitenia serait une excellente parenthèse impossible à envisager en ce moment. Ce soir, dîner chez sa mère, un peu de décompression lui fera du bien. Chané est avertie. Chané, c'est sa nounou, cuisinière de haut vol, elle est aussi son grand premier amour d'enfant, lui avait entre six et treize ans, elle en a aujourd'hui quatre-vingt-sept. Avec son mari, Manex[9], le couple veille sur sa mère et sur la maison depuis soixante ans, ce sont d'ailleurs des cousins éloignés.

Qu'a dit Mathieu Beaurpere tout à l'heure ? La menace de l'Iran ! Une possible intervention militaire ! Les États-Unis, la France, l'Angleterre !

9 Prononcer Manéch.

13

Acre whisky

Lisbeth
Jeudi après-midi.

Je fais un bond violent en me réveillant soudainement d'un sommeil lourd et agité. J'ai l'impression qu'une main en acier essaie d'extraire mon estomac, mon œsophage et mes intestins au travers de ma gorge, je ne parviens qu'à cracher douloureusement une substance amère et glaireuse par petits jets brûlants. Ma tête tourne, ouvrir les yeux est un effort terrible, je réalise que mes poignets sont menottés et que je suis allongée sur le dos. Dépoitraillée, je suis recouverte par mon vomi, je pue terriblement. La peur m'envahit de nouveau, incontrôlable, affolante, pourvu qu'il ne revienne pas et ne me fasse plus de mal, que ce cauchemar cesse. Je réalise que je leur ai tout dit, tellement j'avais peur de souffrir. Je regardais ce couteau menaçant ma poitrine nue, j'ai vu le sang s'étaler sur la lame, mon propre sang rouge vif. Je me suis sentie totalement vulnérable, à sa merci. Et puis une question est venue. « Où sont les archives du *Groupe A* ? » Là, j'ai réalisé l'extrême gravité de ma situation, j'étais foutue, je ne savais pas de quoi il parlait. Il m'a saisi la mâchoire, relevé la tête, m'a forcée à ouvrir la bouche avec ses doigts, a commencé à verser l'alcool et m'a contrainte à l'avaler. Ça a été horrible, le goût âcre du whisky me provoquait des spasmes à répétition, mais je buvais malgré moi, au bout d'un moment, j'ai arrêté de me défendre, ma tête est tombée en avant. Je me noyais dans la torpeur d'un engourdissement écœurant. Puis, mon bourreau m'a giflée par deux fois, m'a redressé la tête, attrapé mon regard : « Maintenant, on discute ou on continue ? La lame du couteau sanguinolent est soudain passée devant mes yeux larmoyants. J'ai craqué ! Et, aussi incongrue, est venue la deuxième question : « Dis-moi tout sur le trésor des Basques ? »

14

À POIL !

VENDREDI APRÈS-MIDI.

Tout est silencieux dans la maison. Lisbeth est au sous-sol, et ses geôliers la surveillent grâce à une caméra qui transmet en permanence les images de sa cellule sur un moniteur. Son sort n'est pas décidé, elle peut encore servir. La villa a été louée depuis six mois dans ce quartier tranquille d'Anglet, entre Bayonne et Biarritz, près de la pinède où se trouvent des dizaines d'habitations avec leurs jardins au calme, tout près du port de plaisance. Un endroit où l'on passe inaperçu si on se tient tranquille, et les locataires actuels ont été très discrets. Les riverains pensent que ce sont des ingénieurs étrangers en stage dans l'usine Dassault voisine pour quelques mois et qu'ils vivent en colocation. C'est du moins ce qu'ils ont laissé entendre lors de rares conversations avec leurs voisins. Ce que personne ne sait, c'est qu'ils ont aussi loué le pavillon mitoyen par le garage qui se trouve de l'autre côté, au fond du jardin. Cette deuxième planque inhabitée donne sur une autre rue, un passage a été aménagé dans la haie vive et la clôture qui les sépare, deux voitures banales sont garées dans la cour, prêtes à partir. Des caméras discrètes surveillent les alentours, elles aussi reliées à des moniteurs rassemblés dans une chambre où un homme, attentif et silencieux, surveille les écrans, il est remplacé toutes les deux heures. Le périmètre immédiat est en dehors de la zone sensible du G7, mais très proche. Huit hommes au total habitent ici, ce sont des professionnels. Ils ne se posent pas de question à partir du moment où les missions sont bien payées. Et là, c'est très bien payé, avec un énorme bonus possible, à condition de retrouver *Le trésor des Basques*. Les volets d'une des chambres sont mi-clos et seule la lumière blafarde des ordinateurs éclaire chichement la pièce. Deux veilleurs sont là. L'un observe ce que filment les caméras autour de leur refuge et l'autre, casque sur la tête, est penché sur un boîtier électronique en métal brillant. Ce dernier se fige soudain : il a repéré quelque chose et s'adresse à son voisin d'un ton sec.

— Va chercher le chef !

Le mercenaire se lève et va taper à la porte de la chambre d'à côté.

— Entre, qu'est-ce qu'il se passe ?

Il parle espagnol avec un drôle d'accent, genre italo-américain.

— Chef, il faut venir, on a un signal.

Alberto se lève de derrière un petit bureau où il était en train de lire un roman policier. Tout à l'heure, son compte-rendu de la situation semble avoir satisfait son commanditaire. Pour la fille, les consignes sont claires, la garder vivante pour l'instant, ce qu'elle a dit semble suffire, mais elle peut encore servir de monnaie d'échange, bien que sa valeur ne soit plus très élevée. Quant à la chasse au fric, feu vert. Il y a beaucoup à prendre ! Pour les archives secrètes, c'est une autre affaire entre lui et certains de ses complices. Le lien, c'est Jon Larreta et son grand-père, le commando aurait pu capturer le jeune homme en même temps que la femme, mais ils ne savaient pas qui c'était à ce moment précis. Et puis, Lisbeth a parlé de son rendez-vous, elle leur a dit qui est Jon, qui est Aitor, les chasseurs ont compris. La traque est ouverte. Arrivé dans la pièce, Alberto observe les écrans qui montrent les rues adjacentes calmes et désertes à l'exception du passage de rares voitures. Posée sur une table, une grosse valise est ouverte et laisse voir un appareillage électronique bourré de boutons et de petits écrans à cristaux liquides dont certains affichent des chiffres qui défilent. Deux diodes clignotent en rouge. L'homme au casque désigne un petit écran qui affiche une carte géographique avec un point noir clignotant au milieu.

— Le téléphone est là, à deux mètres près, à Tardets-Sorholus.

— Ça a bougé ?

— On reçoit un signal toutes les deux heures, bref et précis, le dernier est arrivé ce matin à une heure, puis plus rien.

— L'appareil est coupé ?

— Sans doute, mais je peux le situer, car il y a dans notre système un effet de rémanence qui permet de percevoir un signal supplémentaire plusieurs heures après la coupure de l'appareil. J'ai mis du temps pour l'interpréter, mais je l'ai. L'émetteur n'a toujours pas bougé. Heureusement qu'on avait le capteur dans le Nissan, ce truc est sensationnel, repérer un téléphone prépayé et le localiser toutes les heures, c'est lent, mais efficace.

— Bien joué, on va pouvoir agir. Continuez de surveiller le signal, nous allons passer à l'action, on va l'avoir ! On va aller le chercher !

Alberto s'est isolé dans son petit bureau et, après quelques minutes de navigation sur Internet, a passé un coup de téléphone bref. Il a ce qu'il veut, il peut maintenant descendre au rez-de-chaussée où se trouvent les cinq autres mercenaires. C'est lui, le chef de l'expédition ; son bras droit, c'est Angel Astorga, un Cubain. Les autres lui obéissent au doigt et à l'œil. Aucun n'a réagi après la mort de Miguel, aucun n'a réclamé son corps, sachant bien que ce sont là des conneries sentimentales pour les romanciers sensibles ou pour les cinéastes moralisateurs. Leur réalité est bien plus prosaïque et simple : ou tu vis, ou tu es mort. Alberto explique la situation à Angel, puis donne son ordre.

— Angel, tu prends trois hommes avec toi et tu me le ramènes.

— D'accord.

— Vivant.

— D'accord chef, et c'est où au fait ?

— Un bled, Tardets-Sorholus à quatre-vingts kilomètres d'ici, au fond de la campagne basque, c'est un petit village, il est dans une maison ancienne qui semble assez grande et fortifiée, elle est habitée par un certain Charles Wong selon le site « les Pages jaunes ».

— Qu'est-ce qu'on sait de lui ?

— Wong ?

— Oui.

— Il vit seul, c'est un retraité. Ils ne seront que deux, sauf surprise.

— Comment le sais-tu ?

— Avec Internet, on sait presque tout à partir d'un nom, et puis j'ai passé un coup de fil à la boulangerie du coin en demandant l'adresse de madame Wong pour une livraison urgente. La boulangère est bavarde. Elle m'a dit qu'il n'y a pas de madame Wong et que monsieur, retraité, célibataire, vit seul. Elle m'a donné l'itinéraire pour aller chez lui et avec Google Maps, j'ai tout repéré.

— Qu'est-ce qu'on fait sur place ?

— Tu captures le gosse et tu le ramènes ici.

— Et Wong ?

— Si l'on peut éviter la casse, c'est mieux, si ce n'est pas possible tant pis ! Allez-y, on reste en contact permanent.

Leurs échanges sont toujours dans le même style, brefs et efficaces, pas de perte de temps, pas d'état d'âme. Après le départ du commando, Alberto réunit ses hommes dans la salle des ordinateurs, tous mercenaires de la mafia cubaine de Miami. Ce sont des professionnels habitués aux coups fourrés et avec qui il a déjà travaillé. Lui-même est Américain d'origine italienne, ses ancêtres venaient de Sicile, plus précisément de Corleone qui est, soi-disant, le berceau de Cosa Nostra, la célèbre mafia. Sa famille a émigré aux États-Unis, à New York, et a baigné dans tous les trafics possibles depuis cent cinquante ans : alcool, prostitution, jeux, extorsion, chantage, drogue, immobilier, blanchiment d'argent, etc. Tout est bon pour faire du dollar et protéger la famille. Même devenus très riches, les affaires continuent, ils ne savent faire que ça. Quelques-uns quittent le monde trouble et entrent dans la légalité, avec des difficultés à couper les liens, mais certains y arrivent et s'éloignent de leur camp d'origine jusqu'à l'oublier. Cela prend au moins deux générations. L'un d'entre eux est même devenu juge pour les affaires criminelles dans un tribunal de Washington. Mais Alberto est resté fidèle à la tradition familiale, spécialisé dans la criminalité, c'est tout son talent, et le mafieux le fait bien. À vingt ans, jeune engagé, il s'est battu en Afghanistan et y est devenu vite un chef décoré, puis est revenu à la vie civile rejoindre sa famille, son clan, sachant alors très bien se battre. Pour l'instant, on le charge des missions les plus dangereuses et délicates sur le terrain, là où seuls les meilleurs survivent. L'emprise de sa famille va de Boston à la Floride en passant par New York et la capitale. Toutes les familles se connaissent, italiennes, juives, irlandaises, cubaines, arabes et russes, son père est même en contact avec une famille basque de Brooklyn. Ce n'est peut-être pas un hasard s'il se retrouve ici, pour sa mission parallèle à propos des mystérieux papiers et du trésor des Basques. Sa grand-mère était Française et Basque, elle lui a appris la langue de Molière et lui parlait de Bayonne où elle avait passé sa petite enfance. Elle se souvenait d'un cousin pâtissier très connu pour ses tartes. L'Italo-Américain n'aura pas le temps de faire du tourisme. Alberto prend la parole devant les hommes qui restent avec lui. Les Cubains se ressemblent, on dirait des frères, petits et râblés, autour de la cinquantaine, leurs moustaches noires sont identiques.

— Les services américains et français doivent être sur les dents à la recherche de notre otage, ne les sous-estimons pas, leurs organisations disposent de moyens très importants pour nous pister, nous allons donc redoubler de prudence. Je veux qu'en plus des caméras vous vous relayiez dehors pour faire le tour du quartier. Au moindre doute, on dégage, OK ?

Les trois hommes sont repartis en silence, comme des chats, sachant parfaitement ce qu'ils ont à faire. Alberto doit réparer un détail important qui lui a échappé et vient de lui revenir à l'esprit. Les vêtements de sa prisonnière sont peut-être équipés d'émetteurs. C'est urgent. Il passe rapidement dans sa chambre-bureau, prend avec lui un sac-poubelle en plastique noir, puis descend dans le sous-sol, ouvre une porte fermée à clé et se dirige vers Lisbeth qui le regarde fixement, on dirait une bête traquée. Alberto a passé une cagoule et la regarde, un peu de pitié s'insinue en lui, oh pas trop, juste un peu. Pour lui, cette femme n'est pas de son milieu, elle vient d'ailleurs, d'un autre monde, du cirque médiatico-politique pourri avec ses acteurs hors sol, quelquefois, ce sont des personnages bien pires que des gangsters. L'ex-présentatrice-star est complètement perdue et terrorisée. Le mafieux se dit que c'est la vraie vie quoi ! Elle découvre l'horreur, en vrai !

— Tu ne bouges pas et tu m'obéis sans faire un geste de trop.

Il lui enlève les menottes.

— Lève-toi !

L'Américaine se met debout comme une automate, chancelante au bord du lit, tremblante, les bras le long du corps, la tête basse. L'homme est debout devant elle.

— Déshabille-toi entièrement.

Elle lève le regard vers lui, hébétée, et réussit à articuler péniblement.

— Quoi ?

— À poil, entièrement à poil. Après un bref temps d'arrêt, il éclate de rire. Ah non ! Non ! Je ne vais pas te violer, tu es moche et tu pues, en plus tu es détestable et haineuse, tout le contraire d'une fille sexy. Ensuite, va te laver au lavabo.

Lisbeth obéit lentement, les chaussures, les chaussettes, le pantalon, le chemisier et le soutien-gorge ou ce qu'il en reste. Elle se sent laide et abattue, légèrement courbée, elle est vaincue.

— La culotte aussi, et va te laver.

Totalement vaincue, elle enlève sa dernière fragile protection et met une main devant son sexe dans un dérisoire réflexe de pudeur. Puis elle va se débarbouiller sommairement à l'aide d'une serviette qu'elle humidifie au robinet.

— Maintenant, habille-toi avec ça.

Alberto jette le sac plastique noir sur le lit. Elle y trouve une culotte ordinaire un peu trop grande, un pantalon style jean noir, une ceinture marron en plastique, une chemise en coton à carreaux rouge genre trappeur canadien, un gilet beige et, enfin, une paire de baskets usée également un peu grandes.

— Tiens, voilà une brosse, coiffe-toi.

— Il n'y a pas de glace !

— Et alors, c'est pas la Maison-Blanche ici ! Coiffe-toi quand même, tu as une minute.

Pendant qu'elle se peigne péniblement avec des gestes saccadés, ses affaires souillées finissent au fond du sac. Deux bananes et une bouteille d'eau constituent le maigre repas posé à coté d'elle. Son poignet gauche est immédiatement menotté au montant du lit. La brosse est tombée par terre.

— Maintenant, tu la fermes, si j'entends le moindre bruit, je te découpe le sein. Bon appétit !

Alberto va dans le jardin, enfourche un vélo et se dirige vers le fleuve Adour sous une pluie d'été chaude et fine. En moins de dix minutes, un quai désert le stoppe, caché derrière un garage à bateaux. D'un grand geste, il balance le sac en plastique noir dans le courant, celui-ci coule aussitôt grâce à la grosse pierre qui le leste. On n'est jamais trop prudent.

15

LA FRANGIPANE

VENDREDI FIN D'APRÈS MIDI.

C'est sous un léger crachin tiède qui tente, en vain, de rafraîchir l'atmosphère, que Xavier Andurandéguy et François Ly sont retournés au commissariat. Le G7 et la présence massive des forces de l'ordre ont eu pour effet de calmer toute la région, pas de vol, pas de cambriolage, pas d'agression, moins d'accidents. Le commissariat affiche une tranquillité inhabituelle.

Pantxika a appelé Xavier sur son portable, l'envie d'entendre sa voix, combler le vide qu'elle ressent pendant ses absences. Des sentiments qu'elle n'avait plus éprouvés depuis fort longtemps. D'abord, il y avait eu Imanol.

À cette époque, elle était aux Beaux-arts de Bordeaux, lui, Imanol, étudiait la médecine. Immédiatement ce fut le coup de foudre, cette impossibilité de vivre éloignés l'un de l'autre ne serait-ce qu'une journée. Très vite, le mariage et l'arrivée d'un premier enfant. C'est au milieu de sa deuxième grossesse qu'elle s'était rendue compte que celui qu'elle avait tant chéri n'était de fait qu'un ignoble salaud, un égoïste patenté, un coureur de jupons invétéré. Et il l'avait plaquée. Après le divorce, Pantxika avait élevé les deux enfants, seule, se méfiant des hommes et se complaisant dans le célibat. Au cours d'une sombre affaire de finance internationale dans l'industrie pharmaceutique, son ex-mari avait trouvé la mort, assassiné[10].

C'est à cette occasion qu'elle est tombée amoureuse de Xavier, alors chargé de l'enquête.

Lui, c'est très différent, c'est spécial, souvent secret, parfois l'esprit ailleurs, elle sait qu'il a ses propres fantômes, ayant vécu des choses dramatiques dans sa jeunesse. Mais elle le sent solide, fidèle et sincère, elle éprouve un sentiment de sécurité auprès de lui.

Célibataire endurci, lui aussi, avec cependant un sens inné de la famille ? Timoré par certains côtés, mais éprouvant le besoin de s'ouvrir, de bouger, de rire. Et cette insouciance déconcertante qui la ravissait tant.

— Comment vas-tu depuis hier soir, mon commissaire unique et préféré ?

— Déjà ! Depuis hier soir ! Excuse-moi, je ne t'ai pas appelée.

— Ça n'a aucune importance, je me doute que tu dois être pris par une affaire compliquée non ? Je comprends très bien. Ne t'inquiète pas pour ça.

---

10 Lire : *Amères pilules*, du même auteur, dans la même collection.

— Je te remercie, en effet, je suis sur un truc compliqué et très bizarre.

— Ça concerne Lisbeth Woodword ?

— Comment sais-tu cela ?

— Tu es bien un policier, à une question tu réponds par une question, comme les jésuites. Bon, j'avoue tout, j'ai l'habitude avec toi ! Hier soir, tu m'as demandé si je savais qui c'était, or, j'ai une amie qui travaille à l'hôtel du Palais, elle est adjointe au responsable des ressources humaines, je l'ai croisée aujourd'hui, on a discuté un moment du G7, elle est en plein dedans. Il paraît que ça chauffe et qu'ils la cherchent tous « ta » Lisbeth. D'autant que les chefs d'État arrivent demain et ça fait désordre de perdre la principale conseillère du président républicain des États-Unis.

— D'abord ce n'est pas « ma » Lisbeth, et si je la trouve, tu n'as rien à craindre.

— Oh, oh, oh ! J'ai vu des photos, elle a l'air pas mal, un peu dominatrice, mais assez sexy, dans le genre intelligente stricte qui ne demande qu'à s'éclater. Peut-être un chouia pas marrante ?

— Quelle imagination ! Mais surtout, tu te tiens éloignée de cette histoire qui peut être potentiellement dangereuse. D'accord ?

— Oui, d'accord, d'accord. De toute façon, ça ne m'intéresse pas. Mais fait attention à toi.

— Ça, je sais faire. Mais dis donc ! (Il marque un temps de silence), ça te plairait de bouger, d'aller vivre à Paris par exemple ?

Xavier ne sait vraiment pas pourquoi il a dit cela, c'est sorti tout seul, comme ça ! Du fond de lui, comme une espèce de trop-plein qui doit déborder, comme quelque chose de caché qui jaillit n'importe comment. Sidérée, Pantxika réagit aussitôt.

— Qu'est ce qui t'arrive, tu as des projets ? Et tu m'en parles ? Et j'en fais partie ? Alors ça, c'est nouveau, tu es malade ? ironise-t-elle.

Xavier est pris de court, c'est vrai enfin ! Se confier comme ça ? Sortir de sa réserve ? S'exposer ? Surtout vis-à-vis de Pantxika. Que dire ? Il a l'impression d'avoir quinze ans et d'être pris en flagrant délit de quelque chose de gênant.

— Eh bien, balbutie l'amoureux piégé par lui-même, c'est une question comme ça quoi… Je ne sais pas, on peut faire des suppositions, des hypothèses, enfin on peut discuter de tout non ?

— Oui, on peut. Et puis j'aime bien Paris.

Et elle raccroche. Elle sourit. *Ça vient !* songe-t-elle.

Xavier pense que, décidément, cette femme est vraiment un cadeau dans sa vie. Jamais ses approches maladroites ne l'avaient mené aussi loin, jusqu'à envisager un avenir en commun. Soudain, son envie d'elle éclate, envie de sa tendresse, de son corps, envie de lui faire l'amour, de la faire jouir, de se perdre en elle et de s'avouer enfin : « Je suis amoureux. »

— Patron, on a les résultats de l'analyse ADN, et de l'analyse de sang complète.

C'est François qui est entré soudainement sans frapper. Xavier redescend sur terre brusquement et abandonne sa rêverie érotico-sentimentale. Il est immédiatement opérationnel.

— Vas-y !

— Entre l'analyse de sang et l'ADN, on a des certitudes. Il s'agit bien d'un garçon entre seize et vingt-deux ans en bonne santé, d'ascendance basque à soixante-quinze pour cent, les vingt-cinq pour cent restants viennent du Tarn. Il n'est pas fiché, mais il a un lien avec une famille américaine qui vit là-bas et qui est d'origine basque également. Pour l'instant, les autorités US vérifient s'ils ont le droit de nous divulguer les noms des personnes concernées.

— Ils ont intérêt à le faire, et vite, s'ils veulent qu'on les aide. Lisbeth Woodword est Américaine non ?

— Oui. Mais il y a autre chose.

Ly arbore un sourire mystérieux.

— Vas-y, accouche !

— Il y a une correspondance directe avec un Français qui vit ici, ça vient d'un fichier ultra-confidentiel. C'est un ancien agent des services secrets d'avant 1980, il est médecin et doit avoir quatre-vingt-dix ans.

Xavier fait un bond et jaillit de son fauteuil, soufflé, il débite à toute vitesse, au rythme de ses souvenirs.

— Je le connais, il s'appelle Aitor Larreta, il habite entre Hasparren et Mendionde, tout près de l'endroit où ont eu lieu l'enlèvement et les deux meurtres. C'est un ami de ma famille, mes parents le connaissaient bien, il était médecin généraliste à Hasparren après avoir servi dans la DGSE, c'est un patriote, son père avait émigré aux États-Unis, puis il était revenu. Un de ses oncles était pâtissier dans le Petit Bayonne, il était célèbre pour ses tartes à la frangipane.

— À la frangipane ?

— Oui, à la frangipane, tout le monde se demandait pourquoi sa frangipane était si légère, il était célibataire sans enfant, il est mort avec son secret.

Ils abandonnent cette discussion surréaliste pour revenir au présent. Ly s'en charge.

— Je transmets son nom aux Américains ?

— C'est délicat, un ancien agent de la DGSE !

— Je n'ai pas besoin de donner des détails, juste le nom de famille : Larreta. Et puis, il est retiré des affaires depuis longtemps non ?

— D'accord tu as raison, vas-y ! Moi je vais essayer de joindre Aitor. Nous avons enfin un lien concret, il faut agir vite. Aitor Larreta, je n'en reviens pas !

Xavier se précipite sur le site « les Pages jaunes », trouve un numéro, le téléphone fixe déclenche un répondeur. Le policier connaît quelqu'un qui peut avoir le numéro de portable. Sa mère. Elle décroche immédiatement.

— Xavier, comment vas-tu et comment va Pantxika ?

Sa mère est au courant de la liaison de son fils avec la sculptrice et la considère avec bienveillance, mais aussi avec crainte. Depuis la disparition tragique de son mari, c'est Xavier qui veille sur elle, et Marie Andurandéguy sait qu'il s'est sacrifié aussi pour sa sœur Annabelle. Elle pense que son fils, à quarante-trois ans, doit enfin bouger, vivre sa vie, Pantxika est peut-être celle qui va le faire changer. C'est aussi celle qui risque de l'éloigner de son nid familial et donc de sa mère. Le temps est venu, les choses se sont apaisées depuis longtemps.

— Je vais bien et Pantxika aussi, mais, excuse-moi, je suis pressé, je cherche le numéro du portable de Aitor Larreta, tu l'as ?

— Aitor ! Bien entendu que je l'ai, on a discuté dimanche dernier après la messe à Elizaberry, il était en pleine forme, à quatre-vingt-dix ans, il est étonnant. Attends… Voilà, je te l'envoie par SMS. Ce n'est pas grave, j'espère ?

— Pour être sincère, je n'en sais rien, mais dis-moi, tu connais toute sa famille ?

— Oh oui, les Larreta sont très nombreux ici, sans compter ceux qui ont émigré aux États-Unis et aussi au Chili. Ils sont à Temuco, comme tes ancêtres, qui y habitent toujours, du moins leurs descendants, mais tu les connais.

— Merci maman, pardonne-moi, mais je suis obligé de te laisser, je suis très pris en ce moment avec le G7. La semaine prochaine je passerai avec Pantxika, je devais venir ce soir, mais je ne peux pas, excuse-moi auprès de Chané, si je peux, je fais un saut demain.

Il appelle aussitôt le numéro donné par sa mère. Le portable sonne, mais personne ne décroche, Xavier laisse un message, puis prend aussitôt contact avec la gendarmerie d'Hasparren qui envoie immédiatement une patrouille au domicile du médecin.

— Commissaire Andurandéguy ?

— Oui.

— Ici le chef Narbaïtz, je suis devant le domicile d'Aitor Larreta, la maison est fermée, personne ne répond et il n'y a pas de voiture dehors.

— Vous pouvez faire le tour des voisins ?

— Tout de suite, je vous rappelle, ça va aller vite, il est très isolé ici, mais à la campagne il y a des yeux et des oreilles partout.

Xavier attend debout, son regard se perd par la fenêtre sans rien voir du quartier calme qui entoure le commissariat. Dans sa tête, le contact se fait entre le Pays basque et les États-Unis, les émigrés, et après ? Et puis il y a l'Iran, quel est le rapport ? Il s'est à peine écoulé un quart d'heure que le gendarme reprend contact.

— Alors voilà, un voisin était dans son champ en train de fermer une grange, il a vu le petit fils partir avec sa Twingo verte vers vingt-et-une heures hier soir et il croit se souvenir avoir vu la voiture d'Aitor partir peu après, mais il n'est pas trop sûr, la nuit tombait.

— Qui est son petit-fils ?

— Le voisin les connaît bien, lui et son petit-fils Jon, il est orphelin, la fille unique d'Aitor et son mari sont morts dans un accident de voiture il y a quinze ans, et c'est le grand-père qui a élevé le garçon qui habite ici. Enfin, actuellement, le jeune homme est à Bordeaux, étudiant en médecine.

— Et il a une Twingo verte ?

— Oui, c'est sa voiture. Aitor lui, a un Nissan X trail gris clair. On les cherche ?

— Ah oui bien sûr, vous et toutes les patrouilles, si vous les trouvez, la consigne est simple, vous les retenez et vous me contactez d'urgence.

— C'est parti. J'avertis mon patron, le capitaine la Rochefoucault, vous le connaissez !

— C'est un ami.

— Je sais, j'étais avec vous il y a deux ans sur l'enquête à l'Entabat[11]. Bon souvenir ! Et il raccroche.

Xavier pense peut-être tenir là un fil ténu, bien que ne voyant pas encore le rapport entre tous ces personnages si éloignés les uns des autres. Mais quand même, un jeune homme Basque petit-fils d'Aitor ! Et si c'était lui, le correspondant mystère ? François Ly interrompt une nouvelle fois sa réflexion.

— Patron ! Il y a du grabuge à Tardets-Sorholus !

— À Tardets ! Et alors ?

— Un blessé grave dans une maison, la trace d'un jeune homme, des papiers au nom de Jon Larreta et une Twingo vert pâle.

11 Lire : *L'œuf de la haine et de la vengeance*, du même auteur, dans la même collection.

16

Foutez le camp !

Angel.

Vendredi début de soirée.

Je m'appelle Angel Astorga. Nous avons quitté rapidement Anglet, à deux voitures, je roule dans celle de devant, et j'ai la responsabilité de cette besogne. Je n'aime pas trop ça, les missions d'urgence à exécuter sans repérage et sans préparation. Je sais que dans mon métier, il faut s'adapter en permanence, les imprévus arrivent toujours, c'est ma vie de Cubain émigré.

Vingt ans que je vis en Floride après avoir fui le pays de Fidel Castro sur un petit bateau pourri. Nous étions quatre à vouloir échapper à la misère, à la médiocrité, à une vie sans avenir, sans espoir. Fuir un régime qui empêche de penser et de faire des projets. J'habitais à La Havane, j'étais professeur de sport et gagnais juste de quoi nourrir mes vieux parents et moi-même, mais le pire, c'est de n'avoir quasiment aucune possibilité d'évolution. Je voyais les touristes européens et canadiens en extase devant notre beau pays et la qualité de notre accueil. Ils ne mesuraient pas la misère des Cubains, la frustration liée à la privation de liberté et à la surveillance policière omniprésente.

Mes parents sont morts, je me suis retrouvé seul, j'ai décidé de mettre ma vie en jeu et de partir. Franchir l'océan. Deux cent douze kilomètres au minimum à parcourir sur une barcasse avec un moteur de vingt-cinq chevaux, départ de nuit, pas de lune, noir d'encre. À bord, de l'eau, des fruits, des biscuits, avec surtout deux cent cinquante litres d'essence et une boussole. Cap plein nord vers la Floride, vers la liberté, vers le rêve. Ou la mort. Le moteur a tenu, il a bien fallu changer deux fois la bougie, mais mon frère Juan était mécanicien, c'est lui qui avait préparé le moteur.

Quarante-huit heures d'angoisse, surtout de jour, à la merci d'un garde-côte ou d'un avion d'observation des douanes. Par deux fois, nous avons deviné un bateau au loin, mais avec la houle il ne nous a pas repérés, un appareil nous a survolés, la bâche bleu couleur de l'océan, protection dérisoire, a peut-être suffi pour nous cacher.

Puis, nous avons aperçu la côte, les nôtres nous attendaient, nous savions quoi faire pour les joindre, nous étions en Amérique, clandestins et pourchassés, mais pleins de rêves.

La communauté cubaine nous a accueillis et aussitôt il a fallu travailler pour gagner de quoi vivre, que des petits boulots minables, sous-payés, avec la peur d'être pris et expulsé, une autre misère, une autre prison. Très vite, j'ai été repéré par des compatriotes aisés, riches, et parmi eux, certains m'ont aidé en échange d'activités illégales, parfois très violentes, je suis devenu très efficace, très demandé, très apprécié.

L'année dernière, j'ai obtenu la nationalité américaine comme par miracle, tiré au sort. C'est ça l'Amérique, même la chance fait partie des solutions possibles. Mon activité est très particulière, j'effectue des opérations qui n'ont rien à voir avec les affaires traditionnelles de la mafia, non ! J'exécute des missions comme celle pour laquelle je suis en France. En fait, les commanditaires sont toujours ailleurs, industriels, gouvernements, groupes terroristes, riches dictateurs qui sous-traitent les basses besognes. En échange, je suis grassement payé et surtout, ils me laissent faire mes trafics discrètement, personne ne vient m'embêter, je bénéficie même de certains passe-droits et avantages. Je suis à vendre au plus offrant et, sur le terrain, je ne sais pas toujours pour qui je travaille. C'est le cas aujourd'hui. Nous avons perdu un homme. Miguel est mort lors de l'enlèvement de la femme, nous avions prévu de la kidnapper plus tard, nous avons été surpris et avons parfaitement réagi. L'enlèvement a été réalisé, nous n'avions pas de consigne pour les autres, le jeune a été épargné et le garde du corps éliminé, un mort chez eux et un chez nous, c'est le risque, nous le savons tous, nous l'acceptons tous. Miguel laisse derrière lui, en Floride, une veuve et deux orphelins qui seront pris en charge par la communauté. Il est indispensable de passer à autre chose, tout de suite, ne pas réfléchir, sinon on est foutu.

Maintenant, il faut récupérer le gamin, vivant. Nous y serons vers vingt-deux heures, juste le temps de repérer les lieux et d'agir de nuit, le *timing* est très bon. Cent kilomètres de petites routes, nous passons par Hasparren, Saint-Palais, Mauléon-Licharre, puis plein sud vers les montagnes d'après la carte, nous sommes dans la province basque de la Soule. J'ai eu le temps de lire pas mal de choses sur le pays, je sais que le bourg de Tardets-Sorholus, avec ses maisons aux toits recouverts d'ardoises, se regroupe le long d'une rivière et est entouré de moyennes montagnes de moins de huit cents mètres. L'inconvénient est qu'il n'y a pas beaucoup d'itinéraires de dégagement. Trois possibilités existent, mais sont assez simples à contrôler par la police si elle est alertée rapidement. Faire vite et discrètement est impératif afin de rejoindre la côte où nous pourrons nous planquer facilement. De toute façon, on ne peut plus reculer, l'opération est délicate, mais très bien payée, avec une possibilité de prime importante. Et puis notre chef, Alberto, est compétent, il sait où il va. C'est un pur Italo-Américain de la mafia, j'ai déjà travaillé avec lui. Je peux lui faire confiance, c'est un pro sans état d'âme. Pour plus de discrétion, nous avons coupé nos téléphones et communiquons par radio. Nous traversons le village endormi, à part un restaurant ouvert et un petit hôtel situés autour d'une place carrée, cernée d'arcades, sur laquelle stationnent une dizaine de voitures. Çà et là, quelques lumières percent au travers des fenêtres aux volets le plus souvent fermés. Nous avons pris tout notre temps pour faire les repérages nécessaires, rien n'est laissé au hasard.

La maison de Charles Wong est un peu à l'écart du centre, après le collège d'enseignement général, dans la rue de la Madeleine. Nous sommes garés à cent cinquante mètres du « Château », l'un d'entre nous est resté au volant d'une des deux voitures, prêt à venir nous chercher et à fuir. La bâtisse est une ancienne ferme fortifiée en pierre blonde. Elle a l'air rénovée et comporte un étage. À l'extérieur, de hauts murs l'entourent, ils en ferment totalement l'accès. La lourde porte en bois à deux battants est hermétiquement close. Notre petit groupe approche en silence, nous sommes habillés de vêtements sombres, de chaussures à semelles épaisses et la tête recouverte d'un bonnet noir qui sert de cagoule quand on le rabat sur le visage. Chacun porte un couteau de combat et un pistolet équipé d'un silencieux, j'ai un pied-de-biche à la ceinture. Arrivés en vue de la porte, nous nous immobilisons, cachés dans un sous-bois de l'autre côté de la petite route. En communiquant à l'aide de quelques gestes précis, nous nous séparons pour faire le tour de la bâtisse, deux par la droite, un par la gauche. Rien ne bouge, il est vingt-deux heures, nous progressons avec précaution, pas à pas, sans un bruit. La porte d'entrée est close, nous nous rejoignons à l'arrière de la maison, dans un champ planté de hautes herbes où nous sommes parfaitement cachés et invisibles. Face à nous, au rez-de-chaussée, se trouve une terrasse bordée par un muret. Une table en bois entourée de quelques chaises, trois fauteuils en osier avec une desserte composent le mobilier. Le feuillage de deux platanes aux branchages forcés recouvre le lieu qui donne sur l'intérieur par deux larges baies vitrées, l'une sur un salon et l'autre vers une cuisine. Elles sont grandes ouvertes. Les deux pièces baignent dans une douce lumière qui laisse deviner un homme âgé. Lunettes sur les yeux, installé dans un large canapé, l'homme est plongé dans la lecture. Sans doute Charles Wong. À l'étage, seule une pièce, aux volets et à la fenêtre ouverts, est éclairée.

Nous observons attentivement la scène sans bouger, sans parler, nous attendons. Je repère l'escalier qui donne dans le séjour, Charles Wong n'a pas bougé d'un pouce. À l'étage, je remarque l'ombre diffuse de quelqu'un qui se déplace dans la pièce. Certainement Jon.

Bref conciliabule muet, on y va ! Deux pour surprendre celui du rez-de-chaussée, un pour aller à l'étage et maîtriser celui que nous pensons être notre objectif. Après, je dois aussi faire un rapide tour dans la maison afin d'éviter les mauvaises surprises. Nous sommes plaqués au mur de chaque côté de la terrasse, quand soudain, je lève la tête et mon regard croise une paire d'yeux qui me fixent une fraction se seconde.

— Charles, foutez le camp, ils sont sur la terrasse !

17

La boulangère

Jon

Vendredi.

Depuis hier soir, c'est le calme plat ici, à Tardets-Sorholus, chez Charles Wong. Je me suis écroulé de fatigue après le dîner, et j'ai dormi d'un seul trait jusqu'à onze heures. Je suis seul, le petit déjeuner est prêt, lait, chocolat, confiture, pain, beurre et fromage, un vrai bonheur. Vers midi, mon hôte est rentré avec deux sacs pleins de victuailles.

— Comment vas-tu ?

— Ça va mieux, l'épaule me fait mal, mais j'ai très bien dormi, le petit-déj était royal, et vous ?

J'ai beaucoup de respect pour l'ami de mon grand-père, je connais vaguement leur passé militaire commun, mais leur discrétion est totale sur ce sujet.

C'est du passé. Les deux anciens baroudeurs sont liés par plus que de l'amitié, et surtout par de l'estime silencieuse et réciproque.

— Oh moi, ça va, j'ai eu ton grand-père, pour l'instant rien ne bouge, lui aussi, il s'est caché.

— Dans sa bergerie ?

— Oh non, trop facile à trouver, non, il a d'autres lieux beaucoup plus discrets, des lieux secrets.

— Des lieux? questionne Jon en accentuant le « des ».

— Oui, il a gardé des réflexes, des habitudes, des précautions.

— C'est encore utile ?

— Ah que oui ! C'est même indispensable et tu vois bien pourquoi aujourd'hui !

— Mais enfin, ce sont de vieilles histoires oubliées depuis longtemps.

— Pas si vieilles, les gens parlent, les secrets resurgissent, les souvenirs remontent à la surface de la mémoire. La possession d'archives qui contiennent des preuves de malversations politiques et financières est un redoutable moyen pour faire chanter des personnalités puissantes. C'est du pouvoir à l'état pur.

— C'est bien le problème qu'il faut régler, c'est pourquoi il fallait que je parle avec Lisbeth. Il faut la retrouver absolument, d'abord pour la sauver puis pour prendre des décisions. Où en est Aititxi ?

— Pour l'instant, nulle part, on attend les résultats d'*Amaraun*.

— Ah oui, *Amaraun*, la toile d'araignée.

— Donc, maintenant, vacances forcées, tu peux en profiter pour réviser tes cours.

— Très drôle, monsieur le proviseur. Au fait, je peux me servir de votre ordi ? Parce que ma tablette et mon iPhone, c'est terminé, prudence oblige.

— Oui tu peux t'en servir, mais pas d'email et pas de recherche en rapport avec notre affaire, Lisbeth ou le G7. Il ne te reste plus que les cours de médecine.

— OK, j'ai compris.

— Bon, pour l'instant, tu ne sors pas, tu ne bouges pas de la maison, ici tout se sait et se remarque très vite, tu serais immédiatement repéré, d'autant qu'à force de venir ici tu connais beaucoup de monde. Il est vrai que nous ne sommes que quelques centaines au village.

L'après-midi se déroule dans le calme, le silence et la torpeur d'une journée d'été émolliente. Je reste à l'intérieur et cette inactivité forcée m'a fait du bien. Petit à petit, je réalise vraiment le poids de la tâche qui m'incombe, la responsabilité morale et matérielle que je dois assumer, le devoir que j'ai d'agir par respect pour ma famille, pour tous ceux qui ont lutté, qui sont maintenant oubliés. Pour leur mémoire et leur engagement. Jusqu'à présent, je considérais toute cette histoire avec sérieux certes, mais aussi avec une dose de romantisme teintée d'irréalité distanciée, comme si je vivais en partie dans une autre vie, une vie pas ordinaire. Orphelin à cinq ans, élevé avec rigueur par un aïeul charismatique et porteur d'une mission qu'il m'a transmise, je me sens responsable. Peut-être suis-je le dernier maillon de la chaîne. Il faut solder cette histoire avec dignité et honneur. Ce qui m'est soudain tombé dessus depuis hier m'a fait prendre conscience violemment et sans précaution que je rentrais dans un jeu dangereux, mortel. Un jeu auquel je suis obligé de jouer, mais pas en théorie, pas dans des *rêveries*, pas sur une console, mais bien dans la réalité brutale, vitale, quasi impossible à maîtriser. Je vais devoir être fort, résistant et prudent.

Vers vingt heures, Charles revient, ayant vaqué à ses occupations habituelles, je remarque tout de suite les sourcils froncés et l'air tendu, son inquiétude est évidente.

— Quelque chose vous tracasse ?

— Oui, dit-il en posant deux baguettes sur la table de la cuisine, oui, la boulangère.

— La boulangère ?

— Je lui ai téléphoné pour lui demander de me mettre deux baguettes de côté et lui dire que je passerai chez elle après la fermeture, elle a l'habitude, je viens d'y aller. Elle habite la porte à côté de son magasin.

— Et alors, elle avait bien gardé les deux baguettes ?

— Oui, les voilà, et elle m'a aussi dit avoir reçu un coup de fil d'un livreur de colis qui avait un paquet pour madame Wong.

— Madame Wong ?

— Oui, or il n'y a plus de madame Wong, il y a quinze ans que madame Wong a disparu de ce monde. La personne a vérifié l'adresse et lui a dit que c'était une erreur. Elle trouvait cela très drôle. Moi beaucoup moins.

— Pourquoi ?

— Parce qu'il n'y a pas de hasard, tout à coup, un inconnu téléphone à la boulangerie du village et pas chez moi, or mon numéro de téléphone est dans l'annuaire. Par ailleurs, la question de l'existence d'une madame Wong permet de vérifier si je suis seul et si je suis présent, ce que ma chère boulangère n'aura pas manqué de préciser, elle est très bavarde, elle a certainement dû en rajouter. Enfin, je n'attends aucune livraison, alors une erreur ? C'est possible, mais compte tenu de ce qui se passe et de ta présence ici, c'est une petite alarme qui sonne dans ma tête.

— Et c'était quand ?

— Elle a été appelée il y a une heure ou un peu plus. Je l'ai appris il y a cinq minutes, le temps de venir ici.

— Qu'est-ce que ça peut être ?

— Possiblement rien, une erreur, une coïncidence, ou bien quelqu'un qui me cherche ou plutôt qui te cherche toi ! Qui sait que tu es ici ?

— Grand-père, évidemment. Écoutez, voyons, qui d'autre était présent ? Ah oui, Antoine Nafarolla, mon ami, celui qui était avec moi au rendez-vous, il fait partie du *Groupe A* lui aussi. Il est aussitôt parti chez lui avec ordre d'avertir le docteur Mindéguy, puis de ne plus bouger et se taire. Voilà, c'est tout.

— Aitor est dans la nature, ce n'est pas lui qui parlerait à tort et à travers, mais il faut vérifier si ton ami n'a rien dit.

— Je l'appelle, j'ai son numéro et celui de sa sœur, c'est ma petite amie.

Charles se dirige vers une commode, ouvre un tiroir et en sort un téléphone portable éteint qu'il allume et me tend.

— Prends contact avec ton ami, mais pas directement, essaie par sa sœur. Ce téléphone est censé n'avoir jamais existé et être indétectable. Vérifie s'il n'a rien dit à personne, et aussi s'il est libre.

— Mais que craignez-vous ? À part eux et vous, personne ne sait que je suis ici, les agresseurs ne me connaissent même pas.

— Ne les sous-estime pas, la façon dont le commando a procédé au cours de l'enlèvement de Lisbeth montre que ce sont de dangereux professionnels entraînés qui n'ont pas peur d'aller au contact. Et puis, tout à coup, ce coup de fil à la boulangère, plus j'y pense, moins je crois au hasard.

Pendant que je compose le numéro, j'observe Charles Wong qui ouvre un tiroir, se saisit d'un pistolet – qui me semble assez lourd –, puis se dirige vers la cuisine où je l'entends fouiller, il revient en tenant un chargeur garni de balles dont les chemises cuivrées luisent doucement. Charles introduit le chargeur dans la crosse, actionne la culasse et vérifie la sécurité, une balle est aussitôt logée dans la chambre de percussion, l'arme est prête à servir.

— Allo, Vanessa !

— Bonjour Jon, tu es au Pays ? Quand est-ce qu'on se voit ?

Vanessa, la sœur d'Antoine, est accessoirement ma petite amie. Je dis accessoirement, car nous nous connaissons depuis l'enfance. Je ne suis pas sûr d'être amoureux, en fait, je ne le suis pas, elle me dit qu'elle m'aime, mais c'est plutôt une habitude confortable quand je reviens ici. À Bordeaux, la vie d'étudiant réserve beaucoup de rencontres très excitantes et, comme je suis curieux, mon amourette avec Vanessa risque de ne pas durer très longtemps. Il faut que je lui en parle pour être honnête et éviter qu'elle se fasse des illusions romantiques, mais ce n'est pas le moment.

— J'ai été obligé de repartir, je reviens dans quelques jours. Excuse-moi, je suis attendu, tu peux me passer Antoine ? J'ai un truc à lui demander.

— Appelle-moi quand tu reviens. Je te le passe, tu as de la chance il est rentré à la maison ce soir.

Je l'entends crier : « Antoine, c'est Jon au téléphone, viens le prendre. »

— Il arrive, je t'embrasse, à bientôt.

— Allo Jon, qu'est-ce qui se passe ?

— Tout va bien pour toi ?

— Attends !

Il s'écoule une trentaine de secondes.

— Ça y est, je suis seul, ça va ?

— Oui, je suis planqué, mais je ne suis pas sûr à cent pour cent d'être à l'abri. Je voulais être certain que tu ailles bien et que tu n'aies parlé avec personne de ce qui nous est arrivé.

— Je comprends, on a affaire à des gens très dangereux et déterminés. Moi, je ne crains rien, ils m'ont à peine aperçu hier soir et ne peuvent pas savoir qui je suis, et depuis je n'ai rien dit à personne.

— Et le médecin, Pierre Mindéguy ?

— J'ai fait ce que m'a ordonné ton grand-père. Je suis allé chez lui et lui ai dit d'aller rejoindre Aitor immédiatement, c'est tout. Il n'a pas posé de questions et est parti de suite.

— Est-ce que quelqu'un a entendu votre conversation ?

— Non, quand je suis arrivé devant sa maison, Pierre en sortait, seul, en tenue de running, puis je suis rentré chez moi et n'ai pas bougé. Je ne vois pas comment on aurait pu me repérer.

— Tu as raison, n'essaie pas de m'appeler, je risque d'être injoignable sauf par l'intermédiaire du *Groupe A*.

— D'accord, à bientôt et sois prudent.

Charles est en face de moi, le pistolet a disparu, certainement pas bien loin. Il se retourne et je vois l'arme enfoncée dans la ceinture de son pantalon.

— Viens, on va dîner et s'adapter. Je me fais peut-être du cinéma, mais j'ai un doute.

Le dîner a été expédié en silence, nous sommes tendus et inquiets à force de retourner dans tous les sens les possibilités de repérages, nous ne voyons rien, à part mon téléphone prépayé qui est resté allumé, mais qui n'a ni reçu ni émis d'appel.

Je vois Charles réfléchir intensément, puis m'observer, l'air décidé.

— Jon, on ne va pas prendre de risque, tu vas partir ce soir dans une autre planque tout près d'ici, chez un ami, je l'appelle tout de suite.

Mon hôte prend son téléphone indétectable, un pli barre son front soucieux, j'entends l'appareil sonner, je suis tendu, je ne sais pas où je vais.

— Allo Pettan[12] ?

…

— C'est Charles, j'ai besoin de ranger un colis au sec, tu as de la place ?

…

— Ce soir, dès que tu es seul.

…

— À partir de minuit. On vient à pied et on passe par-derrière. D'accord ?

…

— C'est une urgence *Groupe A*, le patron est au courant.

Il raccroche et me regarde.

— Bon, c'est décidé, par précaution, tu vas changer d'endroit. Je vais rentrer ta voiture dans le hangar et nous partirons tout de suite à pied, Pettan appartient au *Groupe A*. Fils d'immigrés basques qui ont émigré durant la guerre civile, c'est un compagnon de route du *Groupe A*, nous sommes voisins, sa maison est tout près d'ici, nous passerons par les champs. Il est veuf et vit seul, mais il a un invité ce soir, nous devrons attendre minuit moins le quart. Nous patienterons près de chez lui.

— Je vais aller préparer mes affaires immédiatement.

— Tu as raison, moi, je range ta voiture.

Je monte dans ma chambre au-dessus de la cuisine

12 Prononcer Pétian.

et refais mon petit paquetage, j'entends la voiture démarrer dans la cour puis le moteur se couper rapidement. Charles revient.

— Je suis au salon, j'ai rangé la Twingo, me dit-il, d'en bas.

J'éteins la lumière et me penche à la fenêtre pour fermer les volets, la vue plongeante me permet d'observer la terrasse éclairée par le salon, mon œil est accroché par un mouvement à droite, et là je vois nettement entre les feuilles des platanes une silhouette sombre, la tête levée vers moi est encagoulée, les yeux noirs me fixent intensément un bref instant. Je hurle !

— Charles, foutez le camp, ils sont sur la terrasse !

18

Je ne suis pas mort

Charles Wong

Vendredi soir.

C'est une douleur brutale provoquée par un manque soudain de souffle qui me réveille. J'inspire trop fort et je ressens comme une déchirure dans la poitrine. J'approche ma main de la plaie. Ma chemise blanche est maculée de sang coagulé.

L'avertissement de Jon, d'abord : « Charles, foutez le camp. Ils sont sur la terrasse ! » Et aussitôt ces hommes cagoulés qui surgissent de la terrasse. Un coup de feu ! Pas le mien, je n'ai pas eu le temps de saisir mon pistolet coincé dans ma ceinture. Un coup de feu ! Celui d'un grand gaillard aux yeux aussi sombres que sa cagoule. Et puis la douleur. Le souffle coupé. La mort certaine.

JON ?

C'est le premier mot qui sort de ma bouche, comme un hurlement.

Seul le silence me répond.

Jon !

Ce n'est plus qu'une plainte qui demeure sans réponse.

Jon, où est-il ? Tué ou enlevé ?

Allongé sur le dos, j'évite tout mouvement. Je ralentis ma respiration. Mes yeux encore brouillés s'attardent sur le lustre, légèrement agité par la brise qui pénètre par la baie vitrée ouverte.

À part ça, je n'y vois pas grand-chose autour de moi. Petit à petit la conscience revient, la douleur est très forte, mais j'ai appris à faire avec, à rester efficace en cas de coup dur. D'abord, avertir Aitor ou Pettan. Le téléphone !

Je fais un effort pour me souvenir. Mon téléphone crypté doit être sur le canapé là où je l'ai posé avant d'aller ranger la voiture de Jon.

Le téléphone ! Je dois y arriver, je tente de me redresser en appuyant sur mon coude et en essayant de pivoter. Seul le côté droit de mon corps répond un peu à ma volonté, ma tête tourne. Il faut que je souffle. Serrer les dents. Atteindre l'accoudoir, chercher avec la main à tâtons. Enfin, au bout de mes doigts, quelque chose de dur, un contact familier. Entre deux coussins.

Je suis comme une bête, le souffle court, je m'entends râler, la douleur augmente. Mettre l'écran devant mes yeux et d'une seule main, le manipuler, me demande un énorme effort, tout cela au bord de l'évanouissement. Derniers appels, Aitor et Pettan, le plus proche est Pettan. Rappel ! Il décroche tout de suite.

— Pet…

— Allo Charles, qu'est-ce qu'il y a ? Où es-tu ?

— Viens tout de suite, c'est… c'est… très grave, viens !

Je replonge dans le noir.

19

22 Long Rifle

Vendredi fin de soirée.

Pettan est atterré, la voix, ou plutôt le souffle, qu'il vient d'entendre provient de son ami. Un appel au secours. Le vieux compagnon a besoin de lui. Vite !

En voiture, les deux kilomètres de route déserte qui le séparent du « Château » sont avalés en toute hâte. L'ancien instituteur, marcheur en montagne aguerri, bénéficie d'une solide constitution pour ses soixante-dix ans. Chez Charles Wong, tout est pourtant calme, la double porte de la cour est fermée et trop solide pour être ouverte d'un coup d'épaule.

En quelques pas, il contourne la demeure. L'arrière de la maison est dans le noir, les lieux lui sont familiers et sa lampe torche lui permet de progresser. La terrasse est déserte. La baie vitrée coulissante qui donne sur le salon est ouverte. Tout est calme, trop calme.

— Charles !

Pas de réponse. Inquiet, il franchit toutefois le seuil.

— Charles, où es-tu ?

Un bruit sourd attire l'attention de Pettan. Là, près du canapé, le corps de Charles Wong gît. Il se précipite, se penche. L'ami de toujours fait un effort pour ouvrir les yeux. Ses lèvres remuent et Pettan approche sa tête pour mieux entendre.

— Jon… Jon, est-ce qu'ils… tué ?

— Je ne l'ai pas vu, je vais chercher, mais tu es blessé ?

Pettan réalise que son vieux complice est touché à la poitrine, sa chemise est imprégnée de sang.

— Oui… Jon… d'abord.

Pettan voudrait s'occuper de la blessure de Charles. Mais il sait que pour Charles, la priorité immédiate est de connaître le sort réservé à Jon. Il ne lui faut que quelques minutes pour faire le tour de la maison.

Pas de traces du jeune homme, si ce n'est un désordre apparent dans une chambre de l'étage. Pettan retourne près du blessé. Charles est sévèrement touché et lutte pour ne pas sombrer.

— Charles, Jon n'est pas là, ils ont dû l'enlever. J'appelle les secours, tu as pris une balle dans la poitrine. Les gendarmes vont débarquer, qu'est-ce que je leur dis ?

— Que… cambriolage… gagne du temps… Aitor… avertis Ait…

— Charles !

Le vieil homme à bout de souffle s'est évanoui. Pettan, en chasseur averti, sait examiner le résultat d'un tir. Le diagnostic est clair : son ami a reçu une balle en pleine poitrine à droite, elle est ressortie de l'autre côté et n'a pas provoqué un trop gros épanchement de sang, peut-être qu'aucun vaisseau important n'a été touché.

Les trous d'entrée et de sortie du projectile sont petits, ce qui signifie que c'est un calibre style 22 Long Rifle qui a été utilisé et pas une munition de guerre ou de chasse qui fait beaucoup plus de dommages, surtout à la sortie où un gros calibre peut tout emporter. La balle a traversé le poumon, sans atteindre un organe vital, en tout cas, mettre en place des soins d'urgence est indispensable.

Pettan appelle l'hôpital de Bayonne, celui de Mauléon est le plus proche, mais n'est pas équipé pour ce genre de prise en charge qui peut nécessiter de la chirurgie. Bayonne est dotée d'un hélicoptère qui peut intervenir rapidement. La liaison est immédiate, le service du Samu fait décoller l'appareil dans les cinq minutes avec un urgentiste à bord. Dans la foulée, Pettan contacte la gendarmerie de Mauléon à quinze kilomètres, les militaires seront là d'ici un quart d'heure, vont réveiller un médecin et l'embarquer au passage. Penché sur le corps inanimé, l'ancien instituteur enlève la chemise de Charles, l'allonge, puis met en place un semblant de pansement compressif à l'aide d'une serviette éponge récupérée dans la salle de bains. Le tout fixé au corps par la ceinture d'une robe de chambre.

Maintenant, seuls l'espoir et l'attente occupent le temps, le souffle de Charles, bien que faible, est régulier ainsi que son pouls qui est nettement marqué.

Le Basco-Asiatique est très solide, c'est un compagnon de marche inépuisable à l'hygiène de vie impeccable, très résistant.

Pettan appelle Aitor et l'informe de la situation brièvement. Celui-ci approuve la thèse du cambriolage, mais lui conseille de jouer l'innocent qui ne sait rien, n'a rien vu et ne comprend pas. Le coup de fil est bref précis et sec. Avec le chef, pas de fioriture, pas de sentiment, l'efficacité doit primer.

Les gendarmes arrivent rapidement, Pettan est allé ouvrir la double porte par l'intérieur. Le jeune praticien, médecin traitant de Charles, se fait presque rassurant après un bref examen et les premiers soins apportés.

— Vous avez raison, confirme-t-il, c'est un petit calibre, une balle fine et pointue, elle lui a traversé le corps en bas du poumon droit, à première vue les côtes ne sont pas touchées et les systèmes vasculaires et respiratoires sont largement épargnés. C'est un coup de chance. Je vais lui faire un pansement adapté et lui donner un traitement pour résister et respirer, l'hélico arrive dans dix minutes, il tiendra le coup jusqu'à Bayonne, c'est un costaud qui heureusement ne souffre d'aucune pathologie grave.

— Chef ! Venez voir ici, lance un gendarme, il y a une arme sous le canapé.

— Attendez brigadier, on fait d'abord une photo pour localiser l'emplacement, c'est peut-être l'arme qui l'a blessé.

Le chef d'escadron, d'une main gantée a saisi l'arme. Force est de constater que le Manurhin 38 spécial, arme de gros calibre, aurait provoqué des dégâts plus importants. Le chargeur est plein et une balle est logée dans la chambre.

— Il n'a pas servi, confirme le gendarme, en reniflant l'arme de près.

Pettan raconte l'histoire, à sa façon : Charles et lui sont très amis. Après avoir reçu son appel désespéré, il est venu aussitôt, puis a contacté l'hôpital et les gendarmes. Ce qui est passé sous silence, c'est la demande d'hébergement en urgence de Jon, c'est le probable enlèvement du jeune homme et le coup de fil à Aitor. Les gendarmes parlent au téléphone à propos d'une Twingo verte avec des autocollants, d'une chambre à l'étage en désordre et ayant abrité quelqu'un, d'un pistolet de gros calibre qui nécessite un permis. Pettan se demande dans quel coup fourré son ami l'a embringué.

Le bruit du rotor de l'hélicoptère du Samu interrompt les pensées de Pettan. *L'appareil a dû se poser sur le terrain de rugby*, songe-t-il, *ou sur une des prairies où broutent les manechs*. L'agitation des gendarmes se fait sentir, les ordres fusent. Le médecin traitant fait un rapport circonstancié sur l'état du blessé à ses confrères qui aussitôt le perfusent et le placent sous assistance respiratoire. Charles Wong, inconscient, est sur-le-champ héliporté.

L'inquiétude, tout autant que l'angoisse d'être mêlé à une affaire peu claire, se lit sur le visage décomposé de l'ancien instituteur. Ce qu'il ne révèle pas non plus, c'est la présence du téléphone crypté de Charles Wong au fond de sa poche. C'est bien d'obéir par sens du devoir, par amitié pour Charles et Aitor. Mais au fond de lui, cela le gêne de devoir mentir compte tenu des circonstances dramatiques, dérisoire aussi de défendre une cause, aussi importante soit-elle que *Le Trésor des Basques*.

20

Il est bizarre ce Pettan !

Samedi minuit trente.

Cette nuit, Xavier Andurandéguy est rentré chez lui pour grappiller quelques heures de sommeil. La journée a été longue et la relation avec les services du président des États-Unis n'a pas été de tout repos.

François Ly, quant à lui, est resté au commissariat. De permanence, bien calé dans un fauteuil, les pieds sur son bureau, il en profite pour laisser ses pensées l'envahir. Itziar. La belle Itziar, celle qui l'a initié aux joies du surf. Sa professeure, comme il aime dire, histoire de masquer l'attirance qu'il ressent envers celle qu'il a failli perdre à tout jamais. Deux balles tirées par un sniper fou, qui ont frôlé la jeune Basque. Pas de casse, mais un traumatisme profond. Lui, grièvement blessé, à force de volonté, avait récupéré après de longs mois de rééducation. Itziar l'avait poussé à reprendre sa planche et affronter les vagues. Itziar, belle et libre, l'avait assurée de sa présence. Une amitié, une complicité qui cachait son désir profond.

François se refusait à faire le premier pas. Un blocage qui l'empêchait de nouer une relation plus intime : Xavier Andurandéguy, son propre chef. Il n'ignorait rien des circonstances dramatiques qui avaient conduit les parents d'Itziar en prison[13].

— Lieutenant Ly ?

François, encore hébété et perdu dans ses rêveries, a bondi sur le téléphone.

— Oui, c'est moi.

— Adjudant Lebreton de la gendarmerie de Mauléon.

Le jeune lieutenant passe une main sur son visage pour éclaircir ses idées.

— Que se passe-t-il ?

— On a retrouvé la Renault Twingo verte que vous recherchez, l'immatriculation correspond.

— Vous êtes à Mauléon ? Vous avez Jon Larreta ?

— Nous sommes à Tardets-Sorholus, chez un certain Charles Wong qui a été blessé d'une balle dans la poitrine, il est vivant, l'hélicoptère du Samu l'a transporté à l'hôpital de Bayonne. Jon Larreta n'est pas là. Cela ressemble à un cambriolage qui a mal tourné, mais il y a des choses étranges.

— Dites-moi ?

---

13 Lire : *L'œuf de la haine et de la vengeance*, du même auteur, dans la même collection.

Cette fois-ci, François est totalement réveillé. Très vite, il situe parfaitement cette commune de Soule.

— On a retrouvé dans le salon un pistolet de gros calibre, chargé et inutilisé à première vue, rien n'a été volé ou forcé, il n'y a pas de traces d'effraction, personne n'a entendu de coup de feu, pourtant il y a des voisins à proximité. Tout est en place, rien n'a été fouillé. La victime a pu avertir par téléphone un ami à lui, un ancien instituteur, qui habite à deux kilomètres, il est là. Tout cela n'est pas très cohérent avec un cambriolage.

— Oui, ça paraît bizarre. Vous pouvez me passer l'ami ?

François ne veut pas attendre, avoir un maximum de renseignements à chaud est important, car les événements se précipitent. Agir vite est capital.

— Allô, ici Pettan Daguerre, je vous écoute.

La voix est grave, posée.

— Lieutenant Ly. Vous êtes un ami de Charles Wong depuis longtemps ?

— Oui, depuis très longtemps, sa mère était originaire d'ici, je l'ai connu quand nous étions enfants pendant les vacances et, depuis qu'il est à la retraite, on se voit beaucoup.

— Vous connaissez Jon Larreta ?

— Le jeune Jon ! Un peu, Serge l'héberge de temps en temps pendant les vacances scolaires. Pourquoi ?

François, qui compte bien mener l'interrogatoire à sa guise, ne répond pas à la question.

— Quels sont les liens entre Charles Wong et Jon ?

— Je ne sais pas.

— Savez-vous si Jon était présent ce soir à Tardets ?

— Non.

Le lieutenant, irrité et conscient que le septuagénaire lui cache quelque chose, préfère mettre fin à la conversation.

— Bien, merci, repassez-moi l'adjudant Lebreton.

— J'écoute, dit le gendarme en s'éloignant de Pettan.

— Il est bizarre ce témoin, atteste François. Meilleur ami de la victime, connaissant vaguement Jon, mais ignorant sa présence. Sa maison est à deux kilomètres et c'est lui qui est contacté au lieu d'un voisin plus proche, c'est son ami et il ne lui parle pas de ce jeune homme qui vient souvent, depuis longtemps, et dont la voiture est dans sa cour. Qu'en pensez-vous ?

— C'est vrai que c'est curieux, mais c'est cohérent. De plus, il est très calme et a très bien réagi avec le blessé, a tout de suite alerté Bayonne pour les secours héliportés puis nous, et mis en place un pansement efficace, bref, il a du sang froid.

— Voyez avec lui quand Wong l'a appelé, et sur quelle ligne ? Fixe ou portable ? Demandez-lui son téléphone, notez bien ses réponses précisément et gardez-le-moi au chaud à la gendarmerie. Je vais venir voir les lieux et discuter avec votre instituteur. Vous ne le lâchez pas des yeux.

Aussitôt la conversation terminée, François passe un coup de fil à son commissaire qui se réveille en sursaut. Il lui résume la situation en détail et lui fait part de ses doutes concernant un cambriolage.

— Oui, tu as raison, constate un Xavier éveillé et déjà réactif, c'est incohérent. Allons vite, ce pourrait être un nouvel enlèvement. File tout de suite à Mauléon pour cuisiner l'instituteur et voir les lieux, ne perds pas une minute, je vais lancer les recherches avec les gendarmes. Il est quelle heure ?

— Une heure moins le quart, j'y vais !

Xavier donne ses ordres après en avoir discuté au téléphone avec Gaël Lebreton. Malgré l'heure tardive, tous les services de police, de gendarmerie et de renseignements sont sur le pied de guerre à cause du G7, toutes les procédures sont accélérées. Les questions posées sont nombreuses : qui est exactement Pettan Daguerre ? Qui est Charles Wong ? Est-ce bien la voiture de Jon ? Où est le jeune homme ? À quoi correspond le numéro de série du pistolet retrouvé dans le salon ? Où est le grand-père ? Enfin, les appels téléphoniques passés et reçus par les appareils fixes et mobiles de tout ce petit monde doivent être étudiés de près.

Xavier s'est précipité dans sa voiture, en route vers son bureau, pas rasé et habillé à la va-vite, le téléphone sonne.

— Commissaire, ici le standard, on vient de m'avertir d'une fusillade à Anglet, rue du Noroît ou Bouvreuil, deux patrouilles sont sur place, ça a l'air sérieux, vous pouvez y aller ?

— Oui, j'y vais directement.

Une fusillade ! se dit Xavier. *On se croirait dans le Far West.*

21

Le soldat

Juan Estrella

Samedi première heure, la nuit.

Pas un nuage pour masquer la lune, pas un souffle de vent pour agiter la cime des arbres. Juste le bruit de l'océan qui vient perturber le silence.

Cela doit bien faire une heure que je suis censé surveiller les allées et venues autour de la maison où nous retenons l'Américaine. Juste deux ou trois véhicules sont passés, rien de bien alarmant. Et aussi ce vieil homme, avec un chien en laisse qui est venu se soulager sur le trottoir en face. Tout est calme, mais tous mes sens sont en alerte. L'habitude peut-être, la formation sans doute avec l'entraînement que j'ai reçu lors de mes stages de commando au pays. Moi, Juan Estrella, je suis ce qu'on appelle un soldat cubain de base. Un homme à tout faire, principalement les plus basses besognes.

L'homme et le chien se sont éloignés.

Je fumerais bien un bon cigare, comme ceux que roule Escondida à Pinar del Río. Mais c'est interdit, rien de plus dangereux pour révéler ma présence et Alberto, mon chef, serait furieux.

Escondida, la mère de Maria, ma tendre épouse avec qui j'ai deux filles magnifiques, Maricela et Laritza, des jumelles. J'aimerais tant pouvoir leur offrir une meilleure vie. Devenir respectable, ouvrir un petit commerce et les voir grandir. Mes pensées vagabondent, je les revois, toutes les trois, au *parque* Antonio Maceo, le long de la baie, ce jour-là nous avions acheté des gla…

Une Mercedes break avec quatre hommes à bord vient de passer devant la maison. Elle s'éloigne, je me fais des idées. N'empêche, je vérifie aussitôt que mon talkie-walkie est activé. Rien à signaler de ce côté. Moins de deux minutes plus tard, la voiture repasse. Elle a dû faire un demi-tour au bout de notre impasse, j'ai comme l'impression qu'elle a ralenti.

Accroupi derrière une haie de thuyas, je me redresse pour remuer un peu mes jambes qui commencent à s'engourdir. Un coup d'œil vers la villa où seule une pièce du bas est encore allumée. À l'étage, derrière les rideaux d'une chambre, Alberto doit être aux aguets, prêt à intervenir.

Un bruit de moteur, venant de la gauche, attire mon attention. Je me glisse dans un interstice de la haie. À une cinquantaine de mètres en amont de la rue, ce n'est pas un, mais deux breaks Mercedes qui se sont garés. J'observe. Rien ne bouge. Inconsciemment, j'ai déjà appuyé sur la touche de mon émetteur, pendant que mon autre main saisissait mon arme de poing.

— Alberto, tu m'entends, je chuchote.

— Je t'écoute Juan.

— Alerte maximum, deux véhicules, au moins six hommes peut-être plus, en approche immédiate à cent mètres, attaque probable.

— OK, on évacue la fille, tu suis le plan.

Je n'ai pas quitté des yeux les deux voitures. Ça bouge ! Et là, je me rends compte qu'on a affaire à un vrai commando. Pas six, mais sept hommes. Cagoulés, tout de noir vêtus, silencieux, armes de gros calibre au poing, ils se sont répartis en deux groupes qui remontent la rue. Alberto va les accueillir. J'enjambe le petit mur qui sépare notre villa de celle des voisins et je rampe le long d'une rangée de canisses qui borde la rue. Je retiens mon souffle et laisse passer le commando.

Le plan établi par Alberto est très simple. En cas d'incursion dans la villa, je dois empêcher toute possibilité de fuite des attaquants. Alberto et un soldat doivent évacuer la fille par-derrière, et les deux autres ralentir les assaillants. Après, je dois les retrouver sur le parking de l'autre villa où une voiture nous attend.

Je crapahute vers le fond de la propriété voisine. J'y arrive au moment où la fusillade se déclenche. Mes camarades canardent à tout-va. Un des assaillants s'écroule en hurlant. Des cris et des ordres fusent.

Personne dans les deux véhicules, à moi de jouer, je vais les piéger. Je sors mon cran d'arrêt et crève les pneus arrière des Mercedes, puis je file vers le point de rendez-vous.

Depuis une minute, le bruit des armes ne retentit plus, des lumières se sont allumées et vite éteintes dans les résidences voisines. Les téléphones doivent s'agiter et la police doit déjà être avertie. Et puis soudain, un vacarme assourdissant brise le silence, une déflagration violente dont le souffle fait trembler les pins maritimes. *Une grenade*, me dis-je.

Je cours, je cours.

La voiture m'attend avec les deux soldats restants. Alberto et Lisbeth, eux, sont déjà loin.

— Je crois que j'en ai descendu deux avant de partir, déclare le chauffeur !

22

Ça sent le vomi

Samedi matin, une heure.

Derrière les fenêtres illuminées des villas de l'impasse des Bouvreuils, les commentaires vont bon train. Des rafales de mitraillettes, des coups de fusils et même la déflagration d'une grenade ont eu raison du sommeil des résidents. La police est vite arrivée, probablement appelée par le plus insomniaque d'entre eux.

Un véhicule s'est posté au tout début de la rue. Le gyrophare inonde le ciel de sa lumière bleutée et zèbre les visages des policiers.

— Bonsoir Peio, lance Xavier qui pointe son nez à la fenêtre de sa voiture.

Le commissaire a beaucoup d'estime pour Peio Etcheparre qu'il considère comme *un bon flic*. La cinquantaine bourrue, solidement bâti. Le genre de type qui n'est jamais impressionné par les situations les plus dramatiques, celui qui va toujours droit au but.

— Tu me dis ce qui se passe ici ?

Le policier pose une main sur l'épaule de son commissaire et l'invite à le suivre.

— Eh bé, mon petit Xavier, c'est pas banal. Je te la fais courte : selon les premiers témoignages, un commando de sept hommes, d'après les témoins, est arrivé dans deux voitures, a attaqué cette maison. Le tout à coup de fusil, pistolet-mitrailleur et même une grenade. Les occupants se sont défendus. Bref on ne donne pas dans la finesse. Les deux voitures des assaillants sont immobilisées, les pneus arrière crevés, le groupe attaquant est reparti à pied vers la pinède, j'ai appelé des renforts pour les poursuivre. On est là depuis cinq minutes, je t'attendais pour visiter les lieux.

— Tu as bien fait, on y va !

Au passage, Xavier jette un regard furtif aux deux Mercedes C220 posées sur leurs roues arrières à plat, il note aussi l'immatriculation française et le logo de la région Nouvelle-Aquitaine.

— J'ai lancé la vérif' pour les immat', l'informe Peio, qui a remarqué le coup d'œil de son chef.

— Dis-moi, deux voitures, sept hommes, ça fait une jolie troupe.

Les deux policiers franchissent la rubalise qui matérialise la scène de crime et maintient les badauds à distance, pour la plupart derrière les grilles de leur résidence.

— Oui, et bien équipée, précise Peio. Devant le portail de la villa, les témoins décrivent des hommes, armes à la main, habillés de sombre avec des bonnets et des petits sacs à dos, certains ont remarqué que deux d'entre eux étaient portés par les autres, peut-être des blessés ! On a relevé des traces de sang assez abondantes, (du doigt, il désigne une zone devant laquelle un policier en uniforme fait le pied de grue) et aussi des douilles de calibres différents un peu partout.

Tout est silencieux dans la villa. *Le calme après la tempête,* songe Xavier en passant en détail les vitres brisées, les boiseries déchiquetées, les murs éventrés.

La cuisine et la salle à manger ont été épargnées par le souffle de la grenade. Sur la table, seule une bouteille de rhum vidée et quelques verres témoignent d'une présence passée.

— Grenade aveuglante avec du souffle et tir nourri, résume-t-il en se tournant vers son adjoint.

— Une attaque à la grenade ! À Anglet ! On aura tout vu !

Au pied de l'escalier qui mène à l'étage, sous un amas de plâtre, Xavier désigne une arme qui pointe le bout de son canon.

— Pistolet-mitrailleur GSG MP40 calibre 9 mm, confirme Peio après avoir dégagé du bout de sa chaussure les détritus qui le recouvraient.

Quelques effets personnels traînent çà et là dans la première chambre que Xavier et Peio visitent : un paquet de cigarettes, une paire de baskets, des lunettes de soleil, une carte de la région sans note. Trois fois rien, on sent que les habitants sont partis avec leurs affaires.

Plus intéressante est celle, au fond du couloir, qui donne sur l'arrière de la villa. Dans un coin, un lit à une place. Face à la fenêtre masquée par d'épais rideaux, deux tréteaux, un plan de travail sur lequel, ordinateurs, appareillages électroniques encore branchés, systèmes d'écoutes crachotants, témoignent de la précipitation qui a poussé les résidents à fuir.

— Tu m'appelles la scientifique pour qu'ils nous fassent parler tout ça.

— Y va y avoir de quoi faire, souligne Peio en grattant son crâne.

La visite du sous-sol, dont le soupirail a été occulté par une planche, réserve son lot de surprises. Au pied d'un escalier de béton, une lumière blafarde laisse entrevoir une pièce vide de tout équipement si ce n'est un petit lit en fer sur lequel un matelas dégage une odeur âcre et nauséabonde qui stoppe l'avancée des deux policiers.

— On dirait du vomi, suggère Xavier en pointant une souillure sur l'oreiller.

— Et là, montre Peio, une paire de menottes fixée au montant du pieu.

Xavier se fait songeur, il a le sentiment que cette pièce va lui apporter son comptant d'informations. Derrière le lit, dans une encoignure qui cherche la lumière, un lavabo spartiate attire son attention. Un gant encore humide, un savon collé à même la céramique et une brosse à cheveux.

— M'est avis que cette pièce a servi de cellule, dit-il en regardant de plus près la brosse. Regarde, cheveux bruns, longs…

— Lisbeth Woodword ?

La stupeur n'est que de courte durée quand, la mine confite, un brigadier vient signaler de la présence, à l'arrière de la villa, d'un passage qui perce la haie et d'un grillage largement ouvert.

— On est en droit de supposer que les ravisseurs on dû exfiltrer l'Américaine par ce passage, suggère Xavier. Si je résume, on aurait Lisbeth, enlevée puis retenue dans cette villa par une sorte de commando attaqué par une autre sorte de commando.

Xavier s'interrompt, s'appuie à ce qu'il reste du montant d'une porte, reprend sa marche, suivi par son fidèle adjoint.

— Ce ne sont pas des amateurs, hein !, avance Peio.

— Non, ce sont même des professionnels très dangereux, quel que soit leur bord. Et le pire est que ces guerriers se croient tout permis. Une attaque en règle en plein cœur du G7. Oser le faire, c'est être un peu dingue !

— Et c'est qui pour toi, les deux bords ?

— Qui ? C'est bien là le problème. Un groupe armé espagnol, des mafieux en quête d'une rançon, des terroristes étrangers, pourquoi pas ?

— Et dans les Mercedes ? sonde Peio.

— Si je retiens les immat' comme tu dis, on pourrait en déduire que c'est un groupe local, ou alors…

Le téléphone de Xavier qui vibre dans sa poche met fin à ses supputations.

— Serge, je croyais que tu dormais à cette heure avancée de la nuit.

— À peine. Quand je suis en service, j'ai un œil fermé et l'autre ouvert, pareil pour le cerveau, hémisphère gauche en alerte pour l'analyse et la déduction, le droit au repos pour l'intérêt et l'innovation, et là, les deux fonctions…

— Tu avais quelque chose à me dire ? le coupe Xavier.

— Ah oui, chef ! Une de nos *sonnettes* vient de vibrer.

Serge Moulinard relate la conversation qu'il vient d'avoir avec un de ses informateurs, un infirmier de garde à la clinique Aguiléra de Biarritz

— Tout était calme, il regardait un film sur sa tablette quand deux gros vans sombres sont allés se garer près d'une porte à côté de l'admission des urgences. Plusieurs hommes, habillés de noir, bonnet sur la tête et sac à dos, en sont sortis et se sont précipités à l'intérieur du bâtiment. Deux d'entre eux étaient portés sur des civières. Et… et ça parlait en Anglais d'après mon *sonneur*.

— Ou américain ! objecte Xavier.

Durant quelques secondes, le temps reste suspendu. Serge interrompt ce moment.

— J'ai une petite idée, et je suis sûr que vous avez la même.

— C'est bien possible, et je pense que Marlow aura peut-être la sienne. Quant à toi, tu vas sur place, tu fais immédiatement boucler la clinique, personne ne sort et personne n'entre, à part les urgences. Pas la peine d'être discret, tu cernes tout. Nous en avons le droit, si certains insistent pour entrer, contrôle des identités et des véhicules, mais tu restes ferme, qui que ce soit, pas d'exception, pas de passe-droit, pas de privilège. Tu retiens tout le monde, entrants et sortants.

— Ça roule ma poule.

— Pardon ?

— Oh excusez-moi, ça m'a échappé, l'action quoi !

Du Serge tout craché, pense le commissaire en souriant. Puis aussitôt il reprend son sérieux.

— Chef, on a du nouveau ! rapporte Peio qui consulte son smartphone. Ça vient de tomber, le service des cartes grises a été efficace. Les deux Mercedes ont été achetées récemment par une société basée à Chypre ayant une adresse à Paris ; en fait, une boîte aux lettres, la société chypriote est immatriculée aux Bahamas. Un schéma classique, on cherche pour remonter vers les propriétaires.

— Intéressant, avance Xavier. Et quand l'on sait qu'une aile entière de la clinique Aguiléra a été réquisitionnée par la délégation américaine...

Dans sa poche, le vibreur de son portable l'informe de l'arrivée d'un texto : *sonnette confirme, branle-bas de combat, un mort, l'autre sur la table d'opération.*

Les mains appuyées sur ses hanches, Xavier lève les yeux au ciel, un nuage venu de l'océan vient masquer la lune.

— Mon cher Marlow, il va falloir que l'on parle sérieusement.

23

FOU OU INCONSCIENT ?

SAMEDI MATIN, UNE HEURE TRENTE.

La conversation téléphonique que Philippe Marlow vient d'avoir avec Xavier Andurandéguy l'a laissé quelque peu déconfit. Depuis le début de leur collaboration, il n'avait jamais vu le commissaire se mettre dans de tels états. Et quelle n'a pas été sa surprise quand il lui a lancé tout de go : « Vous êtes fou ou totalement inconscient, Marlow ! ». Il avait noté que le policier français n'avait pas utilisé son prénom.

Un commando lourdement armé avait attaqué une villa à Anglet pour libérer Lisbeth Woodword. Des coups de feu avaient été échangés. Il y avait un blessé et un mort. « Un Américain » avait stipulé Xavier.

Marlow ne s'était pas confondu en excuses. Il n'était au courant de rien, avait-il affirmé au commissaire, et ça ne pouvait pas venir du FBI. Investiguer certes, il en connaissait tous les arcanes, mais agir de la sorte et surtout en territoire extérieur ne faisait pas partie de ses attributions. Cela ne pouvait, comme le pensait Xavier, qu'être l'œuvre de la CIA. Il allait vérifier tout de suite.

— Jeep ! c'est Marlow !

— Ah, Marlow !

L'agent de la CIA ne semble pas enthousiasmé par l'appel de son collègue du FBI. Et Philippe Marlow le ressent dans sa voix.

— C'est vous, l'attaque de la villa ? S'égosille-t-il brutalement.

— De quoi vous parlez ?

Bruce Jeep feint la surprise mais le ton distant avec lequel il s'exprime ne déstabilise en aucune manière Marlow.

— Ne me prenez pas pour un imbécile, ça pue l'opération spéciale, qu'est ce qui s'est passé ?

L'agent de la CIA comprend qu'il ne peut plus nier sa participation. L'attaque du commando, c'est bien lui qui en est l'initiateur.

— Tout ça a commencé hier matin, commence-t-il. J'ai organisé une réunion à l'hôtel Radisson, avec Jack O'Brian, mon adjoint. Il y avait aussi John Kelly…

— Kelly ? coupe Marlow. Je comprends qu'avec un *cow-boy* comme lui l'intervention ne pouvait que foirer.

— On avait localisé Lisbeth grâce à un traceur inséré dans la boucle en métal de l'attache de son soutien-gorge.

— Son quoi ? s'étonne Marlow.

— Son soutif, si vous préférez. Nous avons eu deux signaux. Le premier indiquait l'emplacement de la villa d'Anglet, le second indiquait la rive gauche de l'Adour près des quais, à cinq cents mètres du premier signal.

Marlow n'en croit pas ses oreilles. Bruce Jeep lui narre les détails de l'intervention. La constitution d'un groupe réparti en deux voitures banalisées. Sept hommes des commandos spéciaux de la CIA, aguerris à ce genre d'intrusion : efficaces, rapides et discrets. *Et il ose me parler de discrétion*, songe Marlow.

— Et bien sûr, vous vous êtes bien gardés de me prévenir.

— J'avais des ordres, cela concernait la seule CIA, pas même les services de la Maison-Blanche.

— Et le résultat : un mort et un blessé ? ironise Marlow.

— …

— Vous voulez que je vous dise Bruce, on est dans la merde !

24

ASSIS SUR UNE BOMBE

SAMEDI DEUX HEURES DU MATIN.

Aitor s'est mis à l'abri dans un appartement discret au sein du quartier populaire du Petit Bayonne dont les rues étroites donnent sur la Nive. L'anxiété l'a saisi après avoir reçu trois coups de fil inquiétants. Le premier de Charles Wong, à propos de sa conversation étrange avec la boulangère. Puis ceux de Pettan Daguerre à dix minutes d'intervalle. D'abord pour lui signaler qu'il se rendait chez un Charles Wong affolé, – puis, la découverte de Charles, une balle dans la poitrine, oscillant entre la vie et la mort, et enfin la disparition de Jon.

Aitor qui n'accorde que peu de considération à Pettan, s'est empressé de l'avertir de rester vague auprès des gendarmes. Il doit juste dire qu'il est venu quand son ami l'a appelé et qu'il n'est au courant de rien.

Il a intérêt à obéir celui-là, ce n'est pas une flèche, mais il faut faire avec, pense l'ancien espion un peu méprisant.

Aitor songe qu'il va falloir s'adapter et surtout, réunir d'urgence le conseil du *Groupe A* en incluant les héritiers américains avec qui le contact a toujours été maintenu. Deux d'entre eux vivent à Brooklyn, l'un est musicien de jazz, virtuose au saxophone ténor, et l'autre est dentiste. Par leurs pères respectifs, des Basques immigrés, ils savent tout de l'histoire du *Groupe A,* de l'évacuation des archives et du trésor vers la France en mars 1954. Leur loyauté est parfaite en mémoire de leur famille. Toutefois, ils ont pris leurs distances avec certains « cousins » aux liens douteux avec la mafia et à la richesse soudaine suite à la disparition de quelques malles et caisses du *Groupe A*, mais qui n'ont pas été perdues pour tout le monde.

Aitor sait que son propre oncle, le père de Lisbeth, nageur en eaux troubles proche de la mafia, a soudainement prospéré.

Dans le conseil, outre les deux Américains et le docteur Mindéguy, on compte le père Curutchet, un prêtre nonagénaire, en poste à N'Djamena au Tchad quand il ne vient pas passer quelque temps dans son Pays basque natal et Jules Mendite, septuagénaire, sénateur et maire dans la région d'Argitu. Tous des notables. Tous fidèles et liés au *Groupe A* par leurs familles. Tous d'accord pour solder cette affaire qui n'a que trop duré. Demain, dès sept heures, le conseil se réunira.

Nostalgique, Aitor se souvient. À l'époque, âgé de vingt-cinq ans, le jeune Basque avait réceptionné les caisses et les cantines sur le port de Saint-Jean-de-Luz. La situation politique avait été très dure et compliquée durant les années Franco et après avec l'ETA. Le *Groupe A,* bien qu'en dehors de tout cela, ne pouvait plus faire grand-chose, son idéologie, ses projets, tout avait disparu. Restaient les caisses et les documents.

Ne demeure aujourd'hui que leur petit noyau. Gardiens de la mémoire, mais pour quoi faire ? Dans quel but ? Le bout du chemin est atteint, cette histoire, dont Lisbeth fait partie, doit être close.

Un message s'affiche sur son portable. *Amaraun*. Le visage d'Aitor se fige. Voilà que tout dérape avec une violence soudaine, brutale : une fusillade à Anglet, des blessés conduits à Aguiléra, un otage aussi est évoqué.

Jon, Lisbeth ? Son esprit se brouille, mais très vite l'homme d'action qu'il a été reprend le dessus.

Il est habitué à faire face aux situations difficiles, mais à quatre-vingt-dix ans son champ d'action est très limité. Le vieil homme culpabilise, se dit que c'est de sa faute si Jon a été enlevé. Pourquoi avoir envoyé son petit-fils à ce rendez-vous, ce n'était pas raisonnable de sa part. Ce garçon est sous sa totale responsabilité depuis la mort de ses parents. Et lui, par égoïsme, par orgueil, le met dans une situation impossible avec des gens qui n'hésitent pas à tuer, à enlever. Lui qui pensait pouvoir tout régler et finir en beauté. Et puis, il y a aussi Charles Wong, blessé, et ce pauvre Pettan, coincé dans ses mensonges. Aitor réalise qu'il est allé trop loin. Des moyens pour agir existent, mais jusqu'où aller ?

Il sait qu'une sorte de bombe, oubliée de tous, a été déterrée et ne demande qu'à exploser. Le secret du *Groupe A*.

25

Arcangues

Lisbeth

Samedi soir, nuit noire.

J'ai du mal à trouver le sommeil. Deux nuits que je croupis dans cette pièce sordide. Impossible de me poser sur ce tas de ferraille qui sert de lit. Les relents de mon propre vomi me soulèvent le cœur. Je suis assise contre le mur de moellons, le plus loin possible de ce matelas puant, aussi loin que le permettent les menottes qui me labourent le poignet. L'ampoule au-dessus de moi donne des signes de fatigue. Je voudrais tant qu'elle en finisse, qu'elle s'éteigne à tout jamais. Que tout ça s'achève.

L'homme se précipite sur moi et dans un anglais teinté d'accent latino me hurle : « Grouille-toi, on va voyager ! » Je ne l'ai pas entendu arriver, j'ai dû sombrer un instant dans le sommeil.

Je fais un effort démesuré pour me lever, tant mes jambes sont faibles. Je sens le bout du canon de son arme me presser sur les côtes. Un autre homme, celui qui s'appelle Alberto, me détache. Il ne dit rien mais je perçois une certaine inquiétude dans son regard.

Le bâillon qu'il colle sur ma bouche écrase mes lèvres. Un spasme douloureux parcourt tout mon corps. Mes jambes flageolent, je vais m'évanouir.

Alberto me traîne dans les escaliers. Il a passé mon bras par-dessus son épaule et je ne sens même plus les marches sous mes pieds.

Nous arrivons dans le séjour, je réalise que c'est la nuit, j'avais perdu la notion du temps au moment même où retentissent des coups de feu.

« *Vamos, vamos* ! » hurle mon ravisseur dans mes oreilles. Et tout se précipite. Les tirs s'intensifient. J'ai peur, mais je me dis que c'est peut-être la police qui vient me sauver. Alberto me tire vers une porte qui donne sur un jardin. Et soudain, une détonation plus forte suivie d'un souffle puissant qui nous plaque, lui et moi, au sol. Vite il me soulève, me propulse à travers un passage discret dans la haie. Deux phares clignotent. Une voiture. Je suis jetée sur la banquette. Exténuée, je sombre.

Des voix. J'ai dormi. Je suis coincée sous la banquette arrière d'une voiture, les pieds d'un passager m'empêchent de faire le moindre mouvement. La voiture est à l'arrêt, seul le ronronnement du moteur brise le silence qui règne dans le véhicule.

— *Aquí están* !

J'ai reconnu la voix d'Alberto. Un autre véhicule s'est porté à la hauteur du nôtre. J'accroche quelques bribes de conversation. Il est question de se rendre à un point B à Arcangues, si j'ai bien compris. Et puis l'information qui m'a provoqué une terrible secousse. Jon !

Jon ! J'ai bien entendu Jon. Lui aussi est entre leurs mains, nous convergeons vers le même endroit. Arcangues !

La voiture s'arrête, le moteur est coupé. Nous avons roulé quelques minutes, j'ai du mal à mesurer le temps, tellement mon esprit est accaparé par le fait que je vais retrouver Jon ! Je suis poussée hors de l'habitacle ; à bout de forces, je me laisse faire. Je regarde à droite et à gauche pour tenter d'apercevoir mon petit-cousin. Plusieurs véhicules sont rangés près du nôtre sous un vaste hangar.

La façade sombre de la maison se dessine, énorme, inquiétante. Alberto avance devant moi vers ce que je devine être l'entrée principale, un de ses sbires me traîne par le coude et je ressens douloureusement les graviers qui blessent mes pieds nus.

Un long couloir, un escalier monumental. Une chambre vieillotte. Menottée au lit. Détachée parce que j'avais besoin de me soulager. Une salle d'eau, enfin ! Boire. Entravée de nouveau. Et toujours sous le regard de mes geôliers.

Je vais devenir folle.

Des bruits de pas. Le silence.

Une boule d'angoisse serre ma gorge, m'empêchant de déglutir. Au fond de mon esprit embrumé, je réalise que nous sommes probablement samedi matin, les réunions préparatoires au projet ont eu lieu sans moi. Moi qui détiens les clés de l'opération Iran. Et maintenant que je leur ai tout dit, si j'en réchappe, ma vie est foutue à jamais. Mais pourquoi me suis-je mise dans cette situation ? J'ambitionnais le pouvoir. À force de le côtoyer, de le critiquer en permanence dans mon talk-show, j'ai eu envie de l'exercer. Le pouvoir. Et je l'ai eu en vendant mon âme et mon indépendance, je l'ai eu et je l'ai utilisé sans vergogne, sans pitié, grisée par ma propre puissance, par ma supériorité. Ayant accès à tout, lisant dans les regards la crainte et l'admiration, allant où je voulais à la Maison-Blanche. Accès direct au président. *La femme la plus puissante du monde* selon les médias économiques et politiques. Je réalise que la politique, ce n'est pas que des mots et de la télévision. C'est aussi la brutalité physique, l'humiliation directe, la confrontation avec la vraie mort. La mienne. Et je suis là, minable, à la disposition d'inconnus brutaux et terrifiants. À chaque minute qui passe, je me demande pourquoi ils me gardent en vie, à quoi je peux encore servir, qui va essayer de me sauver ? Je sanglote sans chercher à me retenir, c'est trop tard.

Je pense à Jon !

26

Songe d'une nuit d'été
Arcangues

Jon

Samedi soir, nuit noire.

— Charles, foutez le camp, ils sont sur la terrasse !

Je sors de ma chambre, prends le couloir sur quelques mètres et me précipite dans l'escalier, des hommes sont dans le salon, habillés de noir et portent des cagoules, l'un d'eux a le bras tendu prolongé par une arme. Charles est debout face à eux, il est en train de saisir son pistolet, le commando tire, le bruit est sec et assourdi, son bras part vers le haut, il s'écroule projeté en arrière par l'impact d'une balle. J'ai à peine le temps de remonter l'escalier et d'atteindre la chambre qu'ils sont sur moi et me plaquent au sol, les bras en croix à plat ventre. Une main large et puissante est appuyée sur ma bouche, je n'ai pas le temps de hurler, incapable de me débattre.

Pas un mot n'est prononcé, mes poignets sont liés ainsi que mes chevilles, impossible de crier, je suis promptement bâillonné avec du plastique collant. Deux d'entre eux me saisissent et me portent en bas où je vois Charles écroulé sur le dos, derrière le canapé. J'essaie de me libérer, mais j'ai affaire à des costauds qui n'ont aucun mal à me maîtriser. Nous sortons par la terrasse, les lumières de la chambre de la cuisine et du salon sont éteintes, j'entends l'un d'eux qui dit : « *Venga* ! »

Je suis propulsé sans ménagements à l'arrière d'une camionnette Kangoo blanche. Immobilisé avec des liens fixés à la structure de la carrosserie. Je suis coincé.

Mon enlèvement ne doit rien au hasard, Charles Wong avait raison. Ce sont des professionnels décidés et très organisés. Ils n'ont pas mis longtemps pour me localiser et n'ont pas hésité à tirer sur un homme qui pouvait être dangereux. S'adapter à un changement au dernier moment ne leur pose pas de problème. Je suis leur objectif et je dois être en état de parler, ils ne m'ont pas tué… pour l'instant.

Je suis étrangement calme, mais très mal parti.

Nous roulons un bon moment sur des routes sinueuses, je suis ballotté de tous les côtés quand soudain le Kangoo stoppe. La porte arrière s'ouvre, je suis détaché et tiré du véhicule par un grand gaillard moustachu. Le petit chemin de terre que nous avons pris donne sur un bois touffu et sinistre. Et quand un des hommes, celui qui semble diriger la troupe,

– j'ai cru comprendre qu'il s'appelait Angel – me lance : « À poil, déshabille-toi ! », je me dis que la promenade en forêt signe pour moi un arrêt de mort. Dramatiquement, je constate que ça ne se passe pas que dans les films.

Je ne fais pas le fier. J'essaye de retarder le temps en lançant des regards glaçants à mes ravisseurs. « Allez, allez, on est attendus ! » éructe Angel en pointant le canon de son fusil contre ma poitrine. Je reçois cette information avec, j'ose l'affirmer, soulagement. Je prends une grande respiration. Je me débarrasse de mon tee-shirt, déboutonne mon pantalon. Mes gestes sont lents et je ne quitte pas Angel des yeux. « *Todo, todo* ! ». Je ne vais pas le contrarier. Et sans pudeur je fais glisser mon caleçon. Dans le plus simple appareil, je vais jusqu'à enlever ma montre et même mes bracelets brésiliens.

Malgré la chaleur, je sens le contact frais de la tôle sur mon corps. À poil, je suis à poil. Je ne comprends pas très bien leurs intentions. Mes vêtements ont fini dans un sac-poubelle et jetés dans un fourré. Une seule idée me vient à l'esprit : peut-être pensaient-ils que j'étais équipé d'un traceur.

La voiture s'arrête.

J'ai du mal à entendre ce qui se dit. On – Angel – parle de moi et j'entends aussi « Arcangues ».

La voiture reprend sa route et nous roulons quelque temps avant de ralentir. Je retiens le crissement des pneus sur ce que je devine être une allée de gravier.

Deux phares, qui franchissent un portail, éclairent un instant la vaste maison au moment où je suis introduit dans un long couloir et conduit à l'étage dans une chambre. L'intérieur semble très confortable, bien meublé, et la chambre a sa propre salle de bains où je suis autorisé à faire un bref passage hygiénique.

« Habille-toi ! » Me dit le grand moustachu en jetant sur le lit un sac de papier.

J'enfile un pantalon en toile bleu foncé sur un caleçon, puis une chemise en coton vert pâle, c'est tout, pas de chaussures.

Les menottes se referment sèchement sur mes poignets. Une courte chaîne me relie à un radiateur en fonte, mais me permet d'atteindre le lit.

Mon ravisseur s'est éclipsé.

Seul dans le noir et le silence, il me faut réfléchir, je suis calme, concentré. Je me pose beaucoup de questions et n'ai que peu de réponses. Pourquoi m'a-t-on enlevé, sans hésiter à tirer sur Charles Wong, mais en évitant de me blesser ou de m'éliminer ? Est-ce que cela a un rapport avec Lisbeth ou avec le *Groupe A* ou les deux ? Est-ce la même équipe qui nous a attaqués dans les landes d'Hasparren ? Je n'ai pas peur pour l'instant, j'ai conscience de ne pas avoir été en danger de mort, je sais que je leur sers d'otage. J'ai vu que mon sac à dos et mon portefeuille, ainsi que mes deux téléphones ont été soigneusement inspectés. Mon identité et mon adresse n'ont plus de secret pour eux. Ils savent donc qui je suis et où j'habite.

Mon grand-père et Charles Wong m'ont entraîné sommairement aux techniques d'interrogatoire, sachant que je pourrais un jour être questionné au sujet du *Groupe A,* soit par la police, soit par des journalistes, soit par des gens vraiment mal intentionnés, mais pas à ce point. Ne pas s'enfermer dans le silence, beaucoup parler pour ne rien dire, raconter plein de choses vraies et sans importance pour noyer les informations que l'on veut cacher, dire l'accessoire pour taire l'essentiel. Ce que je sais, c'est qu'Aitor est à l'abri et inatteignable, que Charles Wong est dans un sale état, laissé sur place, inanimé. Mon ami Wong, mon guide de montagne, j'ai peur de le perdre, c'est un mentor pour moi. Je ne connais pas tout des secrets du *Groupe A,* sauf qu'un dossier ultra confidentiel est déposé chez des personnes de confiance qui, en cas de disparition d'Aitor, pourront le rendre public ou me le communiquer. Ce dossier donne le lieu de stockage des archives qui disent tout du *Groupe A.* Son passé et son présent, on y trouve des noms, des dates, des lieux, des faits et toutes les compromissions des traîtres, des mafieux. Je n'ai jamais rien vu de tout cela.

Ce que je crains, c'est la torture physique, la souffrance, je ne suis pas préparé à ce genre d'épreuve. Je sais que je suis costaud, je suis sportif et je sais résister à la fatigue, à la douleur ressentie, mais je n'ai jamais été confronté à la douleur gratuite, subie. Il faut que j'adopte une stratégie souple, que je m'adapte en cas de coup dur, comme au rugby, encaisser et encaisser encore, mais aussi éviter, glisser entre les pièges, résister, ne jamais faillir, serrer les dents, attendre que le vent tourne. J'ai vécu sans parents, sans frère ni sœur, avec un grand-père merveilleux mais pas tendre qui m'a appris aussi à être résistant, à tenir. Je vais interpréter le rôle de celui qui ne sait pas grand-chose, mais qui dit tout, jouer la comédie. Dans chaque mensonge, mettre une part dominante de vérité pour qu'il soit crédible. Je vais le faire. J'attends dans le noir.

Je pense à Lisbeth.

27

CIA

Samedi matin, nuit.

La clinique Aguiléra est cernée. Serge Moulinard a mobilisé trois véhicules qui se sont positionnés pour bloquer tous les accès. Des hommes en armes ferment totalement le périmètre du bâtiment moderne situé dans un espace verdoyant facile à isoler. Comme convenu, le dispositif est très visible, les voitures de police ont allumé leurs gyrophares, les hommes sont partout et gardent les issues, l'atmosphère est tendue. Çà et là on perçoit de la lumière derrière les fenêtres de l'établissement ainsi que dans le hall d'accueil qui semble désert. Un seul endroit est partiellement éclairé, c'est l'aile réservée par la délégation américaine.

— Alors Serge, il y a du nouveau ? interroge Xavier dès son arrivée

— Oui, j'ai un SMS à propos du van, mon correspondant a relevé une immatriculation, j'ai lancé une recherche et voilà (il se met à siffler un petit air guilleret). L'option cow-boy se confirme, le véhicule a été loué par une célèbre société de sécurité américaine, BLACK WATER, ça me dit quelque chose. Pas à vous ?

— Si, si, je connais. C'est le genre de boîte qui, sous couvert de fournir des personnels de sécurité, recrute et loue des mercenaires, surtout en Irak, leurs liens avec l'armée des États-Unis et la CIA sont connus de tous. C'est une énorme affaire très opaque.

— Ça va être passionnant. Tiens, regardez qui arrive !

D'un pas pressé, les bras rythmant sa démarche, Philippe Marlow se dirige vers eux. Contrairement à son habitude, l'Américain affiche la mine des mauvais jours ou celle de celui qui vient de passer une mauvaise nuit : les cheveux en bataille, un duvet naissant, les yeux embués.

— Qu'est-ce qui se passe encore Xavier ? questionne-t-il, le souffle court et le regard inquisiteur.

— La suite de la fusillade, mais vous êtes au courant non ? Qu'a donné votre enquête ?

— Et qu'avez-vous trouvé dans la maison ?

Xavier ne répond pas et détaille l'homme du FBI d'un air qui exprime une profonde méfiance.

— Philippe, nous avions tous décidé de jouer la transparence, nous, vous et la CIA et figurez-vous que j'ai des doutes. Nous allons vérifier qui sont ces hommes. Mais peut-être pouvez-vous nous le dire tout de suite ? Depuis tout à l'heure, vous avez enquêté, non ?

L'Américain semble sonné, il reste quelques instants, le regard rivé dans les yeux noirs de Xavier et ouvre la bouche pour parler, au moment où, provenant d'un des parkings de l'établissement, une voiture codes allumés se dirige à vive allure vers eux. Un policier en uniforme, pointe son pistolet-mitrailleur et intime au chauffeur l'ordre de s'arrêter. Le véhicule pile. Deux hommes sont à bord. Le policier leur fait signe de baisser la vitre et commence à discuter, le ton à l'air de monter légèrement, Serge s'approche et s'adresse au chauffeur.

— Bonsoir messieurs, on ne quitte pas cet endroit sans vérification, nous procédons à un contrôle d'identité, merci de sortir de la voiture et de nous donner vos papiers.

— *What* ?

— Ah, vous ne comprenez pas… vous ne parlez pas français ?

Serge passe à l'anglais et répète ce qu'il vient de dire.

— Laissez-nous passer, clame le conducteur, nous faisons partie de la délégation américaine, qui est le chef ici ? Je veux le voir.

La tension a beau monter d'un cran, Serge n'est pas du genre à se laisser impressionner. Son ton se fait plus sec.

— Ici, vous ne représentez rien, le chef c'est moi, capitaine Moulinard, police française, sortez avec vos papiers.

Serge se fait menaçant en reculant d'un pas et en posant la main sur l'arme qu'il porte à la ceinture. Le chauffeur s'excite et gronde, furieux !

— Vous n'avez pas le droit de nous bloquer, nous sommes ici pour le G7, pour la sécurité.

— Vous avez un passeport diplomatique ?

— Non.

— Alors, on ne passe pas, exécution, sortez !

La voiture est aussitôt cernée par les policiers qui pointent leurs armes, l'allée est bloquée par une herse déployée.

Les deux occupants n'ont pas le choix et sortent lentement de la voiture.

— Mains en l'air, ordonne Serge Moulinard qui vient d'apercevoir le holster de poitrine et l'arme de l'individu, et mettez-les sur le toit.

Le ton est ferme et les deux hommes, vêtus de noir de pied en cap, bonnet sur la tête, se résignent.

— John Kelly, capitaine Kelly !

Xavier se retourne vers un Philippe Marlow, mains sur les hanches.

— Vous les connaissez ?

— Le capitaine Kelly, il désigne le passager de la voiture, travaille à la sécurité de la conférence et fait partie de la CIA, sa présence est tout à fait légale.

— Marlow, expliquez-leur qu'ils font une énorme connerie en ne nous laissant pas passer, ils le regretteront, fait remarquer l'homme de la CIA.

Serge s'interpose. Et interpelle Philippe Marlow.

— Parfait, si tout est légal, vos cow-boys n'ont qu'à nous montrer leurs papiers.

Kelly et son acolyte s'exécutent de très mauvaise grâce, tandis que Serge chuchote à l'oreille d'un de ses collaborateurs, celui-ci va dans la rue et fait signe à un fourgon aux vitres grillagées de s'approcher.

— Messieurs, je garde vos documents pour vérification, vous pouvez rejoindre ce fourgon. Mais ! Vous allez nous expliquer ce que vous faites dans cette clinique habillés en "commando" et armés ?

— Ça ne vous regarde pas ! lance le responsable de la CIA.

— C'est ce qu'on verra plus tard, bien entendu, nous gardons vos armes. Tiens, je vois deux sacs à dos derrière. Voyons tout cela de plus près, dit-il sur un ton primesautier qui tranche avec l'ambiance lourde de tensions contenues.

L'intérieur des sacs à dos révèle un bric-à-brac étonnant. Chargeurs de pistolets, grenades offensives et défensives, cartes de l'agglomération avec des annotations. Talkie-walkie, poing américain, gants de protection, menottes, cordages, bref, cela ne ressemble pas à un sac équipé pour faire une randonnée.

— Je suppose que vous reveniez d'un pique-nique à la Rhune. Je me trompe ! ponctue-t-il avec dérision.

Allez, vous pouvez m'embarquer ces messieurs dans le fourgon et mettez les sous bonne garde, portes verrouillées, ajoute-t-il en direction des policiers en tenue.

Un plan trouvé sur le siège arrière représente les villes de Biarritz, Anglet et Bayonne, il est annoté avec deux flèches rouges qui balisent des itinéraires.

— L'endroit d'où démarrent les flèches, ici, c'est la résidence annexe de la CIA, précise Marlow en désignant de son index droit sur un gros point rouge sur la carte.

Xavier lève la tête et le regarde.

— Annexe, qu'est-ce que cela veut dire ?

— Les forces spéciales de la CIA se sont installées de façon discrète ici, dans ce quartier calme et bien placé. Il est possible que vous y découvriez des vans noirs. C'est à quelques centaines de mètres d'ici.

— Que voulez-vous dire Philippe ? Que savez-vous ? Fini le jeu du chat et de la souris, dites-moi la vérité.

L'agent du FBI baisse la tête, prend une profonde inspiration et lâche.

— Après notre conversation, tout à l'heure, je me suis entretenu avec Bruce Jeep, le chef de la CIA, ce sont ses hommes qui ont fait le coup, je n'étais pas au courant.

Serge Moulinard, le téléphone collé à l'oreille, s'est écarté du duo.

— Vous me bouclez la rue de Chassin à Biarritz, commande-t-il au responsable du centre d'urgence de la police. Je veux des véhicules en travers de la chaussée, personne ne sort, personne ne rentre, je dis bien personne. Faites attention, vous pouvez avoir affaire à des gros bras, soyez fermes et vous relevez les coordonnées de tous les gens. Si ça résiste, vous embarquez et vous stockez sur place. En fait, vous bouclez le quartier immédiatement, conclut-il en regardant Xavier.

Xavier, un petit sourire en coin, l'approuve d'un mouvement de tête. *L'action c'est son truc*, songe-t-il.

— Parfait, allons voir ce qui se passe dans cette clinique. Quant à vous Philippe, votre position n'est vraiment pas claire, attendez-nous ici, car après nous irons voir "l'annexe CIA", chez vos copains. Vous avez interdiction de communiquer.

Philippe Marlow reste là, planté sur le parking, son désir est bien de coopérer, mais la situation lui échappe. Il a le sentiment de passer pour, au mieux un incompétent et, au pire, un faux ami. Son investissement personnel représente un an de travail pour préparer le G7, c'est un très gros dossier pour lui et pour son avenir. C'est mal parti, très mal parti. Une sensation de solitude affecte tout à coup sérieusement son moral.

28

LES RICAINS

XAVIER

SAMEDI TROIS HEURES TRENTE.

Nous avons, avec Serge, laissé Marlow seul, en bute à ses réflexions et à ses relations délicates avec la CIA.

Le hall des urgences est désert quand j'y arrive. Un grand gaillard, genre armoire à glace barbu et chevelu, surgit l'air soupçonneux et agressif.

Il voit bien que je n'ai rien d'un malade et que Serge n'a pas l'allure d'un grabataire. Il va pour ouvrir la bouche et sans doute nous demander ce que l'on fait là. Je l'interromps d'un signe de la main. Et lui colle ma carte sous le nez « Commissaire Andurandéguy et voici mon adjoint, Serge Moulinard ». À sa mauvaise humeur, fait place un sentiment d'inquiétude. Il finit par se présenter. Il prétend être, et je le crois, Kévin

Piqué et officie en qualité d'infirmier de garde chargé des admissions.

Je lui demande de nous conduire dans l'aile des Américains. Les mains dans les poches de sa blouse blanche, il m'affirme que c'est impossible et que l'aile est privatisée.

Du bras, je retiens Serge qui avait déjà, avec sa mine la plus menaçante, fait un pas en direction du jeune infirmier et je signifie au récalcitrant que s'il n'obtempère pas, je me verrai contraint d'agir en conséquence. Il blêmit, se décompose, bredouille quelques vagues excuses inaudibles. Comme s'il cherchait une aide charitable, il se tourne vers la petite pièce d'où on l'avait vu s'extraire lors de notre arrivée.

Retrouvant sa voix ; il hèle une certaine Nicole.

Ladite Nicole, pointe son minois à la porte. Tente de remettre en place une mèche de cheveux brune qui, volage, s'échappe de sa coupe au carré, fais un pas vers nous, sa blouse blanche est mal boutonnée et un joli petit sein peu maîtrisé se laisse découvrir.

M'est avis que les soins d'urgence que la donzelle réclamait n'avaient nullement besoin d'un stéthoscope. Elle nous sourit. Kevin, confus, fait les présentations et demande à la jeune femme essoufflée de le remplacer à l'accueil, il va nous accompagner et il reviendra au plus vite.

Aux couloirs encombrés de brancards, de lits médicalisés en attente de malades, de chariots surchargés d'ustensiles de soins succède un long cheminement désert qui conduit à une porte à double battant.

Kévin nous fait comprendre qu'il ne peut pas aller plus loin, qu'au-delà c'est le domaine des Américains. Je sais une jolie Nicole en attente d'un complément de soins et le libère en surprenant au passage, la moue rieuse de Serge.

L'aile américaine, puisqu'il convient de l'appeler ainsi, ressemble à un hôtel où la vie se serait figée. Encore un couloir. Puis une sorte de salle d'attente avec un ensemble de chaises fixées au sol. J'aperçois quatre hommes. Deux blouses blanches que je devine être des soignants et deux crânes rasés, l'un les bras réunis dans le dos, jambes écartées et qui protège une porte. L'autre, un grand gorille blond, nourri au hamburger, s'extrait de sa chaise et fonce sur nous en éructant que nous n'avons *rien à foutre là.*

Je ne réponds pas à ses invectives et me contente de lui afficher sous le nez ma carte professionnelle. Serge en fait de même et laisse entrevoir son arme de service sous sa veste.

Je signifie à *King Kong* que le seul qui ait tous les droits ici, c'est le représentant de la police française, en l'occurrence moi-même.

Les deux blouses blanches sont des médecins, un chirurgien et un anesthésiste, ce dernier, en réajustant ses lunettes, nous explique qu'étant de garde on les a appelés pour deux urgences, des blessés. Que lorsqu'ils sont arrivés sur place, l'un était déjà mort. Le second est en train d'être préparé pour une intervention à la hanche. Ils ne rechignent pas quand je leur demande de pénétrer dans la pièce.

Le cerbère aux jambes écartées refuse de bouger et saisit son iPhone. Serge, tel un magicien, subtilise en un tournemain le téléphone. Et devant les yeux interloqués de l'Américain pose un doigt sur sa bouche. *Chut !*

Serge reste dans l'alcôve pour surveiller *Cerbère* et *King Kong* pendant que je pénètre dans la chambre inondée par la lumière crue d'un néon. Sur un brancard, repose un corps recouvert d'un drap. Je soulève le tissu amidonné. Le cadavre est encore revêtu de sa tenue de commando noire. La cagoule a été enlevée et un pansement imprégné de sang masque une partie de son visage.

Le chirurgien, un petit homme rondouillard, la cinquantaine avancée et qui s'exprime avec un accent basque prononcé, m'explique que la blessure provient probablement d'un gros calibre. Il sait de quoi il parle, nous sommes dans une région de chasse et les accidents sont plus fréquents qu'on pourrait le penser. Du petit plomb pour les oiseaux jusqu'aux balles pour le sanglier, il a déjà tout soigné. Le corps a subi deux gros impacts, un à la tête et l'autre au cou, perte de sang massive et destruction partielle au cerveau. Tout ça est livré à chaud précise-t-il, mais il lui faudra procéder à une autopsie qui confirmera, sans doute ces constatations.

Je repose le drap sur le visage. Laissant ainsi l'individu à son repos éternel.

Le blessé à la hanche est très amoché par le même type de munition, mais pourra s'en sortir, impossible de l'interroger pour l'instant, car il est sous sédatif me confirme le médecin.

Je me dis que les événements prennent un tour dramatique, on en est à trois morts dans cette histoire de fous de la gâchette. Prendre les bonnes décisions pour arrêter le massacre est urgent.

Je retrouve Serge, adossé à un mur, un pied contre la paroi et les bras croisés, son regard le plus méchant dirigé vers *Cerbère* et *King Kong* qui n'en mènent pas large les fesses posées sur les chaises. « On file à l'*annexe* lui dis-je. Et tu m'embarques ces deux-là. »

Nous enfilons les couloirs en direction de la sortie. Le hall d'accueil a retrouvé son calme. Nicole a perdu des couleurs, sa blouse est correctement boutonnée et je sens une certaine déception dans le regard que Serge lui jette.

L'avenue de Chassin est à quelques pâtés de maisons de la clinique. La large voie est à peine éclairée par deux lampadaires et bordée de maisons cossues entourées de jardins parfaitement entretenus, c'est un endroit résidentiel paisible et très chic. C'est là que se trouve l'*annexe* de la CIA. Quand nous arrivons, le quartier est déjà bouclé.

Peio Etcheparre, le brigadier-chef qui dirigeait l'opération à Anglet nous accueille avec l'enthousiasme permanent qui le caractérise. Vite, il nous détaille les lieux. Il les connaît par cœur. Autrefois, c'était une entreprise, un dépôt de boissons pour les commerces, les bars et les restaurants. Vins, spiritueux, bières, sodas : DGVF « Dépôt des grands vins français », son père y était comptable. L'entreprise a fermé il y a trente ans et depuis c'est en indivision, l'endroit est toujours entretenu, mais vide. Deux mille mètres carrés.

Je me dis qu'il y largement la place pour y faire stationner en toute discrétion plusieurs véhicules et entreposer tout le matériel nécessaire à une intervention de type commando. Devant le hangar, s'étend une vaste cour bétonnée qui devait permettre aux camions de manœuvrer et, tout au fond, je remarque le bâtiment d'administration, une vaste maison d'habitation de style basque.

Peio qui a dû suivre mon regard me précise que le rez-de-chaussée était, du temps de son père, occupé par les bureaux de l'entreprise et que les deux étages – une quinzaine de pièces selon lui –, étaient réservés à la famille du propriétaire. De quoi y loger un commando en provenance de Langley avec armes et bagages.

Pas question toutefois d'intervenir sans mandat.

Malgré l'heure tardive, j'ai informé la juge Julie Leclercq de notre présence devant cette *annexe* et de notre souhait de pouvoir jeter un œil sur les activités qui s'y déroulent et les actions qui s'y fomentent.

La juge va m'envoyer un motard avec les éléments nécessaires pour pénétrer dans ce lieu dès six heures et *coffrer tous ces fous furieux*. Je la cite. Elle n'ignore pas qu'embarquer une telle troupe va déclencher plus que des vagues diplomatiques, mais elle sait qu'avec le procureur et mon propre supérieur, ils vont gérer le côté international avec les autorités françaises et américaines. Avant de raccrocher, elle me précise bien de ne pas oublier que l'objectif essentiel, au-delà de quelques *cow-boys* en mal d'Afghanistan ou d'Irak, est de retrouver Lisbeth Woodword et aussi, maintenant, Jon Larreta.

La *Juju*, comme dirait *Sergio le commando* est remontée, elle va secouer les cocotiers et ça va être violent.

29

Itziar mon amour

François Ly

Samedi deux heures.

L'adjudant-chef Gaël Lebreton m'a accueilli, c'est lui qui a supervisé le déroulement des opérations, il est du genre sobre et efficace. La gendarmerie de Tardets-Sorholus est animée comme une ruche avec tous ces événements, ça change des habituels accidents de la route et autres incidents domestiques. Autour d'un café insipide, le militaire, loquace et précis, m'a fait un compte rendu complet des premières constatations faites dans la maison de Charles Wong. Il suppose que Jon a bien été enlevé, cependant rien ne le prouve, si ce n'est la présence de sa voiture dans la cour. Tout s'est fait dans la précipitation et on a retrouvé une partie de ses affaires sur place.

Pettan Daguerre, soixante-dix ans, célibataire vivant seul, citoyen sans histoires et honorablement connu, m'attend. Le Basque s'est rabougri sur une chaise. Il va falloir qu'il m'en dise plus.

Un texto de Serge m'alerte. Je dois revenir les rejoindre au plus vite dans le luxueux quartier du Parc d'Hiver de Biarritz, à l'*annexe* de la CIA. Ça chauffe avec les Américains.

Avant de le quitter, le gendarme me montre le rapport médical qu'il vient de recevoir de l'hôpital de Bayonne concernant Charles Wong. La balle de petit calibre a traversé le poumon droit sans faire de dégâts irréversibles. L'homme devrait s'en tirer.

Je prends congé de Gaël Lebreton et fonce vers Biarritz après une brève discussion avec Pettan.

Un peu plus d'une heure pour atteindre Biarritz, le temps de profiter de ces routes sinueuses qui mènent à l'océan depuis les cols pyrénéens. Des noms de lieux si difficiles à prononcer pour l'ancien Parisien que je suis. Ici un fronton où se disputent d'acharnées parties de pelote, là une stèle discoïdale qui rappelle le passé lointain du peuple basque, plus loin une vaste demeure où vivent ensemble plusieurs générations. Toujours à la découverte de nouveaux paysages, le long d'un ruisseau, au détour d'une colline. Un grand plaisir que je partage avec Itziar à la recherche de ses petits restaurants, parfois de plus grands. Récemment, à Barcus, chez *Chilo*, une merveille de simplicité chaleureuse et de gastronomie haut de gamme.

Sur ces routes, comme pour conjurer le sort, j'affectionne sa compagnie. L'attentat est toujours dans nos têtes. Un attentat, qui aurait pu croire qu'un tel événement nous souderait à jamais. Nous en sommes sortis indemnes tant psychiquement que physiquement, bien qu'il m'ait fallu de longs mois de récupération. Itziar, heureusement épargnée, a toujours été à mes côtés, jusqu'à, me redonner, très récemment, des cours de surf où elle excelle.

J'aime cette jeune femme, belle, réservée et volontaire. Petit à petit son douloureux passé s'estompe, son frère sauvagement assassiné, ses parents mis en prison par Xavier Andurandéguy pour quelques années encore[14]. Jusqu'à ce malheureux hasard qui l'a trouvée mêlée dramatiquement à mes côtés, au péril de sa vie, à une affaire avec laquelle elle n'avait rien à voir.

Je pense aussi à ce rapport étrange, d'attirance et de crainte, entre elle et le commissaire avec qui tout rapprochement semble impossible. Et moi au milieu, sous le charme et sûr de rien.

Le café genre dynamite, sorti de la Thermos, que m'offre Peio tout en me gratifiant d'une claque dans le dos, a au moins l'avantage de me donner un coup de fouet. Un peu d'eau sur la figure serait aussi bienvenue. Mais il ne faut pas rêver. Le parfum iodé des pins que l'aube si proche exacerbe finit par me réveiller définitivement.

---

14 Lire : *L'œuf de la haine et de la vengeance* et *Amères pilules*, du même auteur, dans la même collection.

Serge Moulinard, assis sur le capot d'une voiture, me fait signe. Près de lui, les bras croisés, le commissaire affiche l'impatience grandissante qui le taraude. Le mandat de la juge n'est pas encore arrivé et pas question pour l'instant de pénétrer dans cette fameuse *annexe*.

Le geste interrogatif du menton du commissaire suffit à me faire comprendre qu'il veut tout savoir de mon périple à Tardets-Sorholus.

J'occulte mes états d'âme amoureux et divagations au sujet d'Itziar. Selon toute vraisemblance, Pettan Daguerre en sait plus qu'il ne veut bien en dire et ne réalise peut-être pas la gravité de la situation. Il a confirmé ne rien savoir du pourquoi de la présence de Jon chez son ami Wong. Le pistolet de ce dernier, un Beretta 82 FS inox 9 mn chargeur 15 coups, est une arme de service autorisée.

À la description de l'arme, je vois le visage de Serge qui s'illumine un instant avant de se rembrunir aussitôt.

En effet, je précise qu'une balle était engagée, mais que l'arme n'a pas servi, ce qui laisserait penser que Wong était en alerte. Donc rien d'un cambriolage qui aurait mal tourné.

Pour en revenir à Pettan, j'insiste sur le fait qu'il a reçu un coup de fil, et s'est précipité chez son ami qu'il a trouvé à terre et gravement blessé. Ensuite, il a appelé les secours et c'est tout.

C'est tout ! s'étonnent les yeux écarquillés du commissaire.

De ma poche, j'extrais un téléphone.

Et alors ? questionne la moue défiante de mon chef.

J'ai un peu tarabusté Pettan Daguerre qui s'est perdu dans des explications vaseuses entre son portable et son fixe. Il a fini par lâcher le morceau. Le résultat le voilà : un Teorem, cet appareil, au look austère, est un téléphone hypersécurisé principalement utilisé dans les années 2000 par la Direction générale de l'Armement. Un truc d'espion en fait. Charles Wong, Pettan Daguerre et Aitor Larreta s'en servaient pour communiquer entre eux. Je leur apprends que seulement trois numéros sont préenregistrés et que celui qui renvoie vers Aitor est le 11 sur lequel j'ai laissé un message pour qu'il nous rappelle, d'urgence.

Mon chef m'a pris le téléphone des mains, l'inspecte avec minutie, le tourne, le retourne. Je le sens impatient d'appuyer sur les touches, de composer le 11.

J'ajoute qu'ensuite Pettan s'est refermé comme une huître, j'ai essayé de le secouer un peu, sans résultat. On a donc une petite bande de comploteurs, dont deux anciens espions qui correspondent avec des téléphones cryptés haut de gamme. Ils ont des choses à cacher.

Nos regards se croisent. S'étudient. Se questionnent.

Dans peu de temps, il sera l'heure d'aller dire bonjour à nos « amis » américains.

30

C'EST SON COUSIN !

SAMEDI MATIN.

— L'objectif de cette réunion, lance le commissaire principal Roger Ducourneau, est d'y voir un peu plus clair dans ce que l'on pourrait appeler un sac de nœuds bourré d'explosifs dont les mèches sont toutes allumées.

Autour de la table, dans cette grande salle vieillotte du palais de justice de Bayonne, les visages sont tendus, fatigués, l'absence de sommeil se fait sentir. Un café très noir et des macarons de chez Adam offerts par la juge Julie Leclercq ravivent les esprits embrumés.

— Et dont on ne sait qui tient l'allumette, dit Serge Moulinard en interpellant la magistrate qui saisit la balle au bond.

— Exactement capitaine, exactement. D'abord, les dernières nouvelles : nos « amis » (elle force le ton) du commando américain vont nous quitter, n'est-ce pas agent spécial Marlow ? Expliquez-nous ça.

Quelques heures plus tôt, sans résistance, le commando de la CIA a accepté de se soumettre aux autorités françaises.

L'Américain se tient le buste droit et raide sur sa chaise, le visage fermé. Marlow a passé une très sale nuit à raccommoder les fils de la confiance avec les Français, mais surtout à réorganiser ses services. Exigeant que la CIA soit tenue à l'écart de cette affaire et soit dorénavant sous ses ordres pour tout ce qui concerne la sécurité.

— Parfaitement, madame la juge, nos dirigeants respectifs ont décidé que l'ensemble des hommes de la CIA que vous détenez cachés quelque part repartira le plus vite possible. Bruce Jeep et Jack O'Brian feront partie du voyage, puis seront jugés et sanctionnés par un tribunal militaire dans le plus grand secret. En fait, cette opération n'aura jamais existé, ni pour nous ni pour vous.

Julie Leclercq ne feint pas un léger sourire ironique qui contraste avec le sérieux crispé du policier américain.

— Il y a bien des contreparties, n'est-ce pas ?

— Oui madame la juge. Le matériel laissé sur place vous appartient, donc toutes les preuves de l'opération, et surtout, toutes les données de ce dossier sont mises à votre disposition. Je suis chargé de les récolter et de vous les transmettre. Il y a certainement d'autres… disons… *arrangements* beaucoup plus importants, mais cela ne nous regarde pas, c'est de la politique. Nous sommes du même bord, tout de même !

Les derniers mots de l'agent américain tombent un peu à plat. Xavier écarquille les yeux, Serge est prêt à ruer dans les brancards.

— Du même bord, certes, convient Roger Ducourneau d'un air sceptique, mais dans les faits, ça ne se voit pas trop. Jusqu'à présent, votre administration nous incite plus à la défiance qu'à la confiance. Qui nous dit que vous nous communiquerez tout ?

Philippe Marlow prend une grande inspiration. Sa crédibilité auprès des Français, mais aussi vis-à-vis de sa hiérarchie est en jeu. Bref, sa carrière dépend de sa capacité à récupérer une situation pourrie.

— Deux choses. La première, c'est ma parole d'officier. La deuxième, qui a peut-être plus de poids, est que nous avons sacrément intérêt à retrouver Lisbeth Woodword dans le contexte actuel. Notre seule issue est de nous mettre à votre disposition. Nous avons déjà commencé.

— D'accord, on va faire comme ça, on vous garde dans la boucle, conclut le commissaire principal.

— Merci Roger. Par contre, pour évacuer notre commando, comment faisons-nous ? C'est délicat.

À l'autre bout de la table, Xavier, qui s'était retenu de tout commentaire jusque-là, en profite pour intervenir.

— J'ai demandé au lieutenant Ly de superviser leur évacuation. Tes hommes, Philippe, sont retenus et traités avec tous les égards par la police française. D'ores et déjà un avion a été affrété et ils pourront rejoindre votre pays si à la fin de cette réunion nous sommes bien d'accord sur tout, je dis bien tous les points.

Un silence pesant s'installe.

Pragmatique, la juge Leclercq vers laquelle les regards se sont tournés s'adresse au policier américain.

— Agent spécial Marlow, fini les cachotteries et les westerns modernes, nous sommes entre gens intelligents maintenant, n'est-ce pas ? Dites-nous tout.

Interloqué, Philippe Marlow inventorie les paires d'yeux qui le fustigent, déglutit, saisit un dossier posé devant lui et, en gage de bonne foi, le montre ostensiblement.

— L'homme abattu lors de l'enlèvement n'est pas Vénézuélien, mais bien Américain d'origine cubaine, vivant en Floride. D'autre part, l'ADN de Jon a parlé, c'est surprenant. Il matche avec celui de Lisbeth, probablement très proches parents, au moins cousins issus de germains. Maintenant, une information ultrasecrète. Le père de Lisbeth a changé de patronyme dans les années quarante. L'origine de sa fortune a été aussi rapide que douteuse et pourtant, les républicains l'ont fait élire sénateur. Xavier, je parie que tu connais son vrai nom ?

— Larreta bien sûr.

— Gagné, Jean-Baptiste Larreta, comme Aitor Larreta, comme Jon Larreta. Cet homme est mort il y a trente ans, sa fille ignore tout de son passé, elle était vaguement au courant de ses origines basques, mais sans plus. Il a quitté Brooklyn pour Boston s'y est installé, s'est fait une virginité toute neuve en épousant une fille de bonne famille. Woodword est le nom de jeune fille de sa femme.

— Que savez-vous sur le passé de ce Jean-Baptiste Larreta ? questionne la juge. C'est quoi une virginité toute neuve ?

— Rien de précis, dans les années quarante et début cinquante, il a été soupçonné d'avoir des liens étroits avec la mafia new-yorkaise. Ensuite, le patronyme de Larreta a disparu comme par enchantement, effacé et remplacé par Woodword.

— Donc, Lisbeth est vraiment apparentée au grand-père de Jon.

— Nous pouvons l'affirmer, je te le répète, c'est son cousin, Xavier. Aitor est son cousin.

Cette révélation sidère les participants qui en restent muets, le lien est fait.

— Un point important, reprend Marlow, Lisbeth a aussi un frère un peu plus jeune, candidat sénateur républicain, comme son père, à Boston, et étoile montante dans son parti. On le présente comme le futur John Fitzgerald Kennedy, mais de droite, dévoré d'ambition. Il ne s'entend pas bien avec sa sœur. Ils sont un peu en compétition. Tout cela fait un environnement très trouble et chargé.

Marlow repose le dossier qu'il tenait toujours dans ses mains, signifiant ainsi qu'il avait tout dit.

— Nous sommes tous conscients de la gravité de la situation et de l'urgence à trouver une issue, constate Xavier. Nous avions deux commandos sur les bras, celui de la CIA est hors d'état d'agir. Reste l'autre. Rendez-vous compte, en trente-six heures, cette équipe enlève Lisbeth Woodword, tue son garde du corps, puis capture Jon. On peut imaginer pourquoi Lisbeth a été enlevée, elle sait tout des tractations, discussions et négociations avec les pires interlocuteurs de la terre : terroristes, états voyous et partenaires prêts à toutes les trahisons, elle peut aussi être une monnaie d'échange, elle vaut cher. En revanche pour Jon, c'est le flou, à part son lien de parenté avec cette cousine américaine, on ne voit pas l'objectif poursuivi, mais ce but existe, c'est certain. Considérons aussi la disparition de son grand-père et la présence de deux personnes étranges, Charles Wong et Pettan Daguerre. Les deux prisonniers sont peut-être au même endroit si c'est le même commando qui a opéré.

L'assemblée semble partager cette analyse. Serge Moulinard opine de la tête.

— Serge, tu cherches le commando. N'hésite pas à mobiliser large. Tu envoies une équipe au bord de l'Adour là ou Lisbeth a été signalée pour la dernière fois. Je me concentre sur la recherche d'Aitor Larreta et l'exploration de son entourage, le hasard fait que je le connais un peu. Philippe, si vous êtes d'accord, creusez l'environnement de Lisbeth, son mari, sa famille, ses contacts personnels, son histoire.

Marlow signifie son approbation en levant son pouce.

— Je vais aussi, poursuit Xavier, contacter les autorités politiques pour savoir sur quoi elle travaillait exactement pour le sommet.

Se sentant réintégré dans l'équipe, l'homme du FBI est tout ragaillardi. Ça lui fait du bien.

— Madame la juge, quel est votre sentiment ?

— Nous devons tenir au moins jusqu'à lundi, quand tout ce beau monde sera parti, parce que si ça pète pendant le G7, la France et nous, aurons l'air minables et ridicules, surtout avec la connerie de la CIA. J'ai mis en place une cellule de crise au tribunal, elle fonctionne vingt-quatre heures sur vingt-quatre. Messieurs, au boulot !

31

Le 11

Xavier

Samedi matin.

Je retrouve Serge dans cette petite pièce, un réduit sans fenêtre du commissariat qui sépare son bureau du mien. Un endroit que d'aucuns trouveraient sinistre, mais dans lequel nous aimons nous rencontrer pour partager nos avis sur une enquête, parfois aussi sur les déboires de notre existence.

Nous avons conscience maintenant qu'il nous reste une étape importante à franchir. Le commando de la CIA est sur le retour vers les États-Unis et j'ose espérer ne plus entendre parler de Bruce Jeep et de Jack O'Brian. Les informations que François m'a transmises concernant le téléphone crypté de Pettan sont d'une importance capitale. Le 11 renvoie directement sur Aitor. Le contact avec le grand-père de Jon est essentiel. Il sait quelque chose, il est au centre de cette histoire avec son petit-fils et sa cousine Lisbeth. Je dois savoir. Je connais un peu Aitor, c'était un ami de mon père et j'ai déjà vu plusieurs fois son petit-fils Jon, nous sommes du même coin, Mouguerre-Elizaberry, Hasparren, Mendionde et autour. Je demande à Serge de contacter Pettan pour lui demander vers qui les autres numéros nous mènent éventuellement.

Je compose le 11. Dix sonneries, suivies par une voix neutre « Messagerie à vous ». Je pensais, à tort, avoir affaire directement avec Aitor. Surpris, je laisse un message. « Ici Xavier Andurandéguy, votre petit-fils a été enlevé, votre ami Charles Wong est à l'hôpital, une balle a traversé son poumon droit, et vous êtes introuvable. Nous cherchons aussi votre cousine, Lisbeth Woodword, contactez-moi au plus vite, nous devons retrouver Jon vivant. » Je suis obligé de ronger mon frein, car le fait de ne pas pouvoir m'entretenir avec Aitor compromet le déroulement de l'enquête. Où est-il passé ? Et que dire de Jon et Lisbeth qui doivent croupir quelque part entre les mains de dangereux ravisseurs. Cette attente est insupportable.

Serge me glisse un Post-it. Il a eu Pettan. Le numéro 2 permettait de joindre Charles Wong. Le 3 semble attribué, mais il ne sait pas à qui. Je compose aussitôt le numéro. Dix sonneries, puis une autre voix tout aussi mécanique m'invite à laisser un message.

« Je suis Xavier Andurandéguy, commissaire de police à Bayonne, je ne sais pas qui vous êtes, mais la vie de Jon Larreta est en jeu, Charles Wong est gravement blessé, Aitor a disparu, se taire serait criminel et irresponsable. »

32

Un péché par omission

Samedi matin.

Un appartement secret niché au cœur du petit Bayonne.

Aitor, le père Curutchet, le docteur Mindeguy et le sénateur maire Michel Mendite, quatre hommes héritiers de l'aventure du *Groupe A*. Trois anciens et le jeune médecin que l'actualité douloureuse réunit.

À deux reprises les téléphones d'Aitor et du médecin ont sonné. Aucun des deux n'a décroché. Rien ne peut distraire le *Groupe A* quand il se réunit.

De l'autre côté de l'océan, dans un bureau discret de Brooklyn, deux hommes se sont joints à la réunion. Ce sont les membres américains du bureau.

Chacun des participants est convaincu que, d'une façon ou d'une autre, il conviendra de collaborer avec la police française. Oui, il faut sauver Jon et Lisbeth, mais en préservant l'héritage du *Groupe A*, et en particulier les archives qui recèlent de brûlants secrets.

À son tour le père Curutchet se lance. Le vieux prêtre en soutane a l'habitude de s'exprimer en public. Cinquante ans de sermons et d'homélies, ça aide. C'est un sage, un sage très énergique pour ses soixante-quinze ans[15], pas de retraite pour le natif de Saint-Jean-Pied-de-Port.

— Les vies de Jon et Lisbeth sont probablement en jeu compte tenu de la brutalité du commando et nous n'avons pas les moyens techniques et humains pour faire face. Nous devons toutefois trouver une solution. On peut lâcher pas mal d'informations, mais pas tout, ce sera un péché par omission. Péché véniel qui mérite une absolution immédiate, confesse le prêtre en faisant un vague signe de croix. Nous savons tous que les archives contiennent des éléments pouvant faire un tort considérable à des familles d'émigrés parfois trop proches de la mafia, mais aussi à des mouvements politiques et des services d'État américains plus ou moins secrets. Nous pouvons donner une partie de ces informations et garder le reste, nous déciderons plus tard de ce que nous en ferons. Le trésor ne doit pas tomber entre de mauvaises mains, et être mal utilisé.

Les quatre hommes présents opinent de la tête. Les deux Américains confirment par un OK décidé.

---

15 Lire : *L'œuf de la haine et de la vengeance* et *Amères pilules*, du même auteur, dans la même collection.

Le dispositif *Amaraun* restera en place, à l'écoute, en silence. Aitor, plus disponible pour agir à découvert, se chargera du contact avec la police.

Avec la discrétion qui s'impose, les hommes quittent un à un le repaire bayonnais. Aitor, téléphone collé à l'oreille, croise le regard du docteur Mindeguy qui vient de raccrocher le sien.

— Je l'appelle !

Chapitre 33

Jakes

Xavier

Samedi fin de matinée

J'ai laissé Serge Moulinard au commissariat, en charge de mettre en place le dispositif qui nous permettra de localiser ce fameux groupe de six à huit hommes. Des Sud-Américains, discrets, s'exprimant avec un fort accent cubain. Je sais qu'il agira avec la prudence nécessaire et fera tout pour éviter la casse.

J'ai quitté Biarritz, traversé Bayonne et Saint-Pierre-d'Irube pour arriver à Elizaberry, le village où se trouve la maison de mon enfance.

Ma mère y vit seule depuis la disparition dramatique de son mari dans un attentat anti-ETA au sommet du col d'Orgambide, il y a plus de vingt ans. Ce souvenir me hante, personne n'a connaissance de ce que j'ai fait à cette époque pour venger ma famille, seule ma mère est au courant et partage avec moi ce lourd secret. Ma petite sœur Annabelle sait que son aîné de frère n'est pas resté impuissant après le drame. Promesse a été faite de tout lui dire, mais plus tard, quand tout sera apaisé, et pour l'instant le moment n'est pas venu. Peut-être qu'un jour cela passera par l'écriture.

Aujourd'hui, les quatre femmes les plus importantes de ma vie seront là. Ce week-end, outre ma mère, il y aura Chané ma vieille et tendre nounou et Manex[16] son mari, il y aura également ma chère petite sœur Annabelle. Et enfin Pantxika qui doit nous rejoindre pour le déjeuner. Ce sont elles mes piliers, mes soutiens, mes amours, et pourtant je me sens si maladroit avec elles.

Je ressens le besoin de m'oxygéner un peu, de prendre des distances avec l'enquête. En réalité, je ne serai pas loin de l'endroit où a eu lieu l'enlèvement de Lisbeth.

Cette maison, cette ancienne ferme, belle et solide, est le symbole même de mon ancrage dans ce pays. Loin des vagues de l'océan que je caresse parfois sur ma planche Barland, c'est là, dans cette chambre qui m'a vu grandir, que je retrouve ceux que j'aime. Là que mon existence prend vraiment du sens, là que sont mes racines.

Chané m'accueille avec effusions sur la terrasse. Malgré ses quatre-vingts ans, elle est très en forme, c'est une boule d'amour à l'état pur. Ma mère est là aussi en compagnie d'Annabelle.

---

16 Prononcer Manéch.

— Et voilà mon grand frère, le taciturne et secret Xavier ! lance-t-elle en me sautant au cou.

Je l'enlace avec tendresse et ne me gêne pas pour la piquer au vif quand je lui demande, avec un brin d'humour, si elle est toujours célibataire. Elle se contente d'un « pff » ! qui en dit long et dont je me satisfais.

Et puis je l'aperçois. Dans sa robe légère et fleurie, assise sur une chaise de jardin, le coude posé délicatement sur la table de métal, le visage ombragé par le parasol. Dieu qu'elle est belle ! Pantxika, mon amoureuse. Ma dernière chance de bonheur. Ne pas la perdre, sinon, le célibat aigri et malheureux me guette.

— Alors, réveille-toi, tu as l'air complètement ailleurs, tu pourrais faire attention à nous. On est là pour toi. Tu as l'air fatigué ?

La main que ma mère a posée sur mon épaule me tire de ma rêverie. Oui, je vis des journées en pointillés, une grosse affaire, mais je ne peux pas leur en dire plus. Ce sentiment d'avoir une double vie. L'une ici, qui ressemble à un roman à l'eau de rose, la famille, l'amour, un cadre idyllique, quatre femmes qui s'occupent de moi, un concentré de bonheur. Puis, l'autre vie, trois morts, deux blessés graves, deux enlèvements, des attaques à main armée, l'avidité des commanditaires, la bêtise des exécutants. La perspective d'autres cadavres, d'autres chantages et d'autres manipulations.

— Toujours aussi mystérieux, mon frère étrange, il doit t'en cacher des choses Pantxika !

— Oh ! que oui, mais ce n'est pas grave, il ne s'agit que de pudeur. Le Basque est comme ça, il ne se livre pas si facilement ou il fait semblant, quand ça l'arrange.

Me livrer, c'est ça ! Lui avouer que je suis prêt à l'épouser, à vivre tranquillement le reste de mon âge en gérant la fortune familiale ? Mais, la peur est là, la peur de m'ennuyer, de m'encroûter, de plonger dans la routine confortable, bref de ne plus vivre.

Les poings sur les hanches, habillée à l'ancienne, col Claudine et robe grise aux chevilles, l'œil noir et le chignon serré, Chané se dresse face à moi.

— Il faut absolument que tu sois là le 6 janvier prochain, bloque le dîner.

D'un claquement de talons, le menton haut, une main sur la couture du pantalon, l'autre collée à la tempe, j'acquiesce, tout en lui demandant les raisons de cette date impérative et si lointaine.

— Parce que c'est le dîner Jakes[17].

Je martèle mon front du plat de la main. C'est vrai, mais cette année j'avais décliné le fameux rendez-vous annuel, Pantxika participait à une exposition au Japon et j'avais outrageusement profité de la situation pour m'accorder quelques jours de vacances.

— Ça y est, c'est de ma faute, quel hypocrite ! Mais qu'est-ce que c'est ce dîner Jakes ? Dites-moi Chané ?

Ma douce nounou lui explique que chaque année, dans chaque ferme, on élève un cochon qui, lorsqu'il a atteint le bon poids, est saigné. Chané lui précise que le nôtre s'appelle toujours Jakes et qu'on le déguste en partie lors d'un buffet où rivalisent saucisson, chorizo,

17 Prononcer Diakéch.

boudin, pâté, rillettes ou grattons, museau, jambon, ventrèche.

Les joues gonflées, la main massant son ventre, Pantxika mime l'aspect roboratif du repas. Cela provoque un éclat de rire général et Annabelle ajoute : « Tu peux le dire, ça cale, et pour tasser le tout, un bon gâteau basque à la crème. C'est la garantie d'un sommeil profond et réparateur. Logement sur place fortement recommandé ».

Voilà les moments de bonheur, ces petits bonheurs, tels que je les apprécie. Mon téléphone vibre dans la poche de mon pantalon. C'est Aitor Larreta. Enfin ! Je m'éloigne vers le jardin, délaissant la terrasse sous les regards inquiets et inquisiteurs de mes quatre femmes.

Le vieil ami de mon père me confirme qu'il est au courant pour Lisbeth et pour Jon. Qu'il est caché, et souhaite que l'on se voie rapidement, qu'il ne peut en dire plus au téléphone.

Je perçois dans la voix de mon interlocuteur plein de mystère et de retenue. Je le comprends. Et comme il faut faire très vite, je lui propose de nous rendre à l'endroit même où il jouait à la pelote le samedi matin avec mon père. Nous convenons de nous y retrouver dans une demi-heure.

Quatre paires d'yeux me détaillent.

Elles ont compris.

Quitter celles que j'aime plus que tout m'arrache le cœur.

34

Jon est tout pour moi

Xavier

Samedi début d'après-midi.

— Il est avec vous, le grand gars qui est dehors avec un physique de trois-quarts aile asiatique ?

Très fort. L'ancien des forces spéciales n'a pas perdu ses réflexes. C'est vrai qu'il est impressionnant. Malgré son grand âge, il émane de lui une force et une puissance qu'on perçoit dans son regard bleu intense.

J'ai mis Serge au courant de ma prise de contact avec Aitor Larreta à Bayonne. J'ai vu François Ly arriver au pas de course. À cette heure de la journée, les rues de la ville sont très animées, les commerces sont ouverts et des centaines de gens déambulent en vacances, nez au vent, heureux d'être dans cette ambiance chaleureuse et décontractée. J'ai le sentiment que cette rencontre avec le mystérieux grand-père va déboucher sur quelque chose de concret. C'est dans ces moments-là que j'apprécie la présence de jeunes gens comme Serge et François, ça va vite. Ça pige vite et ça agit vite.

— Dites à votre gars de venir ! Rien à signaler de particulier dans les alentours.

Aitor m'a donné rendez-vous dans un bâtiment moderne et très animé au bord de la Nive, on y trouve un club d'aviron avec son garage à bateaux, une brasserie très fréquentée et diverses installations sportives. L'entrée principale du bâtiment dessert un couloir bien éclairé sur lequel donnent les bureaux de l'administration du club. À gauche, une petite porte s'ouvre sur l'espace de jeu du trinquet. Aitor est là, debout, immobile.

On se salue brièvement et je lui présente mon jeune lieutenant. Il le détaille. Malgré le calme de l'endroit, la tension est élevée, tout peut arriver avec une personnalité de cet acabit et je me méfie de lui. Il est capable de s'évaporer en un clin d'œil, on le sent terriblement méfiant. Je vais directement au cœur du sujet.

— Nous savons que Jon a rencontré Lisbeth sur le lieu de son enlèvement dans les landes d'Hasparren, puis on le retrouve à Tardets-Sorholus chez votre ami, Charles Wong. Là, il est enlevé probablement par le même commando, depuis nous sommes sans nouvelle. Dites-moi ce que vous savez et quelle est votre position ? Pourquoi vous cachez-vous ?

Il me regarde avec ses yeux bleu pâle qui en ont vu des choses de par le monde et pas toujours des plus belles. Je me sens jaugé, évalué, il a l'habitude de sonder les âmes afin d'accorder ou non sa confiance. D'un léger hochement de tête, il me signifie son approbation muette. Je suis fiable. Mon père et lui étaient amis et personne ne sait ce qu'ils partageaient.

D'un geste du menton, il nous invite à le suivre. La terrasse du club nautique donne sur la Nive et nous empruntons une passerelle de bois qui nous conduit sur un ponton auquel sont amarrés une bonne vingtaine de bateaux et canots.

— Lisbeth et Jon sont apparentés, elle est ma cousine. Son père et le mien, deux frères, ont émigré aux États-Unis en 1940, ils y sont restés. Avec mon père, nous sommes revenus en France en 1945 et j'ai coupé les ponts jusqu'en 1954, année au cours de laquelle j'ai récupéré les archives du *Groupe A* ici, au Pays basque.

Il me jette un regard discret en évoquant le groupe. Je ne fais pas l'étonné et il poursuit.

— Le *Groupe A* signifie *Groupe Askatasuna*, c'est-à-dire liberté en basque comme vous ne l'ignorez pas. Ce mouvement politique est né pendant la guerre civile en décembre 1936, rien à voir avec l'ETA qui est arrivé beaucoup plus tard, en 1959. Le *Groupe A* prône l'indépendance du Pays basque réuni, avec pour but l'instauration d'une république basée sur une économie libérale, un régime démocratique et parlementaire. Les moyens utilisés afin d'atteindre ces objectifs doivent être légaux et politiques.

— Donc antifranquiste ? questionne Ly.

— Totalement antifranquiste. Cette organisation disposait de très gros moyens financiers et d'un important soutien de la part des États-Unis et des gouvernements européens. Ceux-ci voyaient en elle une issue politique possible pour le Pays basque et l'Espagne. Mais Franco a gagné. Les dirigeants et les archives ont été exfiltrés de l'autre côté de l'Atlantique en 1940, à Brooklyn. L'aide occidentale a cessé en 1954, en même temps que s'installait la quasi-normalisation des relations internationales de l'Espagne franquiste avec le reste du monde. Toutes ces archives ont été secrètement transportées en France la même année. J'en suis le dépositaire.

Nous avons atteint le bout du ponton, un énorme convoi exceptionnel franchit la Nive sur le pont Bailey dans un bruit assourdissant de grincements de ferraille. Aitor se retourne. J'en profite pour lui demander quel rapport il voit entre ce qu'il vient de nous dire et les disparitions de Jon et Lisbeth.

— Je pense que l'objectif des ravisseurs est de récupérer les archives, Lisbeth est un lien tangible sur place un peu par hasard. Sa famille est attachée au *Groupe A*. Le rapport avec Jon est évident, la famille toujours. Ils ont appris que j'existais probablement en espionnant ma cousine.

Je m'étonne qu'un mouvement créé en 1936 et qui disparaît en 1954, puisse avoir une incidence sur des faits se déroulant soixante-cinq ans plus tard.

L'homme est gaillard pour son âge, mais je vois bien dans sa démarche, il se tient le bas du dos avec sa main, qu'un peu de repos serait le bienvenu. J'avise un banc au bout de la passerelle et l'invite à s'asseoir. J'en profite également.

Dans ces archives, finit-on par apprendre, il y a des noms, des dates, des chiffres qui concernent beaucoup de familles du Pays basque, ici et aux États-Unis. Des histoires de trahisons, de détournements de fonds, de haines et de vengeances, mais aussi de liens avec la mafia. Si ces éléments étaient rendus publics, des réputations s'écrouleraient, l'origine douteuse de certaines fortunes remettrait en question des dynasties puissantes qui se révéleraient bâties sur de la boue et sur des éléments sordides. Lisbeth est directement concernée au travers de son père, l'oncle d'Aitor aujourd'hui disparu. Elle ne sait rien, Aitor désirait tout lui dire, il se sent vieux et voulait décider aussi avec Jon de ce qu'il fallait faire : transmettre ? détruire ? C'est pour ça que Lisbeth a été contactée et que Jon est allé à ce rendez-vous tragique. Jon sait tout sauf l'endroit où les archives sont entreposées. Seul le patriarche connaît le lieu où tout est caché. En cas de disparition brutale, un notaire doit communiquer le lieu à Jon et à d'autres.

Toute l'énorme fortune de la famille Woodword repose sur le détournement d'une partie des fonds du *Groupe A*, et il y en a eu d'autres. Personne ne le sait ou du moins ne peut le prouver. C'est son père qui, avec d'autres, a trahi, il est mort milliardaire à quatre-vingt-cinq ans en 1990, respecté et montré en exemple à Boston. Sa famille est liée à des organisations très proches du pouvoir. Tout est dans les archives, toutes les preuves. Les intérêts sont considérables. Et puis, il évoque Stephen – le propre frère de Lisbeth, candidat au poste de sénateur – sur lequel l'ancien espion a enquêté. Pas fiable, comme son père. C'est un politicien opportuniste et corruptible.

— Lisbeth est fiable, nous confie le vieil homme. C'est vrai qu'elle est excessive, avec un ego surdimensionné, mais honnête, intelligente et sincère, même si je ne partage pas ses convictions politiques. Nous ne savons absolument pas qui nous avons en face, pourquoi exactement ils ont enlevé Jon et dans quel but. On peut comprendre pour Lisbeth compte tenu de ses responsabilités à l'international en période de crise. Mais le *Groupe A* devrait être oublié. Ne restent plus que quelques membres, détenteurs de ce secret, gardiens de cette vieille histoire.

Aitor s'interrompt un instant, comme s'il cherchait son souffle ou ses mots.

— Il faut croire que ces archives font donc encore très peur. Pour l'instant, les ravisseurs ne se sont pas manifestés, alors nous avons activé *Amaraun*.

François Ly qui était resté debout face à nous sursaute.

— *Amaraun !* La toile d'araignée ?

Je suis étonné, pas autant que le grand-père de Jon qui lui adresse un regard teinté de respect.

— Ben quoi ! j'étudie le basque, il y a quinze jours, en cours, on a travaillé sur les insectes, les araignées et leurs toiles.

— C'est du renseignement, précise Aitor qui anticipe ma question. Nous disposons dans tout le pays, au Sud et au Nord, d'un réseau de centaines de gens capables d'observer leur environnement immédiat pour signaler les faits et gestes de gens que l'on cherche à repérer.

— Et ça marche? questionne François qui s'est accroupi devant nous.

— Oui, j'ai su pour une fusillade à Anglet, pour l'encerclement de la clinique Aguiléra, puis pour une opération de police bizarre au Parc d'Hiver à Biarritz. J'ai les modèles et les numéros d'immatriculation de quatre Renault suspectes. Les voilà, ajoute-t-il en sortant une carte de visite de la poche arrière de son pantalon.

Je laisse traîner un œil sur le papier qu'il me tend et lui demande ce qu'il compte faire si les ravisseurs le contactent.

— Je suis prêt à tout lâcher en échange de la vie de Jon et de Lisbeth. Vous savez que je suis un ancien des services secrets, j'ai traité des affaires du même type, prise d'otages et négociations. Ces gens-là sont très dangereux, mais professionnels. On ne tue pas par plaisir ni par idéologie, mais parce que c'est utile de temps en temps. Les otages ne comptent pas, seul l'objectif est important. C'est pourquoi il y a une petite chance. Il suffit de leur donner ce qu'ils demandent, si nous l'avons. Mais même comme cela, ils n'aiment pas trop laisser des témoins derrière eux. Alors il faut aussi se méfier et se battre pour éviter le massacre.

Je perçois la lassitude et la fatigue dans le regard qu'Aitor laisse traîner vers la rivière. Un bateau vient de s'amarrer et deux touristes *rosissants* s'en extraient avec peine.

Je profite de cet intermède pour lui demander un numéro de portable autre que celui du crypté et où je peux le contacter.

Il me confie que sa cache se situe au 92 rue Pannecau dans le Petit Bayonne, juste au-dessus d'une boulangerie. L'appartement n'est pas à son nom. Appeler avant est nécessaire, il sait disparaître très vite. Je fouille dans ma poche pour en sortir une petite boîte en métal, elle contient une pastille, comme un petit bouton de couleur beige muni d'un adhésif, que je lui donne pour pouvoir le suivre. Cela le fait sourire.

J'ai la conviction que tout n'a pas été dit, mais ce sera pour plus tard. Je regarde le vieux Basque et mesure ce qu'a été son existence de baroudeur et de médecin, ayant vécu dans le secret, secrets avoués ou tus. La vie ne lui a pas fait de cadeaux, mais reconnaissons aussi qu'il ne se rend pas les choses faciles. Un point m'intrigue encore. Quelle est la capacité opérationnelle du *Groupe A* ?

— Nous sommes une quinzaine, dont trois aux États-Unis, nous nous contentons de garder les récits de cette histoire, mais à part *Amaraun*, nous n'avons plus aucun moyen d'action, c'est pour cela que je vous ai contacté.

Je suppose aussi qu'il est inutile de lui demander où se trouvent ces archives, que c'est un atout qu'il souhaite garder dans sa manche.

S'appuyant fermement sur ses genoux, il se redresse, me toise de son regard perçant. Froid et déterminé, je sais qu'il ne dira plus rien. À pas mesurés il s'éloigne de nous. S'arrête se retourne et nous fait face.

— Vous savez, Jon est tout pour moi !

35

Est-ce que cela vaut le coup ?

Jon

Samedi matin.

Un mince rayon de lumière qui irise les poussières ambiantes s'immisce entre les interstices des volets disjoints. Allongé sur le lit, mes pensées vagabondent et je tente au gré des indices sonores qui me parviennent de comprendre où je suis retenu. Au loin des voitures ralentissent puis accélèrent sans marquer d'arrêt. Un rond-point ? Plus loin, des pétarades que je suppose être des motos tout-terrain. Je connais un circuit de cross dans un triangle délimité par Ahetze, Arcangues et Saint-Pée, dans la campagne. Cette information reste la seule à laquelle je peux rattacher une idée de lieu. Des sons de cloches qui se répondent d'une colline à l'autre me laissent, quant à eux, dans l'expectative.

Toutefois, l'inclinaison du rayon de soleil, qui frappe le mur au-dessus de ma couche, me fait penser qu'on est en milieu de matinée.

Les questions se bousculent dans ma tête. Qu'est-ce qu'ils attendent ? Que veulent mes ravisseurs ? De temps en temps, je perçois des bruits feutrés à l'intérieur de la maison, des portes qui s'ouvrent et se ferment, des pas qui montent des escaliers, des bribes de conversations assourdies et incompréhensibles. Je n'ai rien bu et rien mangé depuis mon dîner chez Charles Wong hier soir, mais ce ne sont ni la faim ni la soif qui tenaillent mon estomac.

La porte s'ouvre brusquement. Le lustre à pampilles tarde à s'allumer puis diffuse une lumière triste et pauvre. Deux hommes sont entrés. Cagoulés. Le plus costaud referme la porte et s'y adosse, les bras ballants.

Toujours entravé, je me suis redressé sur le lit et mon regard va de l'un à l'autre.

Le second, un grand, mince à la démarche chaloupée, s'empare d'une chaise et s'approche de moi. Assis à califourchon, me faisant face, les avant-bras sur le dossier, l'individu me détaille en silence. Des images sombres défilent dans ma tête. Ma bouche s'assèche.

— On va parler en anglais ! OK ?

Mes yeux cherchent les siens. D'un geste de la tête je confirme que j'ai compris.

— On sait qui tu es et…

Je tente d'intervenir, de lui dire que moi aussi je veux savoir qui il est et ce qu'il veut.

La gifle est arrivée sur ma joue sans que j'aie eu le temps de m'en apercevoir.

— Ici, c'est moi qui pose les questions.

Le ton est calme, posé, l'accent est américain, la voix, celle d'un homme plutôt jeune.

— Donc on sait qui tu es. Jon Larreta, petit fils d'Aitor Larreta survivant du *Groupe A* et gardien du temple, c'est-à-dire des archives, de l'or et des diamants, le trésor des Basques de 1939. D'accord ?

Je lui dis que j'ignore de quoi il parle. Que je veux qu'il me laisse partir.

— *OK, let's go !*

Il se lève, plonge sa main dans une poche et la ressort avec ce qui va s'abattre sur moi dans peu de temps.

Je ne vois pas son visage, sous sa cagoule, mais j'ai la certitude à ce moment qu'il se fend d'un rictus sardonique.

J'ai beau tendre mes abdominaux au maximum, la violence du coup de poing américain me coupe le souffle. La bouche ouverte, les mains crispées sur mon ventre, le corps cassé en deux, la voix disparue, les yeux exorbités et fixes, la volonté brisée, je prends conscience de ce qui m'arrive. Une douleur puissante, intense, qui monte, qui m'envahit et qui explose dans un énorme hoquet qui renvoie un goût de bile dans la bouche d'où jaillissent des crachats amers. Et ça dure. Ma tête agrippée par les cheveux est tirée en arrière. Une nouvelle gifle claque et déclenche un violent réflexe de respiration et douloureux, sporadique et presque désespéré. Haletant, brisé, la tête brusquement redressée, j'attends le prochain coup.

— Tu parleras quand je te le dirai, d'abord tu écoutes, d'accord ?

Aucun son ne sort de ma bouche tuméfiée.

Le tortionnaire se lève, cale ses mains derrière son dos et se met à marcher à pas lents en travers de la pièce. Comme un professeur qui fait une leçon, il explique.

— Donc, petit-fils d'Aitor et parent très proche de Lisbeth. L'équation est simple, c'est toi contre les archives, l'or et les diamants. Nous sommes des professionnels, nous n'avons pas particulièrement intérêt à te tuer, mais que tu vives ou non nous est totalement indifférent. On te tue ou on t'épargne si ça nous sert. Tu comprends ?

Plutôt en convenir que de me rebeller. J'acquiesce.

Le cagoulé poursuit sur le même ton tranquille et didactique.

Il veut savoir où sont les malles et les caisses. Ils sont au courant, des cousins américains les ont mis au parfum. Ils savent que c'est le *Groupe A* qui garde tout, qu'Aitor en est le surveillant en chef et que je dois savoir où tout cela se trouve. Selon lui, Lisbeth Woodword ignore tout.

— Ou tu nous dis tout immédiatement, ou on te torture.

Sa silhouette se détache dans l'encadrement de la fenêtre. Il se retourne et revient près du lit où je commence à retrouver un peu d'énergie. Avec minutie il m'énumère tout ce qu'il pourra me faire pour m'extirper une réponse, il explique qu'il est lui-même un spécialiste des interrogatoires, qu'il en a vu des plus cuirassés que moi. Et que dans cent pour cent des cas, les gens parlent. Que ma vie et celle de Lisbeth n'ont aucune importance à ses yeux.

Son visage est à quelques centimètres du mien. Je flaire son haleine chargée à travers la cagoule.

— Jusqu'où va ta loyauté vis-à-vis d'une idéologie perdue ? Es-tu prêt à souffrir atrocement et à rester handicapé pour quelque chose qui n'est pas vital pour toi ? En bref, est-ce que ça vaut le coup de résister ? Réfléchis vite, on revient bientôt.

Il se redresse, fait deux pas en direction de la porte. Le grand costaud aux bras ballants s'ébranle. Je crois en avoir fini quand mon tortionnaire se rue vers moi et me foudroie d'un nouveau coup dans l'estomac.

La douleur est pire qu'au premier coup, comme une implosion totale. Toute notion raisonnable me fuit, mon corps et mon esprit sont entièrement possédés par la souffrance, recroquevillés comme un escargot dans sa coquille.

La conscience revient lentement par à-coups, petit à petit au milieu d'un brouillard rouge et irrespirable. Combien de temps s'est-il écoulé ? Seul dans la pièce. Menotté et impuissant ? Les deux monstres peuvent revenir n'importe quand et me torturer à nouveau. Serait-ce sensé de résister face à cet homme totalement froid, insensible, au raisonnement parfait et objectif, dépassionné, à la logique implacable. Est-ce que cela vaut le coup ?

Cette dure réalité m'envahit, la terreur de me retrouver totalement à la merci de quelqu'un qui décide de vous tuer ou non, pour qui la vie humaine ne représente rien, et qui, une fois rentré chez lui vous oublie, passe à autre chose. Ce sont souvent des juges dans des régimes totalitaires, des tyrans, mais aussi des bourreaux anonymes comme le mien.

Au fond de la douleur qui vrille mon corps, je garde un petit espoir. Lisbeth est vivante et leur intérêt est de nous maintenir en vie.

Attendre.

36

La mémoire

Samedi 24, onze heures.

Depuis combien de temps est-il là, les yeux clos. Depuis combien de temps est-il là, à tenter d'évacuer cette douleur oppressante.

Faut-il, pour en finir, tout révéler ? Tout cacher ?

Jon s'interroge.

Aitatxi, son grand-père âgé, veut en terminer avec cette histoire ancienne, trop encombrante et si inutile. Ce combat perdu et oublié, cette lutte obsolète qui n'intéresse plus personne, cet idéal sans troupes. La fin d'une histoire.

Alors, autant tout faire pour sauver des vies.

Les deux hommes cagoulés sont revenus. *Grand Costaud* s'est adossé à la porte. Poing américain chromé menaçant dans sa main droite, *Grand Maigre* se replace face à Jon sur la chaise et le fixe avec indifférence.

Sur le dossier plat de la chaise, il pose un téléphone.

— Alors tu as réfléchi *Petit John* ?

La voix provient du téléphone, ténébreuse, profonde. Jon est intrigué par le ton persifleur de son interlocuteur, ce *Petit John* méprisant ne laisse rien espérer de bon.

— Tu es prêt à parler ou on passe directement à l'étape torture, *Petit John* ?

— Qui êtes-vous ? Et cessez de m'appeler ainsi. Je m'appelle Jon, Jon Larreta.

Un rire puissant inonde la pièce.

— Bien sûr *Petit John* ! Bien sûr.

Grand Maigre s'est levé de sa chaise et se tient debout jambes écartées face à Jon. De sa main gauche, il caresse le poing américain. Jon ne voit que deux yeux perçants qui émergent de la cagoule. Cet homme est prêt à tout pour satisfaire les desiderata de son chef.

— Je… Je suis… prêt à dire ce que je sais. Bredouille le jeune homme.

— À la bonne heure *Petit John*, je t'écoute. Est-ce que les archives et le trésor existent toujours ?

— Oui !

— Et que sais-tu ?

— Je sais que les Basques américains les ont envoyés en 1954, que c'est mon grand-père qui les a réceptionnés et cachés quelque part.

— C'est donc ton grand-père qui détient toutes les archives du *Groupe A*, l'or et les diamants.

La voix n'est plus la même, moins autoritaire. Le mystérieux correspondant connaît-il très bien la substance des archives ? Ou cherche-t-il à savoir si Jon est au courant du contenu ? Comme s'il craignait quelque chose. Un étrange jeu du chat avec la souris a commencé.

— Que contiennent les archives, *Petit John* ?

— Toute la vie du groupe depuis sa constitution en 1936, sa philosophie, les noms des adhérents, des chefs, tous les mouvements et actions menés depuis cette époque. Toute la comptabilité aussi.

— Jusqu'à quand ?

— Jusqu'en 1954.

— Ça a continué aux États-Unis ?

— Oui, dès le début il y avait un responsable à Brooklyn qui consignait consciencieusement ce qui se passait et transmettait des rapports en France.

Un long silence s'installe.

Grand Maigre se penche vers le téléphone, inquiet de ce que la communication soit interrompue.

— *Petit John*, je veux savoir précisément ce qu'il y a dedans.

— Je ne sais pas grand-chose, je ne les ai jamais vues. Je sais qu'il y a eu une scission au sein du groupe d'émigrés, certains ont basculé dans la mafia en prenant tout ou partie du magot, les autres ont fait leur chemin après le transport du reste, ici au Pays basque.

— Tu sais si ces archives contiennent des secrets compromettants ?

— Non, mais je le suppose, les partis-pris politiques durant la guerre, l'argent aux États-Unis, cela est assez récent pour laisser des traces.

— Tu dis tout ou partie du magot. Qu'en sais-tu ?

— Je sais que la totalité des archives a été rapatriée, quant au reste, j'ignore quelle proportion a été conservée. Encore une fois je ne sais pas grand-chose.

— Arrête de te moquer de moi *Petit John.* Où se trouve tout ça ?

Jon sent bien qu'ils arrivent au moment crucial de l'interrogatoire, coincé parce que n'en sachant pas plus, il ne peut même pas les envoyer sur une fausse piste.

— Je ne sais pas. C'est mon grand…

— Aitor ! Ce vieux salopard tient la clé, mais nous t'avons et aussi ta cousine. Et si ton grand-père disparaissait aussi ?

La dureté des propos de l'interlocuteur trouble Jon. La nasse se referme, le rythme de son cœur accélère, la sueur coule dans son dos.

— Il a monté un système assez sophistiqué pour pallier cette possibilité.

— Malin le vieux. C'est quoi le système ?

— Lui seul connaît l'emplacement, il était seul sur le port de Saint-Jean-de-Luz, seul dans le camion qui a transporté les caisses et les cantines, seul pour les cacher je ne sais où. Et puis mon grand-père m'a juste expliqué le système de protection. Les coordonnées de l'endroit du stockage sont déposées chez plusieurs avocats ou notaires ; s'il meurt, celles-ci seront immédiatement transmises à moi d'abord, et à d'autres personnes si je disparais. Avec les moyens actuels, quelques secondes suffisent pour déclencher le processus.

Étrangement Jon se demande si sa réponse, entièrement vraie, est plausible. Dire des bouts de vérité, ne pas mentir directement, mais seulement par omission. *Grand Costaud* est toujours figé dans son immobilité. *Grand Maigre* a cessé de manipuler son poing américain. Il est calme et ne semble pas menaçant, mais Jon a peur d'un soudain accès de violence, comme tout à l'heure.

— Qui sont ces personnes, *Petit John* ?

— Je ne sais pas.

— Qui d'autres connais-tu du *Groupe A* ?

— Je connais Charles Wong. Je sais aussi qu'il y a un bureau, une sorte de conseil, mais… mais j'ignore qui le compose, sa dissolution est prévue.

— Ton grand-père ne te fait pas confiance ?

— Si, mais c'est pour me protéger. Je ne connais pas les autres. Tout est cloisonné, très organisé, c'est un méfiant.

À l'autre bout du fil, celui qui apparaît comme le chef se dit que tout se tient. *L'ancien espion a tout verrouillé, tout prévu pour préserver son vieux secret. Sauf qu'il ne peut pas protéger et surveiller toute sa famille en permanence*, songe-t-il.

— Je sais qui est Aitor, c'est même son métier de se méfier de tout, enfin autrefois ! Alors, tu ne sais pas grand-chose de cette affaire ?

— Il a commencé à m'en parler depuis seulement trois semaines et m'a raconté toute l'histoire. Son désir était surtout que je rencontre Lisbeth Woodword, ma cousine.

— Tu savais qu'elle existait ?

Jon, toujours assis sur le lit face à ce téléphone, se demande qui est ce mystérieux individu.

— Je savais que j'avais de la famille là-bas, mais on n'en parlait jamais, c'était une sorte de secret, et puis le nom ! Woodword ! Inimaginable.

— Que sais-tu sur eux ?

— Que sa famille était autant concernée que la nôtre par ces archives et qu'en parler était nécessaire.

— Pourquoi ?

— À quatre-vingt-dix ans, que faire de tout ça ? Le fardeau est trop lourd pour lui. À la jeune génération de décider.

— Et pour l'argent ?

— Ce n'est pas le plus important.

— Qu'est-ce qui est important, alors ?

— La mémoire.

Les mots de Jon ont-ils atteint son interlocuteur ? Il peut en douter. Plus aucun son ne sort du téléphone.

Grand Maigre a saisi l'appareil et coupe le micro. À plusieurs reprises il a confirmé d'un geste de la tête qu'il comprenait les instructions de son chef. Après avoir raccroché, il a demandé à son acolyte, en castillan, d'aller chercher la fille.

Débraillée, chancelante et menottée, défigurée par un adhésif sur la bouche et un bandeau sur les yeux, Lisbeth apparaît dans l'encadrement de la porte, ceinturée par *Grand Costaud*.

— Lisbeth, c'est moi… c'est…

Sa phrase n'est pas terminée que le poing armé de *Grand Maigre* s'écrase sur la mâchoire de Jon, le projetant contre le dossier en fer du lit.

— Ta gueule toi, tu parles si je te le dis !

Jon se redresse tant bien que mal, les yeux embués de larmes et le côté gauche de son crâne prêt à éclater, Lisbeth secoue la tête en émettant des cris étouffés et désespérés.

— Calme-toi la Ricaine, ou je te cogne aussi. Silence !

Le bourreau n'a pas crié, juste parlé fort et ça suffit. Tout le monde se tait. L'homme marche lentement autour du lit durant un temps qui paraît durer une éternité. Puis il s'arrête et regarde les deux otages hébétés.

— Si vous ne faites pas de conneries, tout devrait bien se passer. Toi Jon, tu vas parler à ton grand-père, tu enregistres un message pour lui décrire la situation telle que tu la subis, nous nous chargerons de le contacter pour négocier vos deux vies contre son fameux *trésor* et ses archives.

En place du poing américain, un pistolet apparaît dans la main de *Grand Maigre*.

— Juste pour te montrer que je ne plaisante pas.

Lisbeth est saisie par les cheveux et poussée par *Grand Costaud* jusqu'à positionner son visage à dix centimètres de celui de son cousin. Le canon de l'arme appuyé contre sa tempe. Lisbeth respire par à-coups, comme un animal pris dans un piège, tout son corps palpite. Les yeux emplis de larmes, Jon se tient assis et immobile sur le lit.

— Comprenez bien, qu'on n'en a rien à foutre de vos vies. Vous êtes deux et un seul suffit, d'autant que toi, la star de la télé, la femme la plus puissante du monde, personne ne te veut, tu ne sers plus à rien. Même tes patrons, tes potes, ont refusé de discuter d'une rançon pour te récupérer. Alors, tu as une dernière petite chance, et cette petite chance, c'est Jon et son grand-père qui en sont détenteurs. Alors, ton cousin va être bien gentil. Et si ça se passe mal, tu seras la première à recevoir une balle de ce pistolet dans la tête.

Ces mots sont ponctués par des tapes assenées doucement avec le canon de l'arme sur la tempe dégoulinante de Lisbeth dont le visage se crispe de terreur.

— À toi, sois bref et décris la situation.

Jon se retrouve avec un téléphone sous le nez. Lisbeth est maintenue dans la même position, complètement coincée.

— Vas-y, parle ! Laisse ton message !

—Aititxi, c'est Jon, je suis prisonnier depuis ma disparition de chez Charles Wong, Lisbeth est à dix centimètres de moi le canon d'un pistolet sur la tempe, je ne sais pas où nous sommes.

Grand Maigre stoppe l'enregistrement et ordonne à *Grand Costaud* de raccompagner Lisbeth.

L'arme au canon froid se pose sur le front du jeune homme.

Petit Jon ferme les yeux.

37

Je vais ouvrir une tombe

Xavier

Samedi début d'après midi.

Je me suis garé place Saint-André, en face de l'hôtel des Basques dans le quartier du Petit Bayonne. La rue Pannecau est toute proche, c'est une voie piétonne, étroite et animée de cet endroit populaire et festif. La façade à colombages de la boulangerie a l'air d'être là, inchangée depuis un siècle. L'odeur des pâtisseries et du pain frais contraste avec le côté désuet de l'établissement. Au premier étage, les persiennes d'un vert délavé sont juste entrouvertes. La porte d'entrée du rez-de-chaussée n'est pas fermée. Je m'enfile dans un couloir sombre, ça sent bon la cire et le chêne ancien, les marches du vieil escalier craquent sous mes pas. Aitor m'accueille sur le palier et nous entrons sans mot dire dans sa tanière vieillotte et fraîche. Les volets presque clos préservent de la température estivale, de rares meubles en bois sombre ne permettent pas de dire si l'endroit est habité, et par qui. Une vraie planque. Le grand Basque est là, debout, face à moi, seul.

L'entrevue que j'ai eue un peu plus tôt avec le vieux médecin m'avait laissé un goût d'inachevé. François Ly était parti rejoindre Serge à Biarritz. Mon téléphone a vibré. Aitor avait du nouveau, il veut m'en faire part et m'invite à le rejoindre dans son antre discret.

— C'est Jon !

Il me met sous les yeux son téléphone personnel.

Un frisson parcourt mon estomac. Et je découvre dans les yeux du vieil homme toute la détresse qui le gagne, qui l'envahit. J'écoute le message. Les mots qui me parviennent sont chargés d'émotion, on y sent le désarroi du jeune homme.

Il me confirme qu'il n'a aucun doute, que c'est bien la voix de son petit-fils.

— Il m'a appelé Aititxi et non pas *Aitatxi* et ça, il n'y a que lui qui le dit comme cela. Il y a aussi un autre message.

J'affiche mon intérêt en écarquillant les yeux, pendant qu'Aitor clique sur le message enregistré.

« Nous exigeons toutes les cantines et les caisses du *Groupe A* avec, bien sûr, l'or et les diamants en échange de Jon et Lisbeth. Préparez la livraison dans un seul véhicule. Vous n'avez pas intérêt à avertir la police, mais si vous l'avez déjà fait, cela ne change rien pour nous, les vies des otages ne comptent pas et nous pouvons les éliminer l'un après l'autre quand nous le voulons. Nous vous rappellerons très vite. »

En écoutant les revendications des ravisseurs, j'observe Aitor qui se décompose. Il lit dans mon regard mon inquiétude. Il sait parfaitement qu'il ne m'a pas tout dit et que j'attends ses explications.

— Le… le trésor est constitué de cinq grosses cantines en métal qui renferment les archives. Il y en a aussi dix autres, en bois, qui contiennent chacune vingt kilos d'or.

Aitor est assis sur une chaise, les coudes posés sur la table en bois sombre, les mains enveloppant sa tête. *Deux cents kilos*, je songe, ça doit bien tourner dans les vingt millions d'euros.

— Ce n'est pas tout, ajoute Aitor, dans une des boîtes en bois, il y a un petit coffret… avec des diamants.

La grimace qui ride mon front atteste ma surprise. M'a-t-il vraiment tout dit ?

— Ça représente beaucoup plus que l'or en valeur, une fois les pierres taillées.

Aitor me lâche cette dernière information sans manifester une quelconque émotion. Que me réserve-t-il comme autres secrets de ce calibre ? En plus de la politique, c'est aussi beaucoup d'argent que cette affaire remue. Ça se complique encore plus, j'ai très envie de lui passer un savon à propos de ses cachotteries, mais je préfère rester calme. Cet homme est susceptible, il est capable de me claquer dans les doigts et, pour l'instant, tout repose sur lui. Je comprends mieux aussi pourquoi les ravisseurs veulent, ces caisses. Je me contente, pour l'instant de l'interroger sur la provenance d'un tel magot.

— Comme je vous l'ai dit, le *Groupe A* était très fortement financé par le monde libéral et par des groupes d'industriels. Quand tout est parti vers l'Amérique en 1939, c'était des dollars, mais arrivés aux États-Unis, les émigrés ont voulu sécuriser et cacher les fonds. Alors ils ont acheté des lingots d'or et des diamants bruts avec les billets. Aucun risque, et facile à convertir, la valeur initiale a été multipliée par plus de cent.

Un trésor de guerre qui représente énormément d'argent, je comprends mieux l'acharnement de cette équipe : les voitures, les mercenaires, l'informatique, les armes. Le retour sur investissement peut-être fabuleux.

Dans le message, il était dit de préparer un véhicule pour transporter l'ensemble des archives, de l'or et des diamants, j'essaye d'évaluer si le tout pourrait contenir dans un 4x4. Aitor me confirme que tout peut être prêt dans deux heures.

Je lui confie un deuxième émetteur, deux valent mieux qu'un et le vieil homme a suffisamment d'expérience pour les rendre presque introuvables.

Il tire la porte derrière moi, je le devance dans les escaliers et constate, une fois de plus, son étonnante agilité.

Dès la rue, la chaleur étouffante de ce début d'après-midi me saisit, je me tourne vers Aitor. Nos regards interrogateurs se croisent. D'un coup de menton, sourcils relevés, je lui signifie que j'attends encore quelque chose de sa part.

Pour la première fois depuis notre entrevue, un sourire illumine son visage. Il fait deux pas, me fait un geste de la main en guise d'au revoir, non sans ajouter :

— Je vais ouvrir une tombe.

38

Un certain Vito

Serge

Samedi midi.

C'est à l'hôtel du Palais, où un dispositif policier s'est largement déployé, que se tient, ce week-end, l'ensemble des conférences du G7. À ce titre, une petite salle nous est réservée pour coordonner les services de surveillance et de protection.

Au-delà du va-et-vient des délégations, des regards d'agents de sécurité arborant lunettes noires et oreillettes, tout est calme et serein. Dans les couloirs, dans les salons feutrés, dans les chambres, les discussions vont bon train, surtout au bar très fréquenté. Je délaisse les écrans de contrôle pour aller chercher François Ly qui vient de se présenter au poste de garde, à l'entrée du parc de l'hôtel.

Légèrement en retrait, près de la grille monumentale, nous trouvons un endroit discret pour qu'il me narre l'évacuation du commando de la CIA à l'aéroport. Les Américains sont descendus un à un des fourgons et c'est au pied de la passerelle du jet que le lieutenant leur a rendu leurs papiers.

— Tu aurais vu leur tête, honteux d'être là. Un grand moment.

L'œil et une oreille toujours aux aguets, je remarque un taxi habilité à pénétrer dans cette zone protégée qui s'arrête. Un homme en descend et s'entretient avec les policiers en tenue qui font barrage et auxquels il montre ses papiers.

Grand et mince, la cinquantaine sportive, de type méditerranéen, très brun avec un regard sombre et sérieux. Son visage allongé affiche une barbe de cinq jours dont l'entretien doit lui coûter une petite fortune à force d'être impeccable. Costume anthracite, chemise bleu pâle, cravate rouge foncé avec pochette blanche, caricature réussie du financier international. Une petite valise et une serviette en cuir marron siglé Tiffany & Co pour tout bagages. *So chic !*

— Vito Lucchese, se présente-t-il à l'officier qui commande le poste. Je viens à l'invitation de monsieur Adam Rostand que je dois rejoindre.

J'abandonne François en m'excusant, m'approche de l'homme, me présente et lui dis que je suis chargé de la sécurité du site.

L'associé d'Adam Rostand me regarde de haut en bas avec une intensité presque gênante, comme si j'étais une chose incongrue, puis me serre la main mollement et me fait un presque sourire de convenance. Je lui demande la raison de sa présence. Il marque un temps d'arrêt, se raidit imperceptiblement, son regard est légèrement méprisant, tout ce que j'aime. Mais je vais rester diplomate. La sécurité exige un accompagnement de tous les visiteurs. Le nouveau venu m'explique la grande amitié qui le lie à Adam et l'appel au secours qu'il a reçu tout en ignorant le motif d'une telle urgence.

Dans le silence, un léger vent du sud, chargé d'iode, nous rappelle que la plage, pour des raisons de sécurité, est déserte. Nous traversons le magnifique jardin parfaitement entretenu qui a vu y cheminer tant de têtes couronnées, tant de célébrités. Nous pénétrons dans le hall de l'hôtel, François Ly, en toute discrétion, nous emboîte le pas.

Vito Lucchese m'explique être venu dans un avion privé, de New York à Pau, puis en taxi jusqu'à Biarritz. J'apprends qu'il réside dans les Hamptons, une région très proche de New York ou le prix du mètre carré de villa est parmi le plus élevé au monde. Une autre planète où vivent des gens qui raisonnent et existent d'une façon très différente de celle du commun des mortels. Avec son aéroport privé de Teterboro, si pratique, surtout si l'on est milliardaire et peu regardant à la dépense.

L'ascenseur, dans lequel Vito Lucchese est resté muet, nous dépose à l'étage où Adam Rostand et Lisbeth Woodword, son épouse, occupent une chambre.

À peine ai-je toqué à la porte qu'elle s'ouvre sur un Adam défait qui se jette sur son associé, le saisit par les revers du veston et commence à le secouer en pleurant.

— Lisbeth a disparu depuis jeudi soir, je n'ai aucune information, on ne me dit rien.

Puis, se tournant vers moi.

— Où vous en êtes ? Avez-vous des nouvelles ? Que faites-vous ?

Vito Lucchese imperturbable, une main posée sur l'épaule de son ami en signe d'apaisement, se tourne lui aussi vers moi. Je comprends que je lui dois quelques explications. Je lui fais part de la situation tout en soulignant la confidentialité des enquêtes en cours.

Toujours devant la porte de la chambre, Adam Rostand, hystérique, vocifère à mon encontre, m'agressant sur la soi-disant inaction de la police française, menaçant d'appeler les journalistes pour qu'on retrouve sa femme.

L'homme est à bout, et je le comprends.

François Ly, resté un peu à l'écart, ne perd rien de l'altercation.

— Je l'ai vu l'autre là, le flic black du FBI, lui non plus ne sait rien, comme vous, qu'est-ce que vous me cachez ? Je veux savoir ce que vous magouillez. Vous êtes tous contre elle, contre moi, aboie-t-il en pointant un doigt menaçant sur ma poitrine.

Je reste calme.

Adam Rostand écume de rage, il ne se contrôle plus. En y mettant la manière, Vito Lucchese, conscient de la situation, le pousse vers l'intérieur de la chambre.

Discrètement, avant de me glisser à leur suite, je fais un signe de la tête et de la main à François Ly pour l'inviter à se rendre à notre PC sécurité.

Adam Rostand s'est écroulé dans un fauteuil, il n'a rien perdu de son agressivité. Je lui confirme que nous ne magouillons rien du tout, que la disparition de son épouse nous inquiète, surtout avec la position qu'elle occupe au cours de ce G7. Un cas particulier hautement sensible et la retrouver est notre priorité absolue.

Il me détaille, son visage écarlate se fige. Brusquement, les mains appuyées sur les bras du fauteuil, il se redresse et me désigne d'un doigt vengeur.

— Foutez le camp !

Il n'y a rien à en tirer, je ne pourrai pas le raisonner, il vaut mieux que je m'éclipse avant que la situation ne dérape. Vito Lucchese me raccompagne jusqu'à la porte. J'en profite pour lui suggérer de calmer son associé et d'éviter les bêtises. Il est posé et semble tout à fait capable de le raisonner.

Je retrouve Ly au sous-sol, dans la pièce que nous avons transformée en poste d'observation et d'écoute. Casque sur la tête, François me fait un signe, m'invitant à le rejoindre. Un technicien me tend un écouteur que je glisse dans une oreille. La suite Woodword, tout comme d'autres lieux sensibles, est truffée de micros.

À ce que je peux entendre, Adam Rostand n'en a pas fini d'exprimer son inquiétude grandissante et son scepticisme vis-à-vis des polices française et américaine, nous soupçonnant de lui cacher quelque chose.

Vito lui propose de contacter Philippe Marlow. S'ensuit un long silence interrompu par intermittence par des sanglots sporadiques et des borborygmes insaisissables dans lesquels les *fuck* et *press* prolifèrent.

J'ai conscience que si Adam Rostand venait à parler à la presse, ce serait catastrophique pour tout le monde et en particulier pour les négociations du G7. Un reporter motivé, ça fait du bruit, du *buzz.* Pas question donc de laisser notre homme faire n'importe quoi.

Je contacte aussitôt Xavier Andurandéguy. Je lui fais part de ma rencontre avec Vito Lucchese et de l'attitude dangereuse d'Adam Rostand. De son côté, il me raconte tout sur l'évolution de la prise d'otages et me donne ses ordres.

— Et si notre homme fait une bêtise, ajoute-t-il, tu peux le coffrer sous n'importe quel prétexte, état d'ivresse, espionnage, possession de stupéfiant, bref tu es autorisé à être tordu.

C'est parti !

39

Le motard

François Ly

Samedi, début d'après-midi.

Ma voiture de service est garée derrière un fourgon de police banalisé qui me dissimule du portail de l'hôtel du Palais. Cela fait deux heures que je suis à l'affût sous un soleil brûlant et une température caniculaire. De temps en temps, je mets le moteur en route pour activer la climatisation. Un bonheur de disposer aujourd'hui d'un des véhicules les plus récents de notre commissariat. À trois reprises, Serge m'a tenu au courant des agissements de Lucchese et Rostand. Ces deux-là se méfient et utilisent un truc classique quand on pense être écouté : aller dans la salle de bains, faire couler une douche et discuter en murmurant. Résultat, les micros ne captent plus grand-chose. Bizarre quand même ! J'aurai bien grignoté un morceau, mais je ne me vois pas commander et me faire livrer sur place deux ou trois tapas, histoire de me caler l'estomac.

« Ça bouge ! »

Le texto de Serge Moulinard est lapidaire, mais il me met tout de suite en alerte.

Un taxi s'est positionné en double file à quelques mètres du poste de contrôle. J'ai en visu la grille d'entrée et j'aperçois nos deux compères qui s'approchent.

« Halle Iraty. À toi de jouer. Te suis… »

Alors que Rostand agite avec véhémence ses bras en de larges moulinets colériques à l'encontre d'on ne sait qui, Lucchese, téléphone collé à l'oreille, s'introduit avec lui dans le véhicule.

Située près de l'aéroport, la Halle Iraty, vaste bâtiment moderne coiffé de béton, a été réquisitionnée pour héberger le centre de presse du G7 avec ses milliers de journalistes.

La circulation est fluide, les touristes ont délaissé la cité balnéaire et son agitation policière, je laisse toutefois deux voitures s'intercaler entre le taxi et moi. Pas de crainte de les perdre dans la mesure où je connais leur destination. Au niveau du rond-point de l'Europe, près du stade Aguiléra, le taxi s'engage sur le boulevard du BAB, une quatre voies à séparation centrale. Attentif à mes manœuvres de contournement du rond-point, je n'aperçois que trop tard la moto de grosse cylindrée qui double en me serrant intempestivement contre le trottoir. Je peste, quel crétin, j'ai failli sortir de la route !

Des travaux de réfection ont réduit le boulevard en voie unique, provoquant un net ralentissement. Et puis, soudain tout se précipite. Le motard double la file, dépasse le taxi et aussitôt stoppe. Surpris par cette manœuvre, le chauffeur freine et s'arrête pour ne pas percuter l'engin. Le motard agit extrêmement vite, il cale sa machine et en descend, va en courant à hauteur de la portière arrière du taxi, visière du casque relevée. Il jette un coup d'œil à l'intérieur, recule de deux pas et se positionne bras tendus, jambes écartées légèrement pliées, il pointe une arme extraite de son blouson.

Immobilisé à une vingtaine de mètres de la scène, j'entends trois détonations. J'ai juste le temps de saisir mon pistolet et gicler hors de la voiture que le tireur est déjà au niveau de sa moto.

Je fonce. Un coup de feu de sommation en l'air. Le motard est surpris par mon intervention et se fige devant son engin. Un « police, arrêtez ! » accompagné d'une deuxième sommation, l'homme se tourne vers moi. J'ai juste le temps d'apercevoir la gueule de son arme qui me fixe de son trou noir, et comme à l'entraînement, en plein milieu du torse, mon Sig Sauer 1911 crache trois balles.

Chapitre 40

Il en a pris trois

Serge Moulinard

Samedi, début d'après-midi.

Juste le temps de voir Adam Rostand et Vito Lucchese quitter l'hôtel, juste le temps d'envoyer un message à François Ly. Impossible de le rejoindre sans attirer l'attention.

Juste le temps d'alerter un motard en uniforme, de grimper à l'arrière de son engin sans casque et de foncer vers la cible.

Mon pilote conduit avec dextérité et à toute allure, j'ai l'impression d'être dans un toboggan fou. Des voitures sont arrêtées en désordre sur la quatre voies.

J'aperçois François. Figé. Son Sig Sauer dans la main, le bras pendant le long du corps. À quelques mètres de lui, sur le bitume, le corps d'un homme, bras en croix, immobile près d'une moto.

J'appréhende la situation, arme au poing. Agir vite tout en gardant la maîtrise de soi.

Le chauffeur du taxi est affalé sur son volant, bouche béante, incapable de parler, indemne, mais terrorisé. À l'arrière, inerte contre le dossier de son siège, Adam Rostand, les yeux exorbités, fixe le ciel de toit constellé par les éclaboussures de son propre sang. Le trou au milieu du front d'où suinte une matière visqueuse ne laisse aucun doute sur ses chances de survie.

Près de lui, roulé en boule entre le dossier du siège passager et la banquette, Vito Lucchese. Je le saisis par la veste et le secoue avec précaution, sa tête se redresse, son regard hébété affronte le corps de son ami, se tourne vers moi. Puis il réalise soudain, sort précipitamment du taxi, va s'écrouler à genoux sur le bitume et se met à vomir. Son visage est couvert de sang. Après un examen rapide, je constate que ce n'est pas le sien, il n'est pas touché.

François Ly est toujours dans la même position. Je le rejoins. Délicatement, je pose une main sur son épaule, l'informe qu'Adam Rostand est mort. François détourne son regard fixé sur le corps du motard, me jette un œil noir dans lequel je décèle une profonde détermination et en s'éloignant me lance :

— Il en a pris trois !

41

UNE SCI ?

XAVIER

SAMEDI APRÈS-MIDI.

Autour de quarante-cinq ans, type latino, très costaud, pas de papiers, pas de clés, rien, même pas de cigarettes. Trois balles. Le motard est mort sur le coup. C'est ce que je retiens du compte-rendu que François et Serge viennent de me faire. Je note aussi que Vito Lucchese, qui semblait si choqué, a vite retrouvé ses esprits et son flegme, avouant toutefois qu'il ne comprend pas ce qui est arrivé.

— D'après lui, précise Serge, Adam voulait absolument se rendre à la halle d'Iraty où se trouve le centre de presse avec près de trois mille journalistes. Il prévoyait de faire une déclaration publique improvisée, croyant qu'avec cela les autorités se décideraient à agir. Le mari de Lisbeth était totalement sourd à nos arguments et à ceux des Américains. Lucchese prétend ne pas avoir su quelle attitude adopter. Étant un peu dépassé, accompagner son ami lui a semblé la bonne attitude pour éviter un dérapage. Lui, au moins, il a eu de la chance et s'en est plutôt bien sorti.

— Pas une égratignure. De la chance, tu crois ! s'étonne Serge. Je n'étais pas sur place, mais toi oui. Je suis certain que tu as une idée précise.

— Tu sais Serge, la chance n'a rien à voir là-dedans, il n'était pas visé tout simplement. Je me rappelle très bien tous les gestes du tueur, et en détail, Adam était la seule cible de mon motard.

— Un motard sur lequel tu as fait un joli carton, remarque Serge, admiratif.

— Je m'entraîne mon ami, c'est la première fois que je tire en service, j'étais hors-sol, mais vu la façon dont il a allumé Adam, je n'ai pas hésité, surtout quand j'ai vu son flingue pointé sur mon front. Dans le fond, c'est facile de supprimer une vie, surtout si c'est pour sauver la sienne.

J'observe avec attention le jeune officier qui a fait preuve d'un sang-froid impressionnant. Autrefois, très jeune, les circonstances de la vie m'ont confronté à une situation identique. Tuer un homme, quel qu'il soit, est une plaie qui ne cicatrise jamais complètement, même si elle se referme avec le temps. Il lui faudra vivre avec, on n'oublie jamais, mais ça passe.

Nous en arrivons à la conclusion que le tireur savait ce qu'il faisait, qu'il connaissait parfaitement sa cible, que Vito Lucchese n'était pas visé. Du travail sélectif bien fait. Forcément, le tueur, de par le choix de sa victime, a quelque chose à voir avec l'enlèvement de Lisbeth. À l'évidence, on veut absolument que cette affaire reste secrète, à n'importe quel prix. On veut faire taire les proches témoins. L'or, les diamants et surtout les archives. La réponse est là.

Serge nous ressert pour la troisième fois une tasse de café. Sur mon bureau, une carte du Pays basque côtier est déployée. En rouge, le trajet effectué par Aitor depuis son départ de Bayonne. Un arrêt, pendant une vingtaine de minutes, au cimetière d'Elizaberry. Un bref coup de fil pour m'informer de la fin du chargement. Les ravisseurs, dans un court message, lui ont dit d'aller se garer sur un parking de plein air au centre de Bayonne, aux allées Paulmy, pas loin du monument aux morts. La consigne est d'y stationner et ne plus en bouger.

Tout en touillant mon café, je me dis que ce n'est pas à cet endroit que se passera l'échange, trop de monde, les ravisseurs le testent. Je parierais qu'ils ne sont même pas sur place.

Philippe Marlow, que nous attendions en toute fin d'après-midi, vient pointer sa carcasse rondouillarde devant la porte de mon bureau. Mains dans les poches, un sourire ironique s'affiche sur ses lèvres, comme s'il avait tout perçu de notre conversation. Goguenard, il nous lance :

— À propos des archives, ça vous intéresse d'en savoir un peu plus les *Frenchies* ?

Serge se tourne vers le nouvel arrivant, coude sur le dossier de sa chaise et part dans un grand éclat de rire qu'il conclut par un applaudissement.

— Ça y est, les *Yankees*, on collabore !

Effectivement, ils collaborent. Philippe nous fait part de ce qu'il a appris.

— Nos services ont enquêté sur le *Groupe A*, nous en connaissons un peu mieux l'histoire. En creusant, on apprend des choses bien étranges. Il se dit que le père de Lisbeth a fricoté avec la mafia à New York, mais sans aucune preuve. Le patriarche est mort à quatre-vingt-cinq ans, riche et respecté, élu député républicain par deux fois. Son fils Stephen, très en vue, cherche à lui succéder en étant candidat aux prochaines sénatoriales. Le père a arrosé beaucoup de monde, en particulier des gens qui sont encore en place ou leurs enfants. Il semblerait que tout soit consigné, ainsi que d'autres malversations du même type, soigneusement décrites, dans ces fameuses archives. Celui qui met la main dessus peut casser des hommes et des femmes, ruiner des familles, ou faire chanter tout ce joli monde. Je me dis que ce n'est pas mal, non ?

Marlow, bien planté sur ses jambes, écarte les bras en signe de satisfaction. Il jubile et il attend peut-être qu'on l'applaudisse de nouveau.

— On comprend mieux les enjeux, continue-t-il, mais cela fait beaucoup de commanditaires potentiels, la mafia, des familles américaines puissantes et le tout sous-traité à des mercenaires cubains. Peut-être sont-ils tous associés dans une sorte de groupement d'intérêts informel ?

— Une sorte de SCI ? intervient Serge. Et si c'était ça le truc ?

Je les regarde, ils sont fatigués, sur les dents depuis jeudi soir. En deux jours, nous avons subi une succession de situations invraisemblables. La disparition de Lisbeth, la mort de son garde du corps, l'enlèvement de Jon, la blessure de Charles Wong. Les manigances d'un commando de Sud-Américains, les frasques de la CIA. Sans parler d'un mystérieux *Groupe A* et d'une araignée qui tisse sa toile.

Pour l'instant, nous ne pouvons qu'attendre la suite de la piste Aitor et les résultats d'*Amaraun*. Rester en veille prêts à agir, se reposer un peu !

Ce sera long !

Chapitre 42

Le *presque*, c'est toi !

Xavier

Samedi, fin d'après-midi.

Enchâssé dans les anciens remparts de Vauban, l'hôtel des Basses-Pyrénées déploie sa façade de pierre rénovée au cœur du Vieux Bayonne. La lumière diffuse de cette fin de journée y ajoute ce mélange de beauté sereine et sobre propice à un séjour agréable.

Deux touristes finlandais, aussi pâles qu'une mie de pain de mauvaise qualité, bombardent le hall avec leur téléphone portable.

À la réception, un jeune homme boutonneux au teint rougeoyant comme un piment d'Espelette me fixe avec un air de hibou derrière ses lunettes. Après m'avoir confirmé que Vito Lucchese est bien arrivé dans sa chambre, il baragouine quelques explications vaseuses pour m'avouer que « la clé de ma chambre n'est pas (il me montre le tableau derrière son épaule), disponible, car… »

Je ne lui laisse pas le temps de finir sa phrase, furieux, je le foudroie du regard et l'assaille de multiples questions. Non, l'hôtel n'est pas complet. Oui, une chambre m'a bien été réservée. Mon hibou se liquéfie.

— Euh non, mais… euh oui… quelqu'un est monté dans votre chambre, finit-il par bredouiller.

Je reste planté de stupeur devant cette révélation. En quelques secondes, mon esprit se trouble, imaginant tous les scénarios possibles.

— Elle a… elle a beaucoup… insisté, murmure-t-il, en m'indiquant de l'index la direction de l'escalier.

J'ai déjà fait demi-tour, avec l'impatience et la virtuosité d'un jeune isard, je m'élance. Juste le temps d'entendre mon oiseau de nuit ululer dans un soupir de délivrance.

— Au premier… la 123 !

Ses yeux verts et lumineux me transpercent tranquillement, ses cheveux mi-longs noir de jais et bouclés encadrent un magnifique sourire épanoui, c'est un rêve de femme qui m'accueille, nichée dans un peignoir blanc en tissu-éponge épais. Sans la quitter des yeux, je ferme la porte derrière moi. À reculons, elle m'invite à la suivre. Ma respiration s'accélère. Ses lèvres bougent et, même si aucun son n'en sort, je comprends tous les mots qu'elle retient.

Délicatement, elle dénoue sa ceinture et laisse glisser le vêtement le long de son corps ambré. Magnifique. Offerte.

— Tu m'as dit que tu passais la nuit ici, car il faut que tu sois disponible immédiatement, alors, me voilà, je suis aussi disponible *immédiatement*, j'en ai trop envie.

Un hôtel, une surprise, un peignoir blanc, le fantasme parfait.

Mes mains s'affolent sur ses hanches et je l'embrasse doucement au creux de l'épaule, elle se colle à moi et ondule en gémissant. Sa peau aromatisée à l'huile d'Argan est douce, jusque dans les moindres creux. Elle me déshabille habilement tout en me caressant avec une légèreté insupportable. Je la fais glisser dans le lit et m'allonge sur elle. Et là, les yeux dans les yeux, nos corps se soudent l'un à l'autre dans un lent mouvement qui va crescendo durant un très long moment de douceur et de passion.

La nuit est tombée, un lampadaire éclaire doucement la chambre et dessine les courbes de la belle endormie. Abasourdi par tant de beauté, je contemple le bonheur qui m'est ainsi donné. Avec grâce elle s'étire, se tourne vers moi, ouvre un œil, me sourit.

— J'ai faim ! me susurre Pantxika.

Elle se lève et va dans la salle de bains en m'offrant ainsi le plus joli spectacle que je puisse souhaiter.

Elle a pris un turbot rôti accompagné des légumes que Jean-Luc Garbage cultive à la perfection aux confins du Gers. J'ai opté pour un pigeon des Landes et ses petits choux farcis au foie gras et au potimarron.

« C'est ta vie, c'est toi qui décides », me confesse-t-elle, quand je lui avoue mon envie de bouger, de reprendre ma destinée en main, et que pour cela il faut que je parte, que je change. Mais qu'elle fait aussi partie de mon existence maintenant. Je la vois se redresser contre le dossier, le regard vert foncé lance des éclairs.

— Ça, c'est nouveau, tu n'en parles jamais, c'est la première fois que tu me dis ça.

Sans doute est-ce lié à ma peur de m'engager et pourtant je lui affirme qu'aujourd'hui, à quarante-quatre ans, je me sens presque prêt.

— Presque !

Elle relève le *presque* en balayant l'espace d'un geste de dédain de la main.

J'ai l'impression que tout s'arrête. Que le monde va s'écrouler. Sans me quitter du regard, elle porte à sa bouche un petit bout de pain beurré. En silence. Elle prend un temps qui me paraît très long.

— Non, je ne déciderai pas pour toi. Tu choisis, tu fonces, tu t'exprimes et je te dirai quelle est ma position. Nous n'avons plus quinze ans, mais je t'aime comme si j'en avais dix-huit. Par contre, je ne veux pas me faire embobiner, je veux que tu sois sûr de toi.

Elle a raison, je sens qu'il faut choisir maintenant, que si je tergiverse encore je vais la perdre là, tout de suite. Elle m'observe avec un quart de sourire aux lèvres, le regard en coin, ironique et sérieux à la fois. Je plonge ! C'est décidé, cette affaire terminée, je change de job, on m'offre une très belle mission à Paris, je vais l'accepter. Je lui demande de venir avec moi.

— Il faudra me trouver un atelier sympa !

Elle sourit.

Dans ma poche mon téléphone vient d'annoncer l'arrivée d'un texto.

— Tu ne regardes pas ? me dit-elle en replongeant sa petite cuillère dans le Txokola.

Chapitre 43

On y va !

Xavier

Samedi soir.

— Un jour tu verras, nous aurons un dîner au calme, tranquille, avec toute une nuit bien à nous, bientôt, à Paris peut-être ! Allez, va vite sauver le monde, en attendant, je vais profiter de la chambre.

Pas le temps de m'appesantir, pas le temps de mettre à nu mes états d'âme, à mon grand désespoir, c'est sur ces mots de Pantxika que j'ai dû l'abandonner.

En filant à toute vitesse avec ma voiture en direction d'Arcangues, je ressasse les informations que Serge vient de me communiquer. Un correspondant anonyme d'*Amaraun* nous a signalé des mouvements de voitures suspects. Ça se passe à Arcangues, tout près du golf et d'un rond-point en prenant la route de Saint-Pée-sur-

Nivelle. Plus tôt dans la journée, une moto est sortie d'une propriété, elle n'est pas revenue, deux Mégane grises sont également sorties il y a peu de temps ainsi qu'une Kangoo blanche. Un scooter puissant fait des va-et-vient réguliers.

Selon les informations obtenues, cet endroit qui appartient à des Sud-Américains est habituellement désert, il n'y aurait du monde que depuis hier soir tard ou tôt ce matin. Le guetteur insomniaque d'*Amaraun* a remarqué que les volets sont fermés. Pas de lumière durant la nuit et, d'après ses observations, il ne reste qu'une Mégane à l'intérieur. Les véhicules correspondent à ceux dont Aitor nous a donné les immatriculations, tous ont été loués il y a deux mois à Roissy par une société de sécurité basée à Miami. La moto qui n'est pas revenue pourrait être celle du meurtrier d'Adam Rostand et le scooter qui va et vient explique les coups de téléphone passés de différents endroits. Tout ça colle assez bien aux mouvements qu'on observe depuis un moment. Il faut y aller tout de suite.

La nuit est claire et la route quasi déserte, je roule vite, très vite. À l'approche du village, je ralentis et je coupe mes phares, aussitôt arrêté au fond d'un parking où nous sommes convenus de nous retrouver. François et Serge sont déjà arrivés. Deux véhicules de police sont discrètement stationnés. Au total huit hommes dont deux filent aussitôt, comme des renards, dans un sous-bois, les autres restent sur place, je rejoins mes adjoints dans leur véhicule.

Quelques autos garées, quelques lampadaires blafards et partout autour le silence de la campagne. Seule une cloche qui sonne sa demi-heure vient troubler le silence. Au loin, un chien en profite pour se manifester.

Serge, le téléphone collé à l'oreille, est toujours en liaison avec notre informateur d'*Amaraun*. Peu avant notre arrivée, un gros 4x4 de couleur sombre est entré puis sorti. Depuis, rien n'a bougé, tout est fermé.

Si c'est bien notre commando, comme nous le supposons, une sentinelle peut faire le guet dans la maison du gardien à l'entrée, mais notre vigie ne signale personne. François, en relation avec notre central à Bayonne, me confirme que la société qui a loué les voitures est bidon. Plus aucun doute.

J'ai déployé mes hommes autour de la résidence. Deux se sont rendus à l'arrière pour surveiller la sortie au fond du jardin où le portail est resté ouvert. Deux autres sont mis en planque et scrutent les lieux à l'aide de jumelles de vision nocturne. Les autres sont en attente de mes ordres.

Que faire maintenant ? Attaquer ? Attendre ?

Le dernier message des ravisseurs à Aitor était clair : « Allez à Hasparren sur la place de l'église, pas de bêtise, Jon est avec nous et on garde Lisbeth en réserve ». J'imagine que leur but est de balader Aitor, le faire bouger afin de trouver le bon moment pour prendre les caisses et filer. Ici, c'est leur base et tout porte à croire que personne n'y repassera.

Je vois dans le regard de Serge se manifester l'impatience de l'action qui le ronge. Il est suspendu à ma décision.

« On garde Lisbeth en réserve », je repense au message reçu par Aitor. Lisbeth est là. La bande s'est séparée, la jeune femme est encore dans la maison. Elle ne leur sert plus à rien pour l'instant, Jon leur suffit. Lisbeth est trop encombrante, ils vont l'éliminer, et puis il y a l'échange à gérer, on ne peut pas rester là à les attendre.

On encercle, on pénètre et on s'adapte.

44

TOUT EST DE MA FAUTE

LISBETH

SAMEDI SOIR.

C'est horrible ce qui m'arrive. J'ai juste le temps de faire la connaissance de mon cousin Jon que je suis enlevée par un groupe de Sud-Américains. J'ai juste le temps de le croiser dans cette maison, de l'entendre m'interpeller par mon prénom, de l'écouter laisser un message que l'un de nos ravisseurs lui assène un coup violent. Et nous sommes de nouveau séparés. J'ai de plus en plus peur de ce qui va m'arriver – nous arriver –, je crains le pire. Ces hommes sont terribles, capables de me tuer d'un moment à l'autre si je ne leur sers plus à rien. Ce qui me fait le plus de mal est leurs échanges avec les autorités américaines, je les ai bien entendus « même tes potes refusent de discuter », à la limite, je les arrange plus morte que vivante et pourtant j'y ai cru.

« On n'abandonne pas un soldat perdu ou prisonnier », « la vie d'un Américain est sacrée », tout ce cinéma, ce cirque plutôt, et voilà où j'en suis aujourd'hui. Totalement impuissante, détruite, anéantie. De plus, j'entraîne avec moi ce jeune cousin que je ne connais pratiquement pas, je ne sais même pas pourquoi il est dans cette galère.

Tout est de ma faute depuis le départ, à commencer par la mort de mon garde du corps, ils m'ont dit qu'un des leurs avait tué Andrew Morgan, quelle horreur. Et aujourd'hui, je suis réduite à néant, totalement impuissante. Que fait Adam ? Que fait ma famille ? Mon frère Stephen ? Nous ne sommes pas très proches, mais lui a les moyens d'agir, non ? Cela fait des heures que je tremble dans le noir. On m'a accompagnée aux toilettes où j'ai bu un verre d'eau, j'ai entendu des voitures qui démarraient, depuis plus rien, tout est silencieux, rien ne bouge. On m'a enlevé les bandeaux des yeux et de la bouche. Je suis menottée au lit en fer, paralysée par la terreur.

La porte s'ouvre brusquement sur un de mes gardiens, il n'a pas de cagoule, je vois ses traits de type latino. La cinquantaine, râblé, une petite moustache, des cheveux très courts, l'expression butée et sauvage, il m'empoigne brutalement. Me fixe un scotch sur la bouche. Me détache du lit pour me menotter les poignets dans le dos.

D'une main il soulève mon menton, son visage se colle au mien, presque à me toucher. Son haleine fétide ajoute au sentiment de dégoût que je ressens envers lui.

— Ta vie ne tient qu'à un fil, et ce fil, c'est moi, on va faire un petit tour.

Je suis terrorisée car son visage est découvert. Je peux donc le reconnaître un jour. Cela signifie, « je n'ai pas besoin de prendre des précautions, je vais te tuer ». Je vais mourir bientôt et je ne peux rien y faire. Poussée hors de la chambre, nous traversons la maison silencieuse, menaçante et sombre, je suis tenue courbée par sa main puissante agrippée à ma nuque. Le gravier roule et crisse sous mes pieds, nous arrivons dans un grand hangar qui abrite une voiture dont nous nous approchons, il ouvre la portière quand soudain une lumière violente m'éblouit.

45

Muero !

Xavier

Samedi soir.

— Police, mains en l'air, lâchez-la !

Personne dans la maison des gardiens que nous avons délaissée pour progresser avec précaution dans le jardin. Une lune faiblarde éclaire la façade sombre de la maison. Serge, accompagné d'un policier en tenue, s'est dirigé vers le côté gauche. François et un autre homme s'approchent du côté droit d'un vaste hangar où est garée une Mégane. Je suis resté en retrait et en protection, dissimulé derrière un massif de buis.

— Va te faire foutre ! Barre-toi ou je la tue !

La réponse à l'injonction de François Ly crève le silence qui entoure la maison.

Comme dans un film en noir et blanc, je distingue deux silhouettes furtives qui se déplacent en direction du hangar. Le halo d'une lampe qui révèle un couple. Un homme, une femme, *Lisbeth sans doute*, me dis-je.

Un premier coup de feu. L'éclair provenait du couple.

La réplique est immédiate. Plusieurs détonations éclatent.

— *Muero !* hurle une voix d'homme.

Un cri de douleur, puis une longue plainte. Une voix de femme.

— Merde, elle est touchée, le salaud a eu le temps de tirer !

Je reconnais la voix de Serge. Je me précipite.

Blessé à mort, bouche grande ouverte, le ravisseur gît sur Lisbeth, je repousse le cadavre sur le côté. *C'est bien elle*. Les yeux révulsés, une tache de sang en bas de la poitrine suinte et s'étale sur le tissu de sa chemise déchirée. Sa respiration haletante et un bâillon l'empêchent de s'exprimer.

— Regardez-moi, on va vous soigner, ça ira. Regardez-moi, parlez-moi, parlez-moi, ça va aller ! murmure François en lui autant le bandeau. Il lui soulève délicatement la tête et caresse sa joue.

Je ne suis pas surpris par la délicatesse de mon adjoint ! Je l'ai observé plusieurs fois dans des situations graves, l'empathie qu'il montre est touchante et sincère.

Lisbeth s'y reprend à plusieurs fois avant d'arriver à marmonner.

— Qui… qui… êtes-vous ?

— Police française, je m'appelle François, François Ly, nous vous avons libérée, vous êtes bien Lisbeth ?

— Jon… où… Jon ?

— On le cherche, on va le trouver, ne vous inquiétez pas. Regardez-moi, ayez confiance, votre cauchemar est terminé.

Un sourire éclaire le visage de la jeune Américaine, ses yeux plongés dans ceux de François se mouillent, libèrent une larme, puis se ferment.

46

LITTLE HAVANA

XAVIER

SAMEDI SOIR.

Un véhicule de secours des pompiers arrive très rapidement sur les lieux et conduit Lisbeth à l'hôpital de Bayonne. La docteur Dardilouze et toute son équipe sont sur le pied de guerre. Les pompiers ont prodigué les premiers soins, ils sont inquiets pour Lisbeth, la blessure est grave. Ils le sont beaucoup moins pour celle du policier qui a tiré sur le preneur d'otage et qui, le bras en écharpe, a profité du voyage.

La maison investie par Serge n'a rien révélé de particulier sinon quelques résidus de nourriture et une bouteille d'armagnac « Chiroulet » vide. Un seul homme était resté avec Lisbeth comme éventuelle monnaie d'échange ou bien pour l'exécuter discrètement. J'ai l'impression que nous sommes heureusement arrivés juste au bon moment.

Mon téléphone vibre dans ma poche.

— Ils viennent de me contacter, m'informe Aitor, je suis toujours à Hasparren, je dois aller à Saint-Jean-de-Luz et me rendre sur le parking du magasin Picard dans la zone commerciale de Jalday. Ils n'ont rien dit d'autre. Ah ! Si, je dois laisser les vitres ouvertes.

Je ne lui raconte pas ce qui s'est passé ici, je ne veux pas le perturber. Le Basque est solide, mais très âgé et ce qu'il vit n'est déjà pas facile à supporter, je préfère éviter de lui mettre une couche de stress supplémentaire.

Maintenant la chasse est ouverte. Nous n'avons pas le choix, nous devons toutefois rester suffisamment éloignés d'Aitor, quitte à nous faire balader.

Serge est au volant et François nous suit. Dans vingt minutes, nous serons sur place.

Malgré l'efficacité du docteur Dardilouze et celle des pompiers, je reste encore obsédé par la blessure de Lisbeth. *Pourvu qu'elle s'en tire*.

Mon téléphone se met à égrainer les premières notes de *La Cumparsita*, mon tango préféré.

— Vous m'entendez, Xavier ? tonne un Marlow surexcité. Il faut absolument arrêter Vito Lucchese le plus vite possible.

Je lui fais part de mon étonnement.

— Je viens d'avoir les résultats de notre enquête sur leurs affaires, il doit être mouillé là-dedans, jusqu'aux yeux.

Serge Moulinard a déjà stoppé notre voiture sur le bas-côté. Prestement, il appelle le commissariat pour qu'on aille cueillir Lucchese à l'hôtel en urgence et qu'on l'arrête pour complicité d'enlèvement.

Philippe Marlow nous livre les dernières informations en sa possession sur les affaires des deux associés qui ne tiennent que grâce à des fonds d'origines très douteuses. Leurs sociétés filiales sont des paravents qui masquent des investisseurs peu recommandables logés dans des pays très exotiques. Il s'agit des filières classiques de l'argent de la drogue et de la mafia, tout est suspect, mais légal. En tout cas, leurs affaires sont en partie fictives depuis deux ans. Adam Rostand a rencontré Vito Lucchese quand sa société était au bord de la faillite et tout d'un coup, ses affaires sont reparties avec de nouveaux gros clients investisseurs. Le mari de Lisbeth était ou un gogo, ou crédule, ou très complaisant, ou un peu des trois. Son associé est un manipulateur charmeur de haute volée nageant en eaux très troubles, mais avec un casier judiciaire vierge. Un excellent moyen d'approcher les cercles du pouvoir à travers le mari de la conseillère spéciale du président américain. Un président qualifié avec prudence par Marlow « d'un peu spécial » et qui a embauché Lisbeth du jour au lendemain sans aucune précaution, sur un coup de tête.

L'agent des services américains m'apprend que Lucchese possède une villa à Little Havana, le quartier cubain de Miami, pratique pour recruter !

Tout s'éclaircit.

Je fais part à Philippe Marlow de la libération de Lisbeth et lui demande de se tenir prêt à nous rejoindre. Je lui laisse juste le temps de pousser un soupir de satisfaction.

Il faut que je vérifie quelque chose.

Le réceptionniste de l'hôtel des Basses-Pyrénées m'informe que *Monsieur Lucchese* a quitté sa chambre. Je lui demande de me passer la 123.

— Qu'est-ce qui se passe ? me lance Pantxika qui a dû percevoir mon trouble.

En quelques mots je lui fais comprendre qu'elle doit s'enfermer dans la chambre, ne pas en bouger et n'ouvrir à personne.

— Ah, eh bien oui, compris ! Tu m'expliqueras ?

Je lui expliquerai, bien sûr, mais ça attendra demain. Et je raccroche.

— Dites, chef, la Pantxika là, c'est vôtre… ?

Le regard foudroyant que je jette à Serge le crucifie sur son siège. Il tourne la tête pour échapper à mon invective et remet le contact.

— Compris chef ! Compris.

Chapitre 47

Les diamants

Aitor

Samedi 24 août, vingt-trois heures trente

Ouvrir une tombe ! J'avais médité longuement sur cette urgence.

Je m'étais garé près du portail en fer forgé noir qui ouvre sur le petit cimetière d'Elizaberry. Le ciel dégagé permettait de distinguer le fronton de l'église et ses deux cloches. En dessous, le cadran de l'horloge, arrêté depuis trop longtemps, n'affichait évidemment plus l'heure. Qu'importe, je venais ouvrir une tombe. Celle que je venais visiter ressemblait à un petit mausolée situé près du mur nord de l'église. Un endroit vraiment discret. Sur la stèle s'affichaient en lettres gravées dans la pierre de la Rhune, *Famille Curutchet*. Les Curutchet sont une branche de ma famille, les Larreta.

Aussi, personne n'aurait été surpris de me trouver là. J'ai transvasé les caisses dans ma voiture.

Les mains accrochées au volant, je me sens vraiment bizarre avec cette cargaison derrière moi, les diamants, l'or et ces archives explosives. J'ai opté pour la route de cimes, puis Cambo, Espelette. Je suis exténué, cependant il faut que je tienne. Au bout de la nuit, Lisbeth et Jon m'attendent, espèrent. La direction de mon 4x4 lourdement chargé vibre un peu, Ascain, Saint-Jean-de-Luz et enfin, la zone commerciale de Jalday.

À cette heure, le parking du magasin de surgelés Picard est désert. Contact coupé, phares éteints, j'attends. Rien ne bouge, quand soudain une tête surgit sur ma gauche. Les vitres sont baissées, comme ordonné, l'homme me place le canon d'un pistolet sur la tempe, l'index de sa main gauche est posé en travers de ses lèvres sur sa cagoule. Chuuut ! Je n'ai rien vu venir.

Aussitôt, un autre individu masqué entre dans l'habitacle, avec à la main un objet qui ressemble à une raquette de ping-pong en métal. Il me le passe devant le corps, les jambes et les bras, s'arrête sur mon poignet droit sans rien dire, retire ma montre et la met dans sa poche, stoppe sous mon torse, me fait signe d'enlever l'émetteur qui s'y trouve. Je le lui donne, puis il descend, referme la portière et s'en va. La pression du métal froid de l'arme sur ma tempe ne m'empêche pas de transpirer. Un mauvais geste de ma part et tout serait fini. Je ne bouge pas. J'entends qu'on ouvre le coffre, je suppose que le déchargement va commencer, mais le hayon est refermé doucement.

— Ferme les yeux et compte lentement jusqu'à cent. À tout de suite.

J'obtempère, le silence complet revient. L'échange ne se fera pas là. Simple vérification. Le deuxième émetteur est toujours sur moi. Immobile, je patiente. Je compte.

Mon téléphone vibre, j'ouvre les yeux.

— Démarre et tourne à droite vers Saint-Jean-de-Luz, roule doucement.

Puis les ordres se font faits plus denses, plus nets, cela donne l'impression que les choses se précisent. À hauteur de la résidence Urtaburu, une maison de retraite, la voix m'intime de tourner à droite, de prendre l'autoroute vers le nord et de rouler tranquillement, pas à plus de quatre-vingts. La circulation est fluide, presque aucun camion, nous sommes en plein week-end. Je roule une dizaine de kilomètres après le péage de Biarritz-Bidart, courbé sur le volant, attentif à la moindre anomalie, des crampes commencent à vibrer dans mes bras tendus. Je ne peux pas appeler Xavier, car mon téléphone est bloqué avec les ravisseurs.

— Ralentis, m'ordonne la voix, dans cinq cents mètres, tu vas trouver une sortie de service, prends-la jusqu'au bout et tu t'arrêtes devant la grille.

Un coup d'œil dans le rétroviseur me confirme que je suis seul sur l'autoroute. Et pourtant, ils savent parfaitement où je suis.

Les glissières de sécurité disparaissent pour laisser place à une sortie bitumée qui s'enfonce dans une zone inhabitée et boisée, c'est là ! À trente mètres, dans mes phares, un portail grillagé m'oblige à stopper. Aussitôt, surgissant de nulle part, un homme me braque. Mon cœur accélère brusquement. Nous y voilà !

— Coupe le contact, éteins les phares, mains sur le volant, tu ne bouges plus.

Je m'exécute au moment où la grille s'ouvre sur cinq ou six silhouettes dont l'une porte une grosse valise métallique. Tout se passe très vite et en silence, je les observe dans le rétroviseur, les caisses sont déchargées et passent une à une dans l'appareil qui une fois déplié ressemble à un tunnel pour scanner les bagages dans les aéroports. Une des boîtes est ouverte, ils en retirent un coffret en métal. L'un des hommes vient à côté de moi et me regarde.

— *¿Diamantes*?

J'acquiesce d'un mouvement de la tête.

Le coffret est remis en place. On m'ordonne de sortir et, encadré par deux individus, je suis conduit fermement vers un 4x4 sombre garé au-delà du portail. L'homme au volant, cagoulé comme les autres, me jette un regard très noir. Dans ses mains, une arme.

— Approchez ! me signifie-t-il, avec un fort accent américain.

Je connais ce moment-là. Pour certains c'est une *balade* en forêt, pour moi ce sera sur une voie de service d'une autoroute. J'aurais pu souhaiter une mort plus glorieuse.

Il se retourne et pointe son arme vers un corps recroquevillé sur le siège arrière.

— Quand nous serons en sécurité, on le relâchera, nous n'avons rien contre lui et il ne sait rien de nous, pas de mort inutile, et vous pas d'intervention risquée.

Mon petit-fils est vivant.

Ils ont refermé la grille avec une chaîne et un cadenas, m'ont laissé seul côté autoroute et ont filé en récupérant mon mobile et les clés. J'ai souri !

Dans la garniture de la portière de ma voiture, j'ai dégagé un double des clés et un téléphone de secours. Contacter Xavier !

Il affiche son inquiétude. Je ne trouve plus mon traceur, j'ai dû le perdre, je lui indique ma position, l'informe du transfert des caisses et de la direction prise par le commando à bord des deux Mégane grises, d'un Kangoo blanc et d'un 4x4 Mercedes GLK noir ou gris foncé.

— Et Jon ? demande Xavier.

Vivant, je l'ai vu sur le siège arrière du Mercedes. Vivant pour l'instant, mais je redoute que les ravisseurs le maintiennent en vie seulement le temps d'avoir pris les distances. Après ? Je ne crois pas à ce que le chef du commando vient de m'affirmer. Le tuer ? C'est ce que je ferais à leur place. Xavier me recommande d'activer *Amaraun* à fond et surtout d'être prudent.

Être prudent, c'est bien gentil, mais je ne vais pas rester là, les bras croisés. Jon ! Je n'arrive pas à me faire à l'idée de ne plus le serrer dans mes bras, de ne plus l'entendre m'appeler affectueusement Aititxi.

Défoncer le portail grillagé, c'est ma seule issue. Mon tout-terrain est équipé d'un pare-buffle et, au bout de trois essais, la chaîne cède, je passe dans un grand bruit de ferraille malmenée. Allégé de son contenu, je pousse mon véhicule à la limite sur la voie déserte. Je ne crains plus pour ma vie, seule celle de mon petit-fils compte. Au loin, dans une ligne droite, j'aperçois les feux arrière de plusieurs véhicules. J'éteins mes phares aussitôt tout en ralentissant. Voir, sans être vu.

Soudain, l'un des véhicules, le 4x4, prend sur la gauche, tandis que les trois autres poursuivent tout droit.

Sauver Jon. À tout prix.

Chapitre 48

Amaraun

Xavier

Samedi minuit.

Une voiture parquée sur un chemin isolé avec le plafonnier allumé : des amoureux en train de batifoler, cette autre garée n'importe comment sur la place d'un village : un ivrogne cuvant son vin, ces trois-là roulant à fond de train sur une petite route à la suite d'un pari idiot : à qui ira le plus vite ? Des dizaines d'appels proviennent de la toile d'araignée, tout le monde est sur le pont, mais signale un peu n'importe quoi.

La balise d'Aitor n'émet plus. Étrange ! Aussi, l'inquiétude me saisit à la gorge. Laisser ce vieil homme seul face à un dangereux commando, était-ce la meilleure des solutions ? J'imagine qu'il en est de même pour Serge au volant de notre véhicule en direction de Bayonne.

Avec le concours de la police et de la douane basque, les accès qui mènent à l'Espagne sont surveillés.

Et enfin une information intéressante. Un certain Bernard Larronde qui tient le trinquet de Lahonce sur le port de l'Aiguette. Ce soir, il organise un petit tournoi avec dîner à la clef. Il est sorti pour fumer une cigarette quand il a aperçu trois véhicules qui venaient se ranger au plus près du ponton. Intrigué par ce ballet inhabituel, à une heure aussi tardive, il est monté à l'étage de son trinquet pour avoir un meilleur point d'observation. Nouvelle surprise pour lui quand il a remarqué sur l'Aiguette – ce petit bras de l'Adour qui contourne l'île de Lahonce –, une étrange embarcation : un semi-rigide d'une dizaine de mètres. Étranges aussi ces six ou sept individus qui transféraient des caisses d'un Kangoo au hors-bord.

Ni une, ni deux, Serge a déjà changé de direction, nous sommes à quelques kilomètres du petit port en suivant le fleuve, François nous suit. Je recommande à notre informateur de ne pas intervenir, de s'enfermer dans le trinquet. Ces gens sont très dangereux.

Une nouvelle fois mon téléphone vibre et affiche : *appel masqué*.

— Commissaire Andurandéguy ?

La voix est calme et je perçois un léger accent.

— Les vies de Jon et de Lisbeth dépendent de vous, quoi que vous fassiez, quoi que vous repériez, tenez-vous-en éloigné. Une balle dans la tête, c'est vite fait !

Et l'homme raccroche.

Je tente bien de le rappeler à deux reprises. En vain !

Une chose est claire, les ravisseurs ignorent que Lisbeth est libérée. Compte tenu de ce que je viens d'entendre, je ne donne pas cher de la peau de Jon si l'on ne le trouve pas vite, il ne faut pas se louper. Je songe à Aitor, cette histoire est en train de très mal tourner, les ravisseurs nous baladent. L'embouchure du fleuve vers l'océan doit être à environ douze kilomètres, c'est par là qu'ils comptent disparaître. Dans l'Atlantique.

L'urgence est d'informer tous mes collaborateurs de la situation nouvelle. Et j'enchaîne les appels.

— Ils viennent de partir, m'indique Bernard Larronde en indiquant du doigt la direction de l'Adour.

Je ne réagis pas au vocabulaire qu'emploie Serge pour manifester sa colère.

— Je n'y connais pas grand-chose, ajoute le patron du trinquet, c'était un semi-rigide avec un roof au milieu et deux gros moteurs qui tournaient, même au ralenti le bruit était impressionnant, je les ai vus charger des caisses. Alors quand ça a démarré c'était énorme, ce genre de hors-bord peut aller très vite. Vous êtes arrivés une minute trop tard.

Bernard Larronde, genre costaud et court sur pattes, aux yeux malins, me désigne trois véhicules.

— Le Kangoo, celui avec la porte arrière ouverte et les deux Mégane, là !

Je ne l'entends plus, derrière moi Serge et François sont en ligne avec les autorités portuaires, la gendarmerie, et les douanes pour mettre en place une surveillance sur l'Adour et son estuaire afin de les bloquer et de les arraisonner.

Mon téléphone encore : Aitor !

CHAPITRE 49

FUCK YOU !

AITOR

DIMANCHE, PEU AVANT DEUX HEURES DU MATIN.

Bientôt plus d'une demi-heure que le 4x4 Mercedes file à une allure très modérée. D'abord sur les petites routes sinueuses où je me tenais à distance respectable pour éviter d'être repéré. Voilà bien longtemps que je n'avais pas agi de la sorte, mais les gestes de prudence ne s'oublient pas. Mille scénarios se bousculent dans ma tête. Où, quand et comment intervenir ? Le bloquer avec mon véhicule, sortir et le braquer ? Ce n'est plus de mon âge !

Après être passé près de la gare de Biarritz puis entré dans Anglet, le Mercedes s'est dirigé le long des rues bayonnaises qui serpentent dans les quartiers résidentiels endormis vers Blancpignon.

Une Golf d'un rouge éclatant, toutes vitres ouvertes – et dans laquelle quatre solides Basques entonnent l'hymne de la *Peña Baiona* –, me double et m'offre plus de discrétion et le loisir de me masquer du véhicule que je file.

Soudain, sur l'avenue de l'Adour, sans le signaler, le Mercedes s'engage sur la droite, dans le parking du port de plaisance de Bayonne.

Évidemment ! La fuite par l'océan tout proche, un bateau et le tour est joué. C'est le bout de la cavale. Pas question de le suivre sans me faire repérer. Aussitôt, je dégage sur la gauche, plante mon 4x4 à l'entrée de la rue du Brise Lames, et je fonce !

Quelques lampadaires diffusent une lumière pâlichonne. Il doit y avoir trois cents bateaux et seuls quelques-uns ont de la lumière à bord, tout est calme. Malgré la proximité du fleuve et l'heure tardive, l'air est toujours aussi chaud et lourd. Je dois y aller. C'est peut-être – sans doute – une erreur, mais la vie de mon petit-fils est en jeu. Que serait ma fin de vie sans sa présence ? Je n'ose l'imaginer.

Prudemment, je me suis glissé entre un magasin d'électronique maritime et celui d'un revendeur d'équipements pour surfeurs.

Le 4x4 Mercedes, abrité sous des arbres, est rangé à une vingtaine de mètres de mon poste d'observation. L'homme est sorti du véhicule. Assis sur le capot, j'entrevois le bout rouge de sa cigarette qui bouge au rythme d'une conversation téléphonique. Difficile de saisir ce que l'homme dit, même si quelques mots d'anglais égratignent mes oreilles.

Comme un animal en phase d'approche de sa proie, je rampe presque, je crapahute, le corps fléchi, pour me retrouver à l'arrière de son véhicule.

Il vient juste de raccrocher et j'en profite pour lui foncer dessus poing en avant.

— *What the fuck…*

Ma droite le percute en pleine face dans un craquement sinistre. J'entends un *ouch!* sonore, sa cigarette décolle, son téléphone finit sur le macadam, et l'homme se retrouve au sol.

— *You!*

L'effet de surprise, le *one shot*, ne pas lui laisser le temps de réagir, de se reprendre. À quatre-vingt-dix ans, c'est tout ou rien. Ce sera tout! Et ce sont des godillots de montagne qui s'écrasent sur ce visage que je vois entier pour la première fois, sur lequel l'arrogance a fait place à la douleur. Et j'en remets une couche.

Son corps tressaille dans un dernier râle et l'homme s'évanouit.

Sans réfléchir, je ramasse le téléphone et je file aussi vite que mes vieilles jambes et mon souffle court me le permettent vers l'arrière du 4x4.

Le hayon est fermé, mais pas les portes arrière, vite, rabattre les sièges.

Jon est là. Vivant!

Je l'aide à sortir de l'habitacle, l'enlace, l'embrasse. J'arrache les scotches collés sur sa bouche et qui entravent ses mains.

— Aititxi, Aititxi, Aititxi !

J'explose de bonheur à la seule idée de retrouver mon petit-fils et de le tenir dans mes bars.

— Aititxi, attention !

L'homme gémit et tente de se redresser. En tremblant, il porte la main dans la poche de son veston, le palpe. Son visage déjà boursouflé par les coups que je lui ai donnés se liquéfie soudain, vire du rouge au blanc.

Jon le tient en joue avec un revolver.

Pas lui, non ! J'arrache l'arme que Jon a dégottée, posée sur le siège passager. Ce n'est pas à lui de faire ça. Maintenant c'est moi qui braque l'arme sur cet homme au regard figé, à la bouche tordue de haine et de douleur. Ma main ne tremble pas, elle n'a jamais tremblé, mais un profond sentiment de dégoût envers cet homme m'empêche d'appuyer sur la détente. Je ne suis pas un tueur !

Et son téléphone sonne.

Pourquoi je décroche ? Allez savoir…

— *Are you all right Vito ? Gimme the password and we'll be right there*[18].

Et à m'en décrocher les mâchoires je lui hurle : « *Fuck you* ! Son of a *bitch* ! » avant de lancer le téléphone dans l'eau.

— Je vois que vous maîtrisez la langue du Bronx, Aitor, lance une voix dans mon dos.

18 Tout va bien Vito ? File-moi le mot de passe et nous arrivons.

50

Une magnifique lueur

Xavier

Dimanche 25 août, nuit noire.

— Vous, ici !

Aitor délaisse l'homme qui gît, sur le sol et me jette un regard éberlué. Puis ses yeux naviguent de Serge à François. Je lui demande de me donner l'arme qu'il tient dans sa main.

— Co… comment m'avez-vous retrouvé, je… j'ai perdu le traceur, proclame-t-il confus en me tendant l'arme par le canon.

— Pas si perdu que ça, précise Serge avec un sourire goguenard. Il doit être tombé dans la voiture, mal garée et porte ouverte, qui encombre la rue au-dessus de nous.

J'explique au vieil homme que nous ne l'avons jamais perdu de vue. Qu'alertés par un certain Bernard

Larronde, nous nous sommes rendus au port de l'Aiguette, trop tard pour voir disparaître un hors-bord.

— Un hors-bord ? intervient Jon.

Je me tourne vers lui, son visage affiche une pâleur extrême. J'imagine que les jours et les dernières minutes qu'il vient de vivre l'ont terrorisé.

— Il… il en a parlé à…

Du doigt il montre le corps étendu sur le sol et qui commence à s'agiter. François, vigilant, lui passe aussitôt des colliers Serflex aux mains et aux pieds.

— C'est qui lui ? demande Aitor.

— Lui, c'est le Lucchese, se permet Serge, tout en se rendant compte que la façon dont il vient de s'exprimer va lui attirer les foudres de mon regard.

— C'est Vito Lucchese, se reprend-il d'emblée et d'ajouter : il est le probable responsable de l'opération visant à enlever Lisbeth et la faire parler pour retrouver les archives et les valeurs du *Groupe A*. C'est lui…

D'un geste de la main, je l'interromps et me tourne vers Jon qui s'apprêtait à nous en dire plus sur Vito.

Jon me regarde avec intensité, il est bien entendu soulagé d'être en vie et il a repris des couleurs. Mais les mots ont du mal à sortir.

— Vito et… Ils parlaient en anglais et semblaient bien se connaître. Je n'entendais pas la voix du correspondant. Vito lui disait qu'il appelait trop tôt, mais que tout était pratiquement bouclé. Que les archives, l'or et les diamants étaient sur le hors-bord comme convenu. Ensuite, il a ajouté : « Le dossier Larreta est complet, personne ne pourra plus remonter jusqu'à ton père. Et pour ta sœur, monsieur le futur sénateur, c'est réglé, elle ne parlera plus ». J'ai compris alors que c'était Stephen Woodword, le propre frère de Lisbeth qui parlait avec… avec Vito.

Sa tête s'est affaissée, je pose une main sur son épaule pour compatir à sa douleur.

— Lisbeth ? Elle… elle…

Je tente de le rassurer. Lisbeth a été gravement blessée lors de notre intervention à la villa d'Arcangues. Actuellement elle est entre de bonnes mains et doit être opérée.

— Et Charles Wong, ajoute François, est toujours en réanimation et récupère bien. Il devrait s'en sort…

Un lointain vrombissement le fait taire. Je tends l'oreille, le bruit qui provient du fleuve semble s'amplifier progressivement.

— Ils arrivent, s'écrie Serge.

Comme un seul homme nous détalons, arme au poing, en direction du ponton. Au niveau du port de Plaisance, l'Adour s'étale sur près de deux cents mètres. Le hors-bord, moteurs poussés à plein régime, longe la rive opposée. Nous vidons nos chargeurs en vain et nous ne pouvons que regarder l'embarcation foncer vers le large en abandonnant Vito Lucchese à son sort.

Un peu déçus, mais loin d'être découragés, nous retrouvons Aitor et Jon. Vito éclate de rire en nous voyant.

— Bye, bye, le trésor ! ironise-t-il, en crachant vers nous.

Je vois Serge qui active son pas vers l'individu. Je le bloque d'une main ferme. Pas la peine de se laisser aller à une violence inutile. Même si parfois…

Aitor s'est rapproché de moi.

— Commissaire, j'ai une dernière chose à vous monter. Là-bas, au bout de la barre à l'embouchure de l'Adour.

Je me demande ce qu'il va encore nous sortir comme mystère. Intrigué et curieux, je donne mon accord.

Quelques véhicules sont encore stationnés sur le parking du restaurant *La Concha*. Sur la terrasse, face à l'océan agité par une légère houle, des clients tardifs achèvent de savoureux poissons frais tout droit sortis du four.

Aitor nous a dirigés vers la pointe la plus extrême de l'embouchure. Il n'a pas décroché un mot pendant le court trajet en voiture. Visage sombre, mains nerveuses posées sur ses genoux. François a coupé le collier qui enserrait les pieds de Vito et le tient par le col de la chemise.

Nous sommes alignés face à l'océan, le vent d'ouest est chaud et l'on entend le doux ressac des vagues sur la plage toute proche, la lune éclaire l'immensité. Aitor me regarde et me sourit.

— Comme vous le savez, commissaire, dans les boîtes qui sont sur le bateau, là-bas, sont rangés des papiers, des lingots d'or et un coffret qui contient des diamants bruts. Cette boîte est apparemment en métal, en fait elle est entièrement constituée d'un explosif extrêmement puissant qui a l'aspect et la consistance de l'aluminium. Et bien, noyé dans la masse, se trouve un petit, un tout petit détonateur. Regardez au large !

Il sort son téléphone et compose un numéro.

Au large, une magnifique lueur bleu clair et blanche à laquelle succède le bruit sourd et puissant d'une explosion, illumine l'obscur l'océan.

— Putain ! s'exclame Serge.

51

Un héros ?

Xavier

Lundi fin de matinée.

La juge Leclercq trône en bout de table dans une salle de réunion au mobilier triste et suranné du palais de justice. Elle nous accueille du haut de son mètre quatre-vingts, toujours impeccable, sanglée dans une sorte de *battle-dress* au féminin. Elle est toujours aussi gaillarde. L'air décidé malgré le manque de sommeil, elle a le regard acrimonieux de celle qui va vous rentrer dedans, contrastant avec l'accueillant plateau garni de chocolatines, de croissants et d'une cafetière qui laisse se dissiper les fragrances d'un pur Arabica.

Je n'avais pas dormi après notre escapade nocturne pour récupérer Jon. J'avais du mal à réaliser tout ce qui s'était passé avant et après l'explosion. Même le juron de Serge qu'en d'autres circonstances j'aurais relevé ne m'avait pas surpris. Nous étions tous comme anesthésiés. Anéantis.

Vito Lucchese croupissait dans une cellule, enfermé dans un mutisme digne de l'omerta mafieuse. Jon, remis de ses émotions, était parti en compagnie de son Aititxi. Avec Serge et François, nous avions échangé des regards entendus. Aitor était un vieil homme, et je ne voyais pas la nécessité immédiate de le retenir .

Serge m'avait rejoint dans mon bureau. Il avait passé sa tête sous un robinet, histoire de se rendre plus présentable, mais de l'eau dégoulinait encore sur sa chemise.

— Dites patron, m'avait-il lancé tout de go, Aitor, notre noble vieillard, il a quand même tué six ou sept gus comme ça, presque d'un claquement de doigts. C'est pas un sacré putain de délit ça ?

Il avait raison et je ne relevai pas ses écarts de langage. Soudain, remontait en moi l'histoire de mon père qui avait vécu dans la plus totale illégalité en cautionnant des attentats, qui était mort dans l'explosion qui le visait. Pour lui comme pour Aitor, c'était juste. Moi-même, j'avais tué dans la clandestinité, c'était mon secret et je croyais aussi que c'était juste.

C'était à la juge Leclercq d'en décider, je ne me défaussais pas, c'était un réel cas de conscience. « Il y a la justice et il y a aussi ce qui est juste. » Serge avait soutenu mon regard, puis il était reparti, sans un mot, pas convaincu.

Quelle que serait la décision de la juge concernant Aitor, je savais qu'il était temps pour moi de prendre un peu de recul avec ma tâche dans cette région. Un mail du ministère de l'Intérieur m'informait d'une proposition de mission de dix-huit mois à Paris. J'allais pouvoir réaliser l'engagement que j'avais pris auprès de Pantxika. Partir tous les deux, couper le cordon ombilical qui me retenait ici, respirer, vivre ! Pour mieux revenir, peut-être ?

— Un café ? me suggère la juge.

Roger Ducourneau est déjà là, la bouche envahie par une chocolatine, une grande tasse de café à la main. J'acquiesce tout en observant du coin de l'œil l'attitude de la magistrate et de mon supérieur. Je me dis que cette réunion n'a pas pour seul but de se congratuler autour d'un petit déjeuner copieux, mais qu'il sera fait état des résultats de notre enquête et de mon attitude envers Aitor.

Philippe Marlow pénètre à son tour dans la pièce, costume et chemise froissés. La mine hagarde qu'il affiche ne détonne pas avec la nôtre.

— *Well !* C'est ce que l'on appelle un petit-déjeuner continental, ou je ne m'y connais pas ! reconnaît-il, en nous offrant une poigne chaleureuse.

Julie Leclercq nous désigne les chaises et se montre impatiente de débuter l'entretien.

— Messieurs, je ne vous cache pas que je suis partagée entre deux sentiments. Le soulagement d'une part, grâce à la libération de nos deux otages, mais d'autre part l'inquiétude quant à la situation inhabituelle dans laquelle nous nous trouvons.

Les mains posées à plat sur un dossier, elle nous scrute tour à tour.

— Agent spécial Marlow, je propose de commencer par vous.

L'Américain qui ne s'attendait pas à être le premier intervenant pose la tasse qu'il s'apprêtait à déguster.

— Madame la juge, Xavier, Roger, j'ai reçu, suite aux demandes lancées en fin de soirée auprès des services de mon gouvernement, des réponses satisfaisantes. Le témoignage de Jon, le contenu de la conversation entre Vito Lucchese et Stephan Woodword ainsi que tous les échanges enregistrés entre les divers protagonistes ont été concluants. Le frère de Lisbeth vient d'être interpellé à Boston et doit être incarcéré.

La juge lève un sourcil en accent circonflexe accompagné d'un sifflement réjoui.

— Je suppose que le commissaire principal Ducourneau a d'aussi bonnes nouvelles que notre ami américain, ironise-t-elle.

Je vois dans le regard que me lance Roger tout le poids de la responsabilité qui lui incombe. Il est en quête de mon soutien. Il se racle la gorge, repousse quelques miettes de chocolatine du revers de la main.

— Si vous le permettez, madame la juge, je laisse à Xavier le soin de vous faire le détail de toute cette enquête, pour ma part, je tiens à vous informer d'une note que j'ai reçue de nos instances gouvernementales. Pas de vague avec les Américains, l'enlèvement de

Lisbeth n'a jamais eu lieu et le commando de la CIA n'a jamais existé.

— La raison d'État, lâche la juge.

— La raison d'État, confirme mon supérieur.

Je demande à la juge la permission de prendre la parole.

— Eh bien, commissaire Andurandéguy, nous vous écoutons, rétorque-t-elle en s'enfonçant dans sa chaise et en croisant les bras.

Je fais savoir à la juge que j'assume l'entière responsabilité de l'enquête et de tout ce qui en découle. Je lui rappelle l'enlèvement de Lisbeth, la mort de son garde du corps, la disparition de Jon, l'agression de Charles Wong. Je lui raconte en détail mes rendez-vous avec Aitor Larreta, ma prise de conscience de l'histoire de cet homme et la découverte de ce qu'il convient d'appeler « le trésor des Basques ». J'évacue avec un brin de dérision l'intervention des cow-boys de la CIA. Philippe Marlow m'approuve d'un sourire complice. Je retrace la mort d'Adam Rostand et la manière dont François Ly, au péril de sa vie, a neutralisé le motard meurtrier. Enfin, je ne cache rien de la dernière soirée qui nous a conduits près d'Arcangues, lieu où nous avons libéré Lisbeth…

— Et qui se termine en feu d'artifice, si je ne m'abuse, m'objecte la juge en feuilletant son dossier.

Et voilà le moment fatidique, celui où je dois m'expliquer, celui où je dois convenir que ma décision de laisser libre Aitor n'était pas forcément le *bon choix*.

— Si vous permettez madame la juge, intervient Roger, je compléterais ce que vient de détailler Xavier. Les morts d'abord. La dépouille d'Andrew Morgan, le garde du corps de Lisbeth, sera rapatriée dans son pays et enterré avec les honneurs militaires, celle d'Adam Rostand suivra le même chemin sans les honneurs. Les cadavres des trois Cubains anonymes seront inhumés en France, il est peu probable que quelqu'un les réclame. Pour l'affaire elle-même, les deux otages sont libérés et vivants, Charles Wong se remet et Lisbeth est sortie des soins intensifs. Le chef du commando a été capturé, et comme vient de nous le confirmer Philippe, le commanditaire est arrêté. La rançon a coulé. Fermez le ban !

La juge fronce les sourcils penche la tête sur le côté et gronde sur un ton ironique.

— On a vu les morts, les vivants et la conclusion de l'affaire. Bravo ! Mais que pouvez-vous dire d'Aitor qui fait exploser un bateau en tuant six ou sept personnes dans les eaux territoriales françaises ? Ce n'est pas rien ! Je représente la justice ici !

Julie Leclercq croise ses doigts, les mains posées sur la table, elle se penche vers moi dans l'attente de ma réponse.

Je frotte mes joues râpeuses et, sans chercher d'excuse, je raconte Aitor. Un caractère intrépide, quatre-vingt-dix ans, ancien médecin, quarante ans dans les services secrets à se battre pour la France. Gardien fidèle de la mémoire et du trésor du *Groupe A*, il a sauvé son petit-fils et contribué à faire échec aux ravisseurs mafieux. Oui, Aitor a tué, sans état d'âme, tout l'équipage du hors-bord. Oui, Aitor n'était pas en état de légitime défense. Et alors ! Il y a la justice et il y a aussi ce qui est juste. Je me tais, épuisé.

Après un long silence, la juge referme le dossier, pose ses larges mains à plat sur la table, nous regarde avec un demi-sourire aux lèvres. Et nous livre sa pensée.

— On n'abat pas un héros de quatre-vingt-dix ans.

ÉPILOGUE

XAVIER

Ma maison de famille d'Elizaberry était telle que je l'avais laissée trois mois plus tôt. Trois mois que j'avais pris mes fonctions au ministère de l'Intérieur. Trois mois que nous vivions à Paris, Pantxika et moi. Cela me faisait beaucoup de bien de couper le vieux cordon qui me liait au Pays basque, à mes habitudes, à mon engourdissement d'ex-célibataire. Pour le futur, nous verrions bien !

En aucune manière nous n'aurions voulu rater le « repas Jakes » tant promis par ma nounou Chané. Nous avions donc profité des fêtes de fin d'année pour honorer l'invitation.

J'attendais avec ravissement ce grand moment autour des femmes de ma vie, Marie ma mère, Annabelle ma petite sœur, Chané qui avait bercé mon enfance et enfin Pantxika, mon nouvel amour.

Jakes était gras et bien charnu, aussi Annabelle avait-elle réuni quelques invités. À ma grande surprise je retrouvai Serge Moulinard accompagné de son épouse, une authentique baronne picarde. François Ly, quant à lui, était venu avec Itziar qui lui redistillait depuis quelque temps des cours de surf. Pas de doute, nous assistions à un rapprochement amoureux entre la jeune Basque et le lieutenant Franco-Vietnamien.

Sur l'épaisse table de chêne, jambon, gratons, museau, boudin, pâté s'offraient à nos regards et aux appétits avertis. Serge célébrait goulûment Jakes. François narrait ses efforts pour apprendre le basque et comprendre les subtilités du rugby. Au détour d'une conversation, je constatai qu'il encaissait bien, grâce à sa solidité mentale, le fait d'avoir tué un homme.

Quelques tranches de lomo, un peu de hure et de chorizo puis enfin un *etxeko biskotx*, le gâteau à la crème qui tient au corps, qui fait chaud au cœur. Quatre heures plus tard flottait une douce euphorie à laquelle l'irouléguy de chez Brana n'était pas étranger.

La campagne engourdie par la gelée de la nuit et la fraîcheur matinale me rappelle à ce pays si attrayant et tellement attachant.

Cinq mois plus tôt, à l'embouchure de l'Adour, Aitor Larreta, grâce à son téléphone, faisait exploser un hors-bord en pleine mer, au-dessus du profond gouf de Capbreton. Adieu secrets et trésor du *Groupe A*. Aitor m'attend chez lui, près d'Hasparren, dans sa discrète demeure. « Pour un déjeuner ! », m'a-t-il affirmé. Les images des événements de l'été me reviennent. Charles Wong se remet de sa blessure et envisage de reprendre ses randonnées avec Pettan Daguerre à Tardets-Sorholus. J'entretiens aussi une relation amicale avec Philippe Marlow. Nous avons beaucoup parlé de ce qu'il avait subi ici et il a décidé de démissionner, dégoûté par l'attitude de ses supérieurs politiques et par les conflits entre la CIA et le FBI. Resté à Washington, il a ouvert une agence de détective privé. Hier encore, il me déclarait au téléphone : « Xavier, je respire enfin, j'ai découvert la liberté ! »

Bien droit, appuyé sur une canne, Aitor m'accueille avec un salut de la main sur le seuil de sa maison. Jon et Lisbeth sont là. Je me réjouis de les revoir. Aitor, l'œil pétillant, nous fait entrer. J'apprends que Jon a repris ses études de médecine à Bordeaux et, semble-t-il, a changé de petite amie. Lisbeth, dont la joie est manifeste, esquisse un pas de danse pour exhiber son état de santé retrouvé. La balle a ricoché sur une côte et s'est logée dans les intestins. La souffrance était très forte, mais elle a été très bien prise en charge, le chirurgien l'a recousue « comme si elle était une robe de haute couture avec une cicatrice sexy » s'extasie-t-elle en soulevant son tee-shirt. Avant de se plaindre d'un mauvais virus d'origine asiatique qui l'a tenue au lit ces derniers jours.

— Mais aujourd'hui tout va pour le mieux !

Je suis ravi de la voir aussi positive et débordante de bonheur. Par l'intermédiaire de Philippe Marlow, j'avais appris sa démission de l'équipe du président des États-Unis. Elle se raidit aussitôt quand je m'ouvre à elle sur ce choix.

— Vous voyez, Xavier, cette affaire m'a ouvert les yeux sur beaucoup de choses, sur moi-même, sur ma carrière, sur la politique, sur ma famille et sur l'amour. La mort d'Adam m'a particulièrement touchée, mais nous étions davantage des associés que vraiment mari et femme. L'amour, je n'y ai pas renoncé. Vous connaissez ça Xavier ! insinue-t-elle d'un discret coup de menton.

Elle doit percevoir dans mon regard grave la question que je n'ose lui poser, elle poursuit.

— Et puis aussi, finie la politique, finie la télé, finie la célébrité, fini le pouvoir. Je m'installe à Saint-Jean-de-Luz ! revendique-t-elle en éclatant d'un rire libéré.

A-t-elle conscience qu'ici ce n'est ni Washington ni Boston, qu'il y a plus d'espaces verts, certes, mais moins de monde. Elle me répond tout simplement que la découverte de ses origines basques et de son vrai pays lui ont donné l'envie de vivre ici. Redémarrer, elle a plein de projets.

Aitor vient de rajouter deux bûches de chêne dans la grande cheminée en pierre de Bidache. Des étincelles s'envolent dans le conduit, une odeur de forêt se diffuse et tout de suite une chaleur bienvenue se répand dans le salon.

— Avant de passer à table, j'ai une surprise pour vous.

Trois paires d'yeux interrogatifs détaillent le vieil homme qui se dirige vers le fond de la pièce. Nos pas et la canne d'Aitor résonnent sur les tomettes rouges plus que centenaires.

— Là ! lance-t-il en pointant sa canne face au mur blanc où un tableau de Ramiro Arrue trône au-dessus d'une maie reconvertie en range bouteilles.

Si la surprise est un tableau de cet illustre peintre basque mort au tout début des années soixante-dix, j'avoue mon étonnement et le regard circonspect de Jon et Lisbeth va dans le même sens.

— Jon, aide donc Xavier à bouger la maie et décroche le tableau.

Nous nous y attelons sans objection ni autre commentaire. Très vite, nous faisons face au mur blanc sur lequel se détache la trace persistante de l'œuvre d'Arrue.

— Maintenant, cassez le mur ! Tranche-t-il en désignant la lourde masse posée sous la fenêtre.

Abasourdi, j'observe le vieil homme, me demandant s'il ne déraille pas complètement.

— Xavier, je ne suis pas fou, faites un gros trou.

Sous le regard inquiet de Jon et Lisbeth, je saisis la masse à pleines mains. Les deux premiers coups font voler en éclat le plâtre. Moi qui m'attendais à trouver un mur de pierre comme c'est le cas dans ces vieilles maisons, je suis surpris de découvrir une cloison de briques.

Jon me relaie et bientôt l'espace dégagé est suffisant pour révéler, dans une pièce aveugle, une alcôve ou une sorte de grand placard qui aurait été muré. Y sont empilées, une cinquantaine de boîtes en plastique.

— C'est quoi tout ça ? interroge Lisbeth qui s'était rapprochée.

— On passe d'abord à table et je vous raconte, réplique Aitor pour mettre un terme à notre effarement.

La table est dressée dans la salle à manger, une bouteille de champagne baigne dans son seau à glace. Nous nous asseyons. Jon, à l'invitation de son grand-père, sert à boire, Lisbeth fait passer le foie gras et le pain avec gourmandise. Aitor nous regarde, souriant, son œil brille de malice et de joie. Il fait durer le plaisir, nous respectons son mutisme tout en observant le trou que nous apercevons depuis nos places. Et enfin, l'ancien espion rompt le silence.

— Il y a cinq mois, les documents, l'or et les diamants qui ont coulé au large de Bayonne étaient… des faux.

La voilà donc la surprise. Le choc est brutal, mais ne faut-il pas s'attendre à tout de la part de cet homme ?

— On n'est jamais assez prudent, je l'ai appris au cours de ma carrière et des différentes activités que j'ai pu mener au sein du *Groupe A*. Un an après la réception de l'ensemble, j'ai fait fabriquer des répliques des documents et des bijoux. Des imitations quasi parfaites. Et une boîte à diamants très… très explosive, glisse-t-il avec un sourire ironique.

Il nous ressert une large dose de champagne et nous indique le mur abattu.

— Toutes les archives originales sont ici, dans la cache du salon, l'or et les diamants aussi.

Nous sommes un peu abasourdis par cette révélation. Dans mon for intérieur, cela ne m'étonne pas. C'est toute sa vie, et quitte à mettre tout le monde en danger, il a tout fait pour garder le secret et le trésor du *Groupe A*, risquant sa propre existence, celle de Jon et de beaucoup d'autres. Je ne vais pas le lui reprocher maintenant, c'est trop tard et le moment est exceptionnel, je ne vais pas tout gâcher… Et puis, il a réussi !

Lisbeth prend dans ses mains fines celles noueuses d'Aitor en se penchant vers lui.

— Et maintenant, on fait quoi ? s'inquiète-t-elle.

Le vieil homme se tasse, ses épaules se voûtent. Les yeux humides, la voix tremblante, il nous confesse son souhait ultime.

— Ma vo… ma volonté est que les archives doivent aller à… la France. Sans doute faudra-t-il attendre plusieurs années avant de les rendre publiques… pour l'Histoire.

Lisbeth, que l'émotion vient de gagner, lui caresse délicatement la joue.

— Quant aux diamants et à l'or, poursuit Aitor, il me semble qu'on pourrait trouver un petit arrangement avec le ministère des Finances pour légaliser le tout. Par exemple, un partage à cinquante-cinquante. Avec le capital restant, on pourrait créer une fondation pour financer des projets économiques et sociaux au profit du Pays basque.

Le visage d'Aititxi s'illumine.

— Toi Jon et toi Lisbeth, vous pourriez vous en occuper ! suggère-t-il en laissant son regard naviguer de l'une à l'autre.

Quatre verres se lèvent.

Jon et Lisbeth s'observent longuement, profitant de cet intense moment de bonheur. Leurs verres se choquent.

— À ta santé cousine Lisbeth !

— *Zure osagarriari Jon Kosia !*

Remerciements

Ce roman n'existerait pas sans eux, mes guides, mes béquilles, ils me critiquent, me conseillent, m'aident et me stimulent.

Marine Olhagaray, relectrice.

Laurent Tignol, juge.

Alain Chrisostome, officier de police judiciaire.

Jean-Luc Kerebel, éditeur.

Gilbert-Djebel Nogués, directeur de collection et plus que guide.

Dans la collection

1-Alarme en Béarn, Thomas Aden, 2013
2-Trou noir à Chantaco, Jacques Garay, 2013
3-Coup tordu à Sokoburu, Jacques Garay, 2013
4-Estocade sanglante, Jacques Garay, 2014
5-Ultime dédicace, Thomas Aden, 2014
6-Gaz in Marciac, G.D. Noguès, 2014
7-Notre père qui êtes odieux, Violaine Bérot, 2014
8-De la blanche sur le Somport, Claude Casteran, 2014
9-Les gens bons bâillonnés, Jean-Christophe Pinpin, 2014
10-Ville rose sang, Stéphane Furlan, 2014
11-Le 9 bordelais était chargé, Éric Becquet, 2015
12-Mourir à la San Fermín, Alejandro Pedregosa, 2015
13-L'assassin était en rouge et blanc, Poms, 2014
14-Requiem à Donibane, Jacques Garay, 2015
15-Abattez les grands arbres, Christophe Guillaumot, 2015
16-De chair et d'oubli, Karline Nivet & Pascal Suhard, 2015
17-Sans jeu ni maître, Stéphane Furlan, 2015
18-J'aurai ta Pau, Cesare Battisti, 2015
19-Balles perdues à Moliets, Maxbarteam, 2015
20-Un, deux, trois, sommeil ! Gilles Vincent, 2016
21-Pas d'orchidées pour Miss Armagnac, G.D. Noguès, 2016
22-Du pin et des larmes, Philippe Mediavilla, 2016
23-Estouffade à Guéthary, Jacques Garay, 2016
24-Coup de piolet, Juliette Manet, 2016

25-Palombes, tursan et sale ami, Maxbarteam, 2016
26-Nous n'irons plus au bois, Philippe Lescarret, 2016
27-Toutes taxes comprises, Patrick Nieto, 2016
28-Jeux de dames, Philippe Beutin, 2016
29-Le sang de la forêt, Serge Tachon, 2017
30-Mandrake ne peut pas mourir, Daniel Contel, 2017
31-Ras la coquille en Amikuze, Jacques Garay, 2017
32-Riquet m'a tuer, Yves Carchon, 2017
33-Galeux, Bruno Jacquin, 2017
34-Ça flingue sur la Grande Boucle, Maxbarteam, 2017
35-Chemin de croix, Poms, 2017
36-Y a plus d'enfants ! Jean-Jacques Cripia, 2017
37-Blanc sec et série noire, Philippe Lescarret, 2017
38-Sans homicides fixes, Thierry Benoît, 2017
39-Euskal barbecue, Aitor Behro, 2017
40-Implantés, Stéphane Furlan, 2017
41-Mauvaise passe pour le 10, Éric Becquet, 2017
42-Quand passent les chocards, Michel Brome-Tonne, 2017
43-Croix blanche sur fond blanc, Antoine Léger et G.D. Noguès, 2017
44-Éthique de l'assassin, Maxime Sanous, 2018
45-Sous les pavés la jungle, Simone Gélin, 2018
46-L'œuf de la haine et de la vengeance, Pierre Olhagaray, 2018
47-Les douze sales polars, Collectif, 2018
48-Les vieux démons, Yves Carchon, 2018
49-Ils vont tous mourir, Raphaël Grangier, 2018
50-Noir Vézère, Gilles Vincent, 2018
51-Musique de chambre close, Serge Tachon, 2018
52-Superman ne volera plus, G.D. Noguès, 2018
53-Le cocu sort du nid, Maxbarteam, 2018
54-Le mort est dans le pré, Patrick Caujolle, 2018
55-Erreurs d'aiguillage, Philippe Beutin, 2018
56-L'affaire Jane de Boy, Simone Gélin, 2018
57-Léon et les jambons, Jacques Garay, 2018
58-Flic de papier, Guy Rechenmann, 2018
59-L'ombre des derniers Cathares, Alain Roumagnac, 2018

60-Funestes randonnées, Patrick Nieto, 2018
61-Retour de lame, Philippe Mediavilla, 2018
62-L'heure de notre mort, Philippe Lescarret, 2018
63-La fille du port de la Lune, Simone Gélin, 2018
64-Les pêcheurs de sable, Serge Nicolo, 2018
65-Fausse Note, Guy Rechenmann, 2019
66-Otage en réanimation, Pierre Sagnet, 2019
67-Truc Vert, Simone Gélin, 2019
68-Peine maximum, Gilles Vincent, 2019
69-Le Dali noir, Yves Carchon, 2019
70-Vies et morts de Marco Mariotti, Régis Tomàs, 2019
71-Le syndrome de Louhossoa, Jacques Garay, 2019
72-Amères pilules, Pierre Olhagaray, 2019
73-Fallait pas enterrer un épouvantail, Renaud Talavera, 2019
74-Barcelone aller simple, Jacques Lavergne, 2019
75-Quand disparaît la Dame, Maxbarteam, 2019
76-Nuit tragique à la feria, Philippe Lauga, 2019
77-L'envol de la chauve-souris albinos, Michel Brome-Tonne, 2019
78-Le dernier dinosaure, Pierre Willi, 2019
79-Nuit bleu marine, Philippe Lescarret, 2019
80-Corrompu, Patrick Nieto, 2019
81-Le chat du Marcadieu, Jean-Luc Cochet, 2019
82-La femme parfaite, Patrick Caujolle, 2019
83-Des larmes d'or et de sang, Éric Dupuis, 2019
84-Adieu Lola, Simone Gélin, 2020
85-Le sanctuaire des destins oubliés, Yves Carchon, 2020
86-La victime raisonnable, Serge Nicolo, 2020
87-Une étoile en enfer, Guy Rechenmann, 2020
88-Violence, Philippe Charrac, 2020
89-Dieu, le diable et le boucher, Alain Roumagnac, 2020
90-Le venin d'Hippocrate, Éric Dumont, 2020
91-Camargue blanche et série noire. Jacques Lavergne, 2020
92-Tambour tuant à Donostia, Jacques Garay, 2020
93-Le silence des abîmes, Philippe Lauga, 2020
94-Quand hurlent les hyènes, Bruno Jacquin, 2020

95-Olagarro, Ludovic Bouquin, 2020
96-La cure arrive à terme, MaxBarteam, 2020
97-Guet-apens, Jean-Louis Farvacque, 2020
98-Moktar, Jérémy Bouquin, 2020
99-Neige écarlate, Anne Waddington, 2020
100-Sang pour cent dans le noir, Collectif, 2020
101-Brive-la-Galère, Marie Wilhelm, 2020
102-Le phare des âmes perdues, Rose Penn, 2020
103-Le journal de Julia, Simone Gélin, 2020
104-Alice doit mourir ! Diego Arrabal, 2021
105-La punition de l'océan, Daniel Contel, 2021
106-La tour des enfants perdus, Pierre Willi, 2021
107-Le clodo des Carmes, Pierre Dabernat, 2021
108-Ce pays qu'on assassine, Gilles Vincent, 2021
109-Du sang sur la stèle, Poms, 2021
110-À la place de l'autre, Guy Rechenmann, 2021
111-Déviance, Philippe Charrac, 2021
112-Boléro tragique à Ciboure, Jacques Garay, 2021
113-La trappe, Catherine Heurteux-Peyréga, 2021
114-Échecs et meurtres, Jacques Lavergne, 2021
115-Haize Hegoa, Anthony Buils, 2021
116-Le dernier secret, Gilles Ripaille-Le Royer, 2021
117-Deuil pour deuil, Yahn Le Fur, 2021
118-Le clan, Éric Dupuis, 2021
119-Russe, rousse et rosse, Maxbarteam, 2021
120-Otages, Pierre Olhagaray, 2021

Abonnez-vous à la newsletter

Vous souhaitez être averti(e)
des parutions en exclusivité,
bénéficier d'offres spéciales, etc. ?

Abonnez-vous, gratuitement
et sans engagement, à notre newsletter
en nous retournant le coupon ci-après.

Rejoignez-nous vite et n'hésitez pas
à inviter vote entourage.

Vous pouvez également suivre notre
actualité sur Facebook et Instagram :
#Du noir au sud

Je désire recevoir gratuitement le catalogue
de la collection Du Noir au Sud des Éditions Cairn.

Nom

Prénom

Adresse

Code Postal Ville

Pour encore plus d'offres et d'infos
être averti(e) des parutions des polars
et autres ouvrages, ainsi que de l'actualité Cairn,
indiquez votre adresse e-mail :

E-mail

Bon à compléter et à retourner par courrier postal
ou mail à l'adresse suivante :

Éditions Cairn
ZI Berlanne
14, rue des Bruyères
64160 Morlaàs
communication@editions-cairn.fr

Mise en page et suivi de fabrication
Atelier Graphique Cairn
Achevé d'imprimer en juin 2021
par G.N. Impressions (164556)
pour le compte des Éditions Cairn
14 rue des Bruyères - 64160 Morlaàs
Tél. : 05 59 27 45 61 Fax : 05 59 98 84 89
communication@editions-cairn.fr – www.editions-cairn.fr
Dépôt légal : juin 2021